HARD CASE CRIME

In der Reihe »Hard Case Crime« bei Rotbuch sind bislang erschienen:

HCC-001 Allan Guthrie: *»Abschied ohne Küsse«*
HCC-002 Lawrence Block: *»Abzocker«*
HCC-003 Ken Bruen & Jason Starr: *»Flop«*
HCC-004 Christa Faust: *»Hardcore Angel«*
HCC-005 Richard Aleas: *»Tod einer Stripperin«*
HCC-006 Donald E. Westlake: *»Mafiatod«*
HCC-007 Mickey Spillane: *»Das Ende der Straße«*
HCC-008 Ed McBain: *»Die Gosse und das Grab«*
HCC-009 Ken Bruen & Jason Starr: *»Crack«*
HCC-010 Lawrence Block: *»Falsches Herz«*
HCC-011 Max Phillips: *»Tödlich blond«*
HCC-012 Richard Aleas: *»Lieder der Unschuld«*
HCC-013 Robert Bloch: *»Shooting Star«*
HCC-014 Max Allan Collins: *»Der letzte Quarry«*
HCC-015 John Farris: *»Baby Moll«*
HCC-016 Max Allan Collins: *»Der erste Quarry«*
HCC-017 Robert Bloch: *»Werkzeug des Teufels«*
HCC-018 Ken Bruen & Jason Starr: *»Attica«*

Robert Bloch

WERKZEUG DES TEUFELS

Übersetzt von
Hannes Riffel

HARD CASE CRIME

Rotbuch Verlag

ISBN 978-3-86789-122-6

Deutsche Erstveröffentlichung, 1. Auflage

Titel der Originalausgabe: »Spiderweb«

Typografie und Satz: Andreas Fack, Berlin
Druck und Bindung: GGP Media GmbH, Pößneck

Ein Verlagsverzeichnis schicken wir Ihnen gern:
Rotbuch Verlag GmbH
Neue Grünstraße 18
10179 Berlin
Tel. 01805/30 99 99
(0,14 Euro/Min., Mobil max. 0,42 Euro/Min.)

www.rotbuch.de

Für

GUSTAV MARX,

der diesem Buch so viel

von seiner Zeit gewidmet hat

1

Die Tür war aus hellem Holz und auf Hochglanz poliert. Auf der Oberfläche prangte in kantigen Lettern:

LARRY RICKERT
UND
PARTNER

Ich griff nach der Krempe meines Hutes, drehte den Türknauf und betrat das Büro. Eine Reihe Glockentöne lieferte die Hintergrundmusik.

Die Wände des kleinen Empfangszimmers bestanden aus Glasbausteinen. Deckenlampen tauchten alles in ein weiches, dezentes Licht. Auf einem Couchtisch lagen die üblichen Ausgaben von *Variety* und *Billboard*. Zwei überdimensionierte Sessel und ein Sofa von einer Firma, die auf maßlose Übertreibungen spezialisiert war, vervollständigten das Ensemble. Ihr Anblick machte mich krank.

Ich ging auf den Schalter in der Wand vor mir zu, wo der Pferdeschwanz einer Empfangsdame hinter einem Schiebefenster auf und ab wippte.

Als ich dagegen klopfte, fuhr der Pferdeschwanz herum, und ich sah mich einem langen, schmalen Gesicht gegenüber, das unter einem Make-up im Wert von mindestens drei Dollar verborgen war.

Die Glasscheibe glitt auf, und das Make-up verzog sich zu einem Lächeln. »Ach, Sie sind's, Mr. Haines.«

Na, das war doch immerhin etwas. Zumindest hatte sie mich erkannt, auch wenn ihr bei meinem Anblick nicht gleich vor Begeisterung die Sinne schwanden.

»Ist Mr. Rickert da?«, fragte ich.

»Haben Sie einen Termin?«

»Nein. Nicht direkt. Aber ich möchte ihn auch nur für eine oder zwei Minuten sprechen.«

Sie nickte, schob die Scheibe zu und betätigte die Sprechanlage oder den Fernsehapparat oder was zum Teufel sie hier benutzten, um belanglose Mitteilungen auszutauschen. Nach einer kurzen Pause, während der sie wahrscheinlich die Funkkennung durchgegeben hatte, öffnete sie die Scheibe wieder.

»Mr. Rickert wird Sie gleich empfangen. Bitte setzen Sie sich doch noch einen Augenblick, ja?«

Ich tippte mir an den Hut, schenkte ihr ein schelmisches Grinsen und ließ mich auf das übertriebene Sofa plumpsen. Das Schiebefenster wurde wieder geschlossen. Eigentlich hätte ich erwartet, dass sie jetzt das *Ausverkauft*-Schild aufhängen würde, aber nichts dergleichen geschah.

In meiner Packung waren noch genau drei Zigaretten. Ich zündete mir eine an und betrachtete meine zitternden Hände. Ich sog den Rauch in die Lunge, lehnte mich zurück und gab mir Mühe, ruhig und tief zu atmen. Allmählich beruhigte ich mich wieder. Solange ich mich in der Gewalt hatte, war alles in Ordnung. Klar doch, ich war völlig entspannt.

Ich sprang nur einen halben Meter in die Höhe, als die Tür aufging und Peter Lorre hereinkam.

Natürlich war es nicht Peter Lorre. Rickert betreute keine Schauspieler. Aber der kleine Kerl mit dem schwarzen Hut hatte eine flüchtige Ähnlichkeit mit dem Star. Er schlenderte zum Empfangsschalter hinüber und murmelte etwas von einem Termin. Ich vermied es, ihn zu beobachten oder allzu genau hinzuhören, und schließlich ließ er sich auf dem Sessel nieder, der im rechten Winkel zu meinem Sofa stand. Er starrte mich an.

Sofort wurde ich wieder nervös. Das war natürlich albern. Sollte er mich doch anstarren. Was wusste er schon über mich? Was konnte er überhaupt über mich wissen?

Äußerlich gab ich keine schlechte Figur ab. Ich hatte die Beine dicht ans Sofa gezogen, damit niemand merkte, dass meine Schuhe ebenso abgewetzt waren wie mein Hosenboden. Er konnte unmöglich wissen, dass ich, anstatt Mr. Rickert anzurufen, persönlich bei ihm vorbeischaute, weil man mir mein Telefon abgestellt hatte. Ich konnte gut noch eine volle Schachtel Zigaretten in der Tasche haben und genügend Geld, um weitere zu kaufen.

Warum sollte es mich also stören, dass er mich anstarrte? Aber es störte mich. Ich drückte meine Zigarette aus und sah auf. Seine Augen glichen von Fleisch eingefassten Rubinen.

Ich konnte spüren, wie mein Hemd unter dem Sportsakko klebrig wurde. Und ich hatte das seltsame Gefühl, dass er das ebenso spürte. Er konnte alles spüren, was ich spürte, alles denken, was ich dachte. Diese Rubine in seinem Fleisch waren Magneten.

Gut möglich, dass ich anfing durchzudrehen. Gut möglich, dass genau das mein Problem war. Seit Wochen hockte ich in meiner Wohnung und wartete auf einen Anruf von Rickert, während das Geld immer weniger wurde. Dann stellten sie mir das Telefon ab, und mir blieb nichts anderes übrig, als selbst überall anzuklopfen – mitsamt meinen Fotos und Hörproben.

Rickert hatte mich gewarnt, dass all das nirgendwohin führen würde, und zwar schnell. Und dort war ich auch gelandet. Nirgendwo. Ein seltsamer Ort, dieses Nirgendwo.

Du hast das Gefühl, als wärst du gar nicht richtig am Leben oder als hättest du nicht einmal das Recht, am Leben zu sein. Also genehmigst du dir ein paar Drinks und wartest auf den nächsten Tag. Vielleicht bist du morgen ja woanders. Aber da täuschst du dich. Du wachst in derselben schäbigen Wohnung auf, ohne weitergekommen zu sein. Mr. Niemand aus Nirgendwo.

Aber schließlich ist das allein deine Sache. Die Leute haben nicht das Recht, dich anzustarren und das alles herauszufinden. Verdammt noch mal, es gab nichts, wofür ich mich hätte schämen müssen. Ich wusste, was ich hier tat. Ich hatte mir alles zurechtgelegt, ich würde das Kind schon schaukeln. Und dann musste dieser kleine Kerl hier auftauchen und mich völlig aus der Fassung bringen!

Ich hob den Blick und musterte ihn. So toll war er gar nicht. Er trug einen schwarzen Anzug, was für die Westküste ungewöhnlich war, aber er war ganz gewöhnlich geschnitten. Weißes Hemd, dezente Seidenkrawatte. Am kleinen Finger seiner linken Hand funkelte ein protziger Ring. Wahrscheinlich unecht.

Natürlich bemerkte er, was ich tat. Aber er verzog keine Miene. Er starrte mich einfach nur an. Ich reckte das Kinn vor, faltete die Hände vor meiner Brust und starrte zurück. Mir begannen die Augen zu brennen. Er blinzelte nicht, und die beiden Rubine hielten meinem Blick stand. Rubine kann man nicht mit der Faust zerschlagen. Steter Tropfen ...

Schweiß lief mir über die Stirn, und schließlich musste ich blinzeln. Aber ich wandte meinen Blick nicht ab. Ich starrte auf den Rücken seiner dicken Nase. Vielleicht half es, wenn ich an etwas anderes dachte.

Ich dachte daran, wie ich hierhergekommen war, wie ich Mr. Rickert das erste Mal getroffen hatte, wie er das Blaue vom Himmel heruntergelogen hatte, von wegen, was er nicht alles für mich auf die Beine stellen würde. Damals hatte ich gedacht, ich hätte es tatsächlich geschafft, ich würde wirklich in einer großen Show auftreten, und alle wären hingerissen. Da würde meinem blöden Bruder das höhnische Grinsen endgültig vergehen. Ihnen allen würde das Grinsen vergehen, auch dem aufgedunsenen Gesicht direkt mir gegenüber.

Aber er starrte mich weiter an. Er wusste es. Er wusste, dass ich ein Aufschneider war, ein Verlierer, dass ich es niemals schaffen würde.

Einen Teufel wusste er! Alles nur Einbildung. Nur nicht den Blick senken. Er wird als Erster aufgeben.

Ich sah ihm in die Augen. Zum ersten Mal schienen die Rubine zu glänzen. Seine Pupillen weiteten sich. Die Augenlider glitten zurück. Die Steine funkelten. Diamanten. Diamantbohrer. Bohrend.

Industriediamanten. Wie der Stein an seinem kleinen Finger. Ich hatte keine Angst. Ich starrte ihn an.

Plötzlich bewegte sich eine Hand. Dickliche Würmer krochen in die Brusttasche seines Mantels. Als sie wieder auftauchten, schoben sie etwas hinauf zu seinem linken Auge. Es blitzte. Ein Monokel.

Er brachte es in Position, ohne seinen Blick von mir abzuwenden. Es klemmte vor seinem Auge, und das Auge hinter dem Glas wurde riesig. Die verzerrte Pupille funkelte mich zornig an. Er erinnerte mich an Erich von Stroheim. Ich dachte, wenn ich diesen wütenden Blitz noch lange ertragen müsste, würde ich aufstehen und wegrennen. Dachte ich – aber ich hielt seinem Blick stand.

Und seine Gedanken sprachen zu mir. Erzählten mir, dass ich am Ende war, dass es keinen Sinn hatte, ich war erledigt. Ich sollte besser aufstehen und verschwinden. Ja, das war es, was er dachte, und er hatte recht. Ich würde aufstehen und …

»Mr. Rickert wird Sie jetzt empfangen.«

Ich hörte die Stimme wie aus weiter Ferne. Dann war ich

auf den Beinen, stolperte durch den Raum und den Flur entlang zu seinem großen Büro im hinteren Teil des Gebäudes.

Mein Schädel brummte. Larry Rickert lächelte mich über den Schreibtisch hinweg an.

»Setzen Sie sich«, sagte er. »Freut mich, Sie zu sehen, Eddie. Ich bin gleich für Sie da.«

Mit der linken Hand bedeutete er mir, ich solle mich gedulden, und mit der rechten nahm er den Hörer ab. Er fing an zu reden, und ein steter Strom aus Gesprächsfetzen und Zigarrenqualm zog um die fetten roten Falten an seinem Hals.

Ich zündete mir meine vorletzte Zigarette an. Das Brummen in meinem Schädel wurde heftiger. Ich versuchte mich daran zu erinnern, was ich ihm hatte sagen wollen, aber vergeblich. Ich wollte nur noch von hier verschwinden. Als er schließlich auflegte und sich mir zuwandte, vergaß ich sogar, zu lächeln.

»Also«, sagte Rickert. »Was kann ich für Sie tun, Schätzchen?«

»Das ist genau das, was ich gern wüsste«, entgegnete ich.

»Was wollen Sie damit sagen?«

»Ich will damit sagen, dass ich vor über zwei Monaten hierhergekommen bin, weil in Ihren Anzeigen steht, dass Sie ein guter Agent sind, und genau so einen brauchte ich. Sie haben mich nirgendwo untergebracht. Aber es ist Ihnen gelungen, mir dreihundert Mäuse aus den Rippen zu leiern, als Vorschuss und für Fotos und Hörproben. Was ich wissen will, ist, wann ich dafür etwas zu sehen bekomme.«

Er schenkte mir dasselbe Grinsen, das er für seine Werbefotos aufsetzte.

»Immer mit der Ruhe, Eddie. Entspannen Sie sich.«

»Ich bin die Ruhe selbst, aber ich kann mich nicht entspannen. Ich will wissen, warum Sie mich oder meine Show nirgendwo untergebracht haben.«

Rickert hörte schlagartig auf zu lächeln. Er beugte sich vor und fuchtelte mir mit dem abgekauten Ende seiner Zigarre vor dem Gesicht herum. Asche rieselte auf den Schreibtisch.

»Hören Sie zu, mein Sohn«, sagte er. »Wir sind hier nicht in Iowa. Die Idee für diese Show – der Fernsehpsychologe – mag Ihnen ja wie eine große Nummer vorgekommen sein, als Sie sich die da zusammenfantasiert haben. Und ich war bereit, mich darauf einzulassen. Ich habe Ihre Hörproben an die Vertreter der Fernsehgesellschaften geschickt. Ich hab mich für Sie ins Zeug gelegt. Aber da ist nichts zu machen.«

Ich hatte das Gefühl, als würde mir gleich der Kopf platzen. Rickerts Gesicht verschwamm vor meinen Augen, als ich antwortete. »Na schön, dann vergessen wir die Show. Aber vergessen Sie nicht, dass ich auch Fernsehsprecher bin. In Des Moines hätten sie mich genommen, und ich bin bereit, hier noch mal ganz von vorne anzufangen. Hier muss es doch eine Menge freie Stellen geben.«

»Bei der Müllabfuhr vielleicht.« Rickert zündete sich eine neue Zigarre an. Wieder rieselte Asche auf den Schreibtisch. »Hören Sie zu, Schätzchen, ich gebe Ihnen einen kostenlosen Ratschlag. Vielleicht sind Sie einfach noch nicht bereit für den großen Durchbruch. Warum gehen Sie nicht nach Hause zurück und nehmen die Stelle dort? Sie werden schon nicht verhungern. Dann hat dieser Abstecher Sie eben ein paar Hundert Dollar gekostet – und wenn schon! Vielleicht gelingt es Ihnen später einmal, hier Fuß zu fassen. Von den Jungs, die hier das Sagen haben, behalten viele die Lokalsender im Auge. Wer weiß, vielleicht fallen Sie einem von denen auf und ...«

»Ich bin also noch nicht bereit für den großen Durchbruch, was?« Ich stand auf und versuchte, in dem schlingernden Zimmer nicht das Gleichgewicht zu verlieren. »Na schön, Mr. Rickert. Vielen Dank für diese Einschätzung. Es ist wirklich schade, dass Sie mir das nicht gesagt haben, bevor ich dreihundert Mäuse auf Sie verschwendet habe – und zwei Monate meines Lebens.«

»Jetzt aber mal halblang, Schätzchen ...«

Ich gab mir alle Mühe, nicht die Beherrschung zu verlieren. Obwohl ich rasende Kopfschmerzen hatte und das dringende Bedürfnis verspürte, jemandem den Schädel einzuschlagen, riss ich mich zusammen. Ich wusste, dass es sinnlos war, wütend zu werden. Er hatte mir erklärt, was er von mir hielt. Ich war ein Verlierer.

»Nichts für ungut, Eddie«, sagte Rickert. »Gehen Sie nach Hause und überdenken Sie noch mal alles. Vielleicht bietet sich doch noch eine Gelegenheit. Ich werde es Sie wissen lassen.«

»Mir reicht es völlig, wenn ich Ihre Todesanzeige in der Zeitung sehe«, erwiderte ich. Dann atmete ich tief durch. »Das ... das habe ich nicht so gemeint. Entschuldigen Sie, mir geht es nicht gut.«

Ich ging hinaus und schaffte es mit zitternden Knien in das Vorzimmer zurück. Es war, als liefe ich unter Wasser, und die Glasbausteine verschwammen mir vor den Augen.

Der kleine Mann mit dem Monokel saß immer noch da. Ich schwankte an ihm vorbei. Er blickte auf und öffnete den Mund. Ein fetter kleiner Fisch, der in dem aufgewühlten Wasser nach Luft schnappte.

»Verzeihen Sie«, sagte er. Wie aus weiter Ferne. Und unter Wasser.

Ich blieb nicht stehen. Ich konnte nicht stehen bleiben. Ich öffnete die Tür und trat auf das von der Sonne beschienene Ufer der Straße hinaus.

Er tappte mir hinterher. »Bitte ...«, murmelte er.

Ich stieß ihn weg. »Lassen Sie mich in Ruhe.« Ich wusste, was meine Stimme da sagte, aber ich hatte keine Kontrolle darüber. »Verschwinden Sie. Sehen Sie nicht, dass ich zu tun habe? Ich muss jemanden umbringen.«

Ich stürzte um die nächste Ecke, verschwand in der Menge und fragte mich, wer das sein mochte, den ich umbringen wollte.

Alles, was ich wusste, war, dass es bald passieren würde.

2

Sonnenlicht umflutete mich, und Menschen wuselten um mich herum. Die Leute, die den Strip entlangliefen, waren nicht besser oder schlechter als irgendwo sonst, aber jetzt, in diesem Augenblick, konnte ich ihren Anblick nicht ertragen: diese entsetzlichen unpersönlichen Masken, die jeder zur Schau stellt, wenn er aus dem Haus geht.

Diese Masken tragen die Menschen überall: wenn sie die Straße hinuntergehen, an der Ecke auf ein Auto oder den Bus warten, im Lift stehen oder im Restaurant essen. Alle tun so, als wären sie allein, alle benehmen sie sich wie Aufziehpuppen, die die Straße entlanggehen, Bus fahren, essen oder einfach nur herumstehen.

Ich sah sie überall, diese grauenhaften belebten Automaten, und während ich die Straße entlangeilte, wandte ich den Kopf ab. Ich atmete tief durch, aber ich konnte einfach nicht aufhören zu zittern. Was war nur los mit mir?

Ich wusste, was mir so zusetzte. Ich hatte keine Ahnung, wohin ich mich wenden sollte.

Ich blieb in einem Hauseingang stehen und zündete meine letzte Zigarette an, und als ich die Packung wegwarf, warf ich gleichzeitig auch Rickert und die Fotos und die Hörproben in den Rinnstein. Alles war fort.

Und was blieb mir jetzt noch übrig? Während ich in meinen Taschen kramte, führte die Zigarette zwischen meinen

Lippen einen trunkenen Tanz auf. Schließlich hielt ich ein paar zerknitterte Scheine und etwas Kleingeld in der Hand. Vier Dollar und fünfunddreißig Cent. Ich sollte wohl erst einmal etwas essen.

Essen? Ich esse nie auf leeren Magen ...

Die Gedanken wirbelten mir durch den Kopf und machten mich ganz kirre. Warum war ich überhaupt hierhergekommen? Ich war genauso ein Hinterwäldler wie all die anderen Farmer aus Iowa, die jahrelang von einer solchen Reise träumen, schließlich zweitausend Meilen zurücklegen und dann nichts Besseres zu tun wissen, als irgendwelche Souvenirs nach Hause zu schicken – ein Miniaturklohäuschen aus Holz mit dem Namen der Stadt darauf.

Ja, ich stammte aus der Provinz, aber ich konnte nicht mehr zurück. Sie würden mich auslachen. Mein Bruder Charlie würde mich auslachen. Ich würde mich selbst auslachen.

Eddie Haines, der Wunderknabe. Der Star der Schulbühne. Noch ein Kerl von der Highschool, der nicht erwachsen geworden ist. Früher hielt ich mich für ziemlich gut. Und nicht nur ich dachte das. »Du solltest Schauspieler werden. Zum Radio gehen. Oder zum Fernsehen.«

Warum nicht? Es klang großartig – auf der Highschool. Und danach bekam ich einen Job bei einem Lokalsender. Meine Zukunft sah nicht schlecht aus. Schließlich kam mir die Idee für diese Fernsehshow mit einem Psychologen, und ich dachte, jetzt sei ich ein gemachter Mann. Also ging ich nach Hollywood und landete bei Rickert, und hier war ich nun.

Hier war ich nun, jetzt, in diesem Augenblick, in einer Bar mit einem Drink in der Hand. Seltsam, ich stand nicht mehr auf der Straße. Ich befand mich in einer dunklen, ruhigen Bar und erzählte dem Barkeeper, was mir widerfahren war, und der sagte: »Aber klar doch, mein Freund«, und schenkte mir nach.

Ihn kümmerte das alles nicht. Er war mein Kumpel. Er wusste, dass mir nichts anderes übrigblieb. Ich hatte noch vier Dollar und fünfunddreißig Cent, und ich konnte nicht zurück.

Dann war auch das Geld alle, und es war an der Zeit, nach Hause zu gehen. Nach Hause? In dieses Einzimmerloch im vierten Stock mit dem abgestellten Telefon und dem Briefschlitz in der Tür, durch den nie jemand irgendetwas warf? Und wie lange würde mir selbst das noch bleiben?

Na ja, vielleicht würde ich es auch nicht mehr lange brauchen. Jetzt kam es jedenfalls darauf an, so schnell wie möglich dorthin zu gelangen. Ein kleiner Spaziergang. Auf schwankenden Beinen. Die Treppe hinauf. Den Schlüssel fand ich sofort – etwas anderes hatte ich ja nicht mehr in der Tasche.

Drinnen war es dunkel und stickig, wie in einer Gruft. Rasch die Tür schließen, das Licht einschalten, die Nacht vertreiben. Na also.

Im Schein der Deckenlampe meldeten sich meine Kopfschmerzen zurück. Irgendetwas über Monokel ging mir durch den Kopf, Monokel, die mich unverwandt anstarrten. Trug Charlie ein Monokel? Oder Rickert oder der Barkeeper? Ich wusste es nicht mehr. Nein, das war jemand anders gewesen. Ich versuchte mich daran zu erinnern, aber mir blieb nicht genügend Zeit.

Ich hatte jemandem versprochen, etwas zu tun, und ich musste mich beeilen. Musste es auf der Stelle tun, damit ich diese Kopfschmerzen loswurde. Ich hastete ins Bad. Mein Spiegelbild war ein Schlag ins Gesicht. Ich musterte mich eingehend und wartete darauf, dass der Spiegel verschwand. Vergebens, aber ich wusste, wie ich nachhelfen konnte. Ich öffnete die Tür des Medizinschränkchens, mehr brauchte es gar nicht.

Was da zum Vorschein kam, war ebenso unerfreulich. Ich wollte es mir nicht anschauen, aber ich suchte nach etwas, und so fiel mein Blick auf das, was da stand. Aspirin, Zahnpasta, Erkältungstabletten, Pillen, Jod, eine Fingernagelschere – alles war mir zuwider. Die Melancholie der Anatomie ...

Der Inhalt des Schränkchens erinnerte mich daran, wie sehr man darum kämpfen muss, auch nur am Leben zu bleiben. Man muss mit sich selbst ringen, mit dem eigenen Körper. Und irgendetwas setzt einem immer zu. Wie diese Kopfschmerzen. Oder eine Erkältung, Ärger mit den Stirnhöhlen. Die Zähne werden schlechter. Die Augen ebenso. Blutergüsse, Beulen, Schnitte, Verbrennungen, Schmerzen. Und unablässig muss man sich waschen, bürsten, schrubben, kämmen. Die Haare schneiden, die Fingernägel, die Fußnägel. Essen, ausscheiden, ausruhen, schlafen. Ein unablässiger Kampf, den man einfach nicht gewinnen kann.

Ich streckte den Arm aus und wischte alles in das Waschbecken. Alles außer dem, was ich wollte. Dass ich dabei die Pillen verstreute und dass das Jod auslief, war mir gleichgültig. Denn ich hielt das, wonach ich gesucht hatte, in der Hand.

Charlie, mein großer Bruder, war eine ziemlich harte Nuss. Unablässig erteilte er einem gönnerhafte Ratschläge. Aber eine Sache, die er zu mir gesagt hat, habe ich nie vergessen.

»Es gibt zwei Dinge, die ein Mann immer in Griffweite haben sollte – seinen Whiskey und ein Rasiermesser.«

Nun, den Whiskey hatte ich bereits intus. Und jetzt war das Rasiermesser an der Reihe. Ich hielt es hoch und sah, wie meine Hand zitterte, als ich an Charlie dachte und daran, wie wir in Iowa auseinandergegangen waren.

Auch damals hatte ich ein Rasiermesser in der Hand gehabt. Unser letzter Streit hatte seinen Höhepunkt erreicht, ich war beim Packen gewesen, und das Rasiermesser hatte auf dem Tisch gelegen. Bis ich wie durch einen roten Nebel hindurch danach griff und auf Charlie losging. »Ein Taugenichts bin ich also!«, habe ich geschrien. »Dafür bring ich dich um, warte nur, ich bring dich um …«

Wäre ich dazu in der Lage gewesen?

Nur mal angenommen, er hätte nicht rechtzeitig mein Handgelenk gepackt. Nur mal angenommen, ich hätte mich wieder befreit. Wäre es dann mit mir durchgegangen, hätte ich Charlie umgebracht? Ich weiß es noch immer nicht. Ich weiß nur, dass er mein Handgelenk packte, mir das Rasiermesser aus der Hand schlug und mich festhielt, bis der Nebel sich lichtete.

Aber ich weiß auch, dass der Nebel zurückkommt, wenn ich wirklich wütend werde – und mit ihm das Verlangen, zu töten. Vielleicht war ich in meinem tiefsten Innern ein Mörder. Vielleicht war ich in der Lage, jetzt sofort mit dem Rasiermesser in der Hand loszuziehen und auf der Straße zwischen all den Menschen mit den ausdruckslosen Gesichtern Amok zu laufen. Mit meinem Rasiermesser könnte ich dafür sorgen, dass in ihr Mienenspiel etwas Leben kam.

Ich hielt es in der Hand, und jetzt zitterte meine Hand nicht mehr. Das Leben hatte Großes mit mir vor. Oder eher der Tod.

Nur mal angenommen, ich nähme dieses Rasiermesser und ließe es zu einem Werkzeug des Schicksals werden. Ich würde den Menschen neue Gesichter damit schneiden, und mein Leben würde einen völlig anderen Verlauf nehmen. Ich musste nur in einer Gasse lauern und es *zeigen*, und die meisten Leute würden mir geben, was ich von ihnen verlangte. Sie würden mir all das geben, was ich auf andere Weise nicht bekommen konnte. Allein der Anblick der Klinge wäre bedrohlich genug. Den Männern konnte ich Geld abnehmen, und den Frauen …

Nein. Allein der Gedanke war schon verrückt. Das würde mit Mord enden, und ich wäre ein Mörder, wie ich es schon immer befürchtet hatte. Da lauerte ein Mörder in mir, das wusste ich nun. In jedem von uns lauert ein Mörder, wenn man nur tief genug nachbohrt; der Mörder in mir war mächtig, und wenn er sich mir entziehen wollte, hüllte er mich in einen roten Nebel.

Und er wollte fliehen, jetzt, in diesem Augenblick. Und ich konnte ihn nur daran hindern, indem ich das Rasiermesser gegen ihn wandte. Diese verrückte Stadt war voller Mörder – Messerstecher, Vergewaltiger und Psychopathen, die überall frei herumrannten. Es musste an der Luft liegen; vielleicht war der Smog in Wirklichkeit ein roter Nebel.

Nun, der Mörder in mir durfte sich nicht zu den anderen gesellen. Ich, und nur ich allein, konnte das verhindern, ich musste es einfach verhindern. Denn wenn ich so weitermachte, würde früher oder später jemand sterben. Davon war ich überzeugt.

Also hielt ich das Rasiermesser in der Hand und war zu allem bereit. Es war an der Zeit. Es war Zeit, den grausamsten Mord von allen zu begehen. Es war Zeit, den Mörder zu ermorden ...

Vor Kopfschmerzen konnte ich fast nichts mehr sehen. Schmerzen stachen mir so scharf wie Speere in die Augen, aber sie waren nicht scharf genug. Lange nicht so scharf wie die Klinge meines Rasiermessers, die sich an meine Kehle presste.

Dann war der rote Nebel wieder da, und ich sagte mir: »So fühlt es sich an, wenn du jemanden tötest, so fühlt es sich an, ein Mörder zu sein – und du kannst von Glück reden, dass du Mörder und Opfer gleichzeitig bist.«

Meine Hand schnitt durch den Nebel, und die Klinge des Rasiermessers war scharf. Als sie herabfuhr, dachte ich im Stillen, dass es auf der Welt nichts Schärferes gibt als die Klinge eines Rasiermessers.

Das war jetzt das Einzige auf der Welt ...

3

Doch plötzlich gab es noch etwas anderes auf der Welt. Lärm. Ein Klopfen. Ein hartnäckiges Klopfen. Und Rütteln. Ich konnte es hören, aber es war eine Million Meilen weit weg. Jemand klopfte gegen die Tür und rüttelte am Knauf.

Ich würde nicht öffnen. Vielleicht hörte der Krach auf, wenn ich mich nicht rührte. Dann würde meine Hand vielleicht weniger zittern, und ich konnte meinen Vorsatz ausführen. Aber nicht, solange da jemand gegen die Tür schlug – es nahm einfach kein Ende. Von draußen hörte ich eine gedämpfte Stimme. Mit welchem Recht mischte sich da jemand ein? Niemand konnte mich zwingen, die Tür zu öffnen. Das war meine Angelegenheit.

»Verschwinden Sie!«, brüllte ich.

Wieder rüttelte jemand am Türknauf. Wieder klopfte jemand gegen die Tür, schlug auf meinen Kopf ein.

Ich wankte ins Wohnzimmer. Hier konnte ich die Stimme deutlich verstehen.

»Machen Sie auf – ich will mit Ihnen reden.«

»Nein!«

Stille. Ich stand da und wartete darauf, dass sich Schritte entfernten. Nicht mehr lange, und ich wäre wieder allein. Nicht mehr lange, und ich könnte wieder ins Bad zurückgehen und ... da hörte ich ein Rascheln. Etwas wurde unter der Tür hindurchgeschoben. Etwas Grünes. Das musste ich mir näher ansehen, ich musste herausfinden, was das war. Ich riss die Augen auf. Es war ein Hundertdollarschein.

Ich bückte mich und hob ihn mit der linken Hand auf, mit der freien Hand. Er fühlte sich wunderbar an; als ich das glatte Papier berührte, hörte ich auf zu zittern. Ich konnte den Geldschein in aller Deutlichkeit sehen, und der Schmerz hinter meinen Augen ließ nach. Wer hat da behauptet, Geld könne keine Wunder wirken? Wunder von jenseits der Tür. Eine solche Gelegenheit musste man beim Schopf ergreifen ...

Ich schob den Riegel beiseite und öffnete die Tür. Er kam herein. Der kleine Kerl, Peter Lorre. Nur dass es nicht Peter Lorre war. Dieser Mann hatte eine Glatze. Er hatte den Hut abgenommen, und das Licht aus dem Badezimmer fiel auf einen völlig haarlosen Schädel. Sollte eine Fliege versuchen, auf diesem Kopf zu landen, würde sie ausrutschen und sich was brechen.

Das dachte ich nicht wirklich; in meinem Kopf war im Moment kein Platz für Späße. Ich konnte nur dastehen und ihn anschauen, während ich versuchte, das Rasiermesser in der Hosentasche verschwinden zu lassen.

Er schaltete das Wohnzimmerlicht an, ging hinüber zum Sofa, setzte sich und zog das Monokel hervor. Dieses Mal tat es mir nicht in den Augen weh. Nichts konnte meinen Augen mehr wehtun. Der Hundertdollarschein knisterte in meiner Hand.

Der kleine Kerl blickte zu mir hoch und grinste. »Sie sind Eddie Haines«, sagte er. »Hocherfreut, Sie kennenzulernen. Ich bin Professor Hermann.«

Meine linke Hand hielt das Geld, und meine rechte blieb in der Tasche bei dem Rasiermesser. Also nickte ich nur. Dann hatte ich plötzlich das dringende Bedürfnis, mich zu setzen. Ich nahm den Stuhl. Er musterte mich, wobei er noch immer grinste.

»Bitte entschuldigen Sie meine Aufdringlichkeit. Ich habe versucht, Sie anzurufen, aber Ihr Telefon ist offenbar abgestellt worden. Ich muss unbedingt mit Ihnen sprechen.«

»Wie haben Sie hierher gefunden?«

Er hob die Hand mit dem Diamantring am kleinen Finger und winkte ab. Ich war mir gar nicht mehr so sicher, dass der Diamant unecht war.

»Mr. Rickert hat mir Ihren Namen und Ihre Adresse gegeben. Sie erinnern sich bestimmt, ich habe seinem Büro heute Nachmittag einen Besuch abgestattet. Sie wollten nicht mit mir reden, aber ich war aus genau diesem Grund dort. Ich habe Sie gesucht, Mr. Haines.«

»Warum das?«

»Ich habe Ihre Stimme auf einer Probeaufzeichnung gehört. Das ist es, woran ich so interessiert bin.«

»Arbeiten Sie für einen Radiosender, Professor?«

»Nein. Aber Stimmen interessieren mich. Mir schwebt da etwas vor, was auch Sie interessieren könnte.«

Er hatte mein Interesse bereits geweckt. Jeder, der einen Hundertdollarschein unter meiner Tür hindurchschob, interessierte mich brennend. So bin ich eben.

Allmählich wurde ich wieder nüchtern. Ich zog die rechte Hand aus meiner Hosentasche und ritzte mir dabei den Finger an der Klinge des Rasiermessers. Während ich mir das Blut mit dem Taschentuch abtupfte, zwang ich mich zu einem Grinsen.

»Ich fürchte, ich muss mich bei Ihnen entschuldigen«, sagte ich. »Sehen Sie, ich habe mich rasiert, als Sie anklopften. Als ich aus dem Bad gestürzt bin, hatte ich noch immer das Rasiermesser in der Hand. Und dann habe ich es prompt vergessen, weshalb ich mich jetzt daran geschnitten habe.«

Professor Hermann nickte ernst. »Mir scheint, es gibt da ein paar Dinge, die ich Ihnen noch beibringen muss. Zum Beispiel, wie man lügt.«

»Was wollen Sie damit sagen?«

»Mein lieber junger Freund! Sie werden bald merken, dass es wenig Sinn hat, mich täuschen zu wollen. Ich weiß nun einmal, dass ich Sie nicht beim Rasieren gestört habe. Sie wollten sich gerade die Kehle durchschneiden.«

Ich starrte ihn mit offenem Mund an, und er kicherte. »Und das wäre äußerst dumm von Ihnen, junger Mann. Sehr, sehr dumm. Denn Sie und ich, wir werden eine Million Dollar verdienen – zusammen.«

»Wann? Wo? Wie?«

»Das erkläre ich Ihnen beim Abendessen«, versprach er.

Und deshalb bin ich in meinen Mantel geschlüpft und habe ihn begleitet. Deshalb saßen wir bis fast neun Uhr im Restaurant, aßen und redeten.

Anfangs redete meistens ich. Der Professor warf nur hin und wieder etwas ein, um mich zu ermutigen, mehr von mir zu erzählen. Dazu war ich nur allzu gern bereit, solange der Hundertdollarschein in meiner Hosentasche knisterte.

Er saß da, nickte, lächelte und schüttelte den Kopf, alles wie aufs Stichwort. Erst als ich mich mit ein paar Tassen Kaffee aufgemuntert hatte, legte sich mein Mitteilungsbedürfnis. Vielleicht war es dumm von mir, dass ich ihm so viel erzählte, ohne zu wissen, was er wirklich wollte.

Ich zündete mir eine Zigarette an und schob die Tasse beiseite.

»Es hat den Anschein, als würde die meiste Zeit nur ich reden.«

Sein Kopf wippte auf und ab. »Nur zu. Ich höre Ihnen gerne zu. Sie haben eine wunderbare Stimme.«

»Erzählen Sie das den Leuten, die beim Radio und beim Fernsehen das Sagen haben. Die hören mir alle erst gar nicht zu.«

»Bürokraten!« Seine abschätzige Handbewegung war mir inzwischen vertraut, ebenso wie das Funkeln des Diamanten.

»Ihre Stimme ist viel zu gut, um sie darauf zu verschwenden, Benzin oder Abführmittel zu verkaufen.«

»Woran sind Sie dann interessiert?«, fragte ich.

»Das habe ich Ihnen bereits gesagt. An Ihrer Stimme. Ich habe die letzten Wochen damit zugebracht, mir Stimmen anzuhören. Auf Ihre Stimme bin ich durch Zufall in einer Werbeagentur gestoßen. Mr. Rickert hat wohl eine Hörprobe dorthin geschickt. Ich wusste auf der Stelle, dass ich gefunden hatte, wonach ich suchte. Sie haben wirklich eine außergewöhnliche Stimme, Mr. Haines. Und ich spreche nicht von Ausdruck und Betonung. Ich spreche von Ihrer Tonlage, von Ihrem Timbre. Ihre Stimme ist sehr überzeugend. Sie klingen ehrlich, so als meinten Sie, was Sie sagen. Frauen finden Gefallen an Ihrer Stimme, nicht wahr, Mr. Haines?«

Was war bloß in diesen Kerl gefahren? Ich starrte ihn an – ein fetter, hässlicher, glatzköpfiger, kleiner Mann, dem ich heute zum ersten Mal begegnet war und der mit Hundertdollarscheinen um sich warf und über Stimmen sprach.

Er lächelte. »Natürlich, Sie verstehen nicht, worauf ich hinauswill. Aber das werden Sie bald. Davon bin ich überzeugt. Mir gefällt Ihre neugierige Grundhaltung. Und Ihre Selbstsicherheit. Wie Sie heute Nachmittag in dem Vorzimmer versucht haben, mich dazu zu bringen, den Blick abzuwenden. Ich mache mir oft den Spaß, die Reaktionen fremder Menschen zu beobachten. Und ich bin zu dem Schluss gelangt, dass Sie es mit dem richtigen Training weit bringen werden. Wir sind uns nicht zufällig begegnet. Das war Schicksal.«

Jetzt lächelte Professor Hermann nicht mehr. Er saß vornübergebeugt da, und seine Augen funkelten wie dieser große Diamant.

»Hören Sie auf mit dem Gesäusel«, sagte ich. »Was haben Sie mit mir vor?«

Er warf einen Blick auf die Uhr an der Wand und stand rasch auf. »Wir haben nicht die Zeit, das jetzt zu besprechen«, erwiderte er. »Es wird spät. Wir werden bei einem Treffen erwartet.«

»Was für ein Treffen?«

»Kommen Sie mit und sehen Sie selbst. Es ist wichtig, dass Sie da sind, bevor die Zeugen aussagen.«

»Warten Sie mal. Ich will wissen, auf was ich mich hier einlasse. Schließlich kann ich es mir nicht leisten, meine Zeit zu vergeuden ...«

Er grinste. »Sie vertrauen mir nicht? Dann schlage ich vor, dass Sie mir den Hundertdollarschein zurückgeben, und wir sind quitt. Ich werde zu dem Treffen gehen, und Sie ... Sie gehen schön nach Hause und schneiden sich die Kehle durch.«

Ich starrte ihn eine ganze Weile an, und dann begriff ich. Ich fing an zu lachen. Ich lachte noch immer, als wir das Restaurant verließen und die Straße hinuntergingen.

»Sie haben also beschlossen, mich zu begleiten?«

»Richtig«, sagte ich. »Aber ich würde trotzdem gern wissen, wohin wir gehen.«

»Sie müssen nur wissen, dass wir heute Abend den ersten Schritt unternehmen«, erklärte mir Professor Hermann. »Den ersten Schritt auf dem Weg zu einer Million Dollar.«

4

Der Professor geleitete mich ungefähr einen halben Block weit die Straße entlang und blieb dann vor etwas stehen, das genau meiner Vorstellung von einem herrlichen Tier entsprach – vor einem nagelneuen schwarzen Jaguar.

»Steigen Sie ein«, sagte er.

»Aber wir sind nicht mit dem Auto gekommen …«

Er grinste erneut und ließ vor meinen Augen ein Schlüsselbund klimpern. »Richtig. Ich habe hier geparkt, bevor ich zu Ihnen gekommen bin. Ich habe alles vorbereitet.«

Seinem Grinsen hatte ich nur ein Schulterzucken entgegenzusetzen, also öffnete ich die Wagentür. Ich war froh zu wissen, dass ich mich nicht mit einem Autodieb einließ, aber es gefiel mir keineswegs, dass er sich so sicher gewesen war, wie ich reagieren würde. Ein kluges Köpfchen, der Professor – ein kluges, kahles Köpfchen.

Wir scherten aus der Parklücke aus, glitten den Boulevard entlang und fuhren schließlich in nordwestlicher Richtung nach Beverly Hills. Eine ganze Weile schwiegen wir beide, und der Jaguar schnurrte vor sich hin.

Der Professor warf einen Blick auf die Uhr am Armaturenbrett. »Wir sind pünktlich wie die Maurer«, sagte er. »Nachdem wir sie abgeholt haben, fahren wir direkt zu dem Treffen.«

»Sie?«

»Ach, ich habe vergessen zu erwähnen, dass wir einen Gast mitnehmen. Ich vermute, dass sie Ihnen gefallen wird – wahrscheinlich haben Sie noch nie einen Filmstar persönlich kennengelernt.«

»Einen Filmstar?«

»Sie ist bereits in einigen kleineren Rollen im Fernsehen aufgetreten. Für siebenhundertfünfzig Dollar die Woche. Lorna Lewis. Sagt Ihnen der Name etwas?«

Lorna Lewis, das Mädchen, deren Beine bis zum Hals reichten. Die Kritiker waren begeistert. Und ob mir der Name etwas sagte! Das versprach doch noch ein interessanter Abend zu werden.

»Filmleute sind wirklich äußerst leicht zu beeindrucken«, erklärte Professor Hermann. »Bei dem, was wir uns vorgenommen haben, erwarte ich noch Großes von Ihnen. Denken Sie nur an deren Interesse an der Astrologie. Ich kann Ihnen ein Dutzend Stars nennen – Schauspieler, Regisseure, Produzenten –, die sich nicht von der Stelle rühren, wenn die Sterne ihnen nicht gewogen sind. Dabei muss ich immer an einen der ganz großen Namen aus Hollywood denken, eine Frau, die schon im Filmgeschäft war, als Lassie noch ein Welpe war. Sie richtet ihr Leben ganz nach einem sorgfältig erstellten Horoskop aus, das auf ihrem Geburtsdatum beruht. Allerdings hat sie das mit fortschreitendem Alter schon mehrmals geändert. Inzwischen schon viermal, und jedes Mal besorgt sie sich einen neuen Astrologen und ein neues Horoskop. Aber sie schläft nicht einmal mit einem Regieassistenten, ohne vorher die Sterne zu konsultieren.«

Der Wagen erklomm einen Hügel. Weihnachtssterne pressten ihre blutenden Münder an eine Gartenmauer.

»Und diese Lorna Lewis«, sagte ich, »steht die auch auf Astrologie?«

Professor Hermann schüttelte den Kopf. »Nein. Auf Spiritismus.«

Ich blinzelte und setzte mich auf. »Wollen Sie damit sagen, dass wir uns hier auf so einen Spukschwindel einlassen?«

»Keineswegs. Mein lieber Junge, unterschätzen Sie mich nicht. Sie und ich, wir sind über dergleichen ordinäre Täuschungen doch erhaben. Unser Weg führt uns zu Höherem. Aber darüber werden wir uns ein andermal unterhalten. Im Moment heißt es beobachten – und schweigen.«

Wir bogen in eine Zufahrt ein, die zu einem Anwesen in Hanglage führte. Jenseits des von Palmen gesäumten Pfades erhob sich eine weitläufige neospanische Hazienda. Ich erhaschte einen Blick auf eine hinter dem Haus gelegene Terrasse mit Swimmingpool. Dann hielten wir vor einer breiten Steintreppe. Der Motor winselte und erstarb.

Professor Hermann führte mich zur Tür. Er läutete, und ein helles Klingeln ertönte. Wir warteten, bis die Tür geöffnet wurde.

»Kommen Sie herein«, sagte eine Stimme. Ich erkannte sie sofort. Auch der schwarze Lockendschungel war mir vertraut und die vollen Lippen, die schlanken, ebenmäßigen Beine. Lorna Lewis höchstpersönlich.

»Ich bin gleich bei Ihnen.« Mit einer beiläufigen Handbewegung wies sie auf ein kleines Sofa, das seitlich in einer Nische stand, und eilte die Treppe hinauf, wobei uns der Ausblick auf ihr Profil und das schönste Paar pfirsichfarbener Hosenbeine, das ich je gesehen hatte, vergönnt war.

»Kriegen Sie sich wieder ein!«, zischte der Professor. »Und nicht vergessen – von jetzt an sprechen Sie nur, wenn ich es Ihnen sage.« Er zog sein Monokel aus der Tasche und beugte sich vor, um es mit einem Tuch zu polieren, als wäre es eine empfindliche Linse aus einem Labor. »Denken Sie daran, nicht ein Wort. Überlassen Sie das Reden mir.«

»Aber ...«

Sie kam im Eilschritt die Treppe herunter, immer noch in der pfirsichfarbenen Hose und einer grünen Bluse. Die Bluse hatte ich noch nicht angemessen gewürdigt, aber sie stellte ihre Hose noch in den Schatten.

»Fertig? Gut, gehen wir. Wir sind für halb zehn verabredet, und wir sollten uns nicht verspäten.« Erst da schien sie mich zu bemerken. Sie hielt inne und blinzelte, nur um mir zu zeigen, dass sie blinzeln konnte, ohne dass die Wimperntusche abblätterte. »Wer ist das?«, fragte sie.

»Miss Lewis, das ist Judson Roberts.«

Offenbar war damit ich gemeint. Ich erhob mich und öffnete den Mund, aber der Professor hüstelte.

»Mr. Roberts kann Ihnen nicht antworten. Er hat sich bis Mitternacht zum Schweigen verpflichtet.«

Dieses Mal war ihr Blinzeln nicht gespielt. »Ach – ein Gelübde oder so etwas?«

»Aber keinesfalls, mein liebes Kind! Mr. Roberts ist kein Mystiker. Er ist Wissenschaftler. Als solcher experimentiert er mit psychologischer Konditionierung. Er ist gerade aus Lima eingetroffen, wo er an der Universität lehrt, und gedenkt, mich bei meiner Arbeit zu unterstützen. Mir wäre sehr daran gelegen, dass er Ihnen bei Gelegenheit von seinen Forschungen erzählt – das wird Sie bestimmt brennend interessieren.«

»Davon bin ich überzeugt.« Sie musterte mich eingehend, und dabei fand ich heraus, dass sie mit ihren Augen nicht nur blinzeln konnte.

»Ich habe Mr. Roberts eingeladen, uns heute Abend als Beobachter zu begleiten.« Der Professor zögerte. »Wenn Sie nichts dagegen haben.«

»Nein, überhaupt nicht. Allerdings weiß ich nicht, was Mrs. Hubbard davon halten wird. Ich habe mir sagen lassen, dass sie sehr unwirsch sein kann, wenn sie jemanden nicht kennt.«

»Allerdings.« Der Professor geleitete uns hinaus und setzte sich hinter das Steuer des Wagens. Lorna Lewis ließ sich auf dem Beifahrersitz nieder, und ich zwängte mich neben sie. Die pfirsichfarbene Hose schmiegte sich an meinen Oberschenkel. Ich schmiegte zurück. Ich mochte zwar nicht sprechen dürfen, aber es gelang mir trotzdem, einen gewissen Eindruck zu machen.

Der Professor redete fast ununterbrochen, wobei er den Jaguar zunächst nach Süden und dann nach Osten lenkte. »Ihre Mrs. Hubbard kann fremde Menschen wahrscheinlich überhaupt nicht leiden. Das würde ich auch nicht, wenn ich mit einer solchen Scharlatanerie gutes Geld verdiente. Ich will gar nicht wissen, wie viel sie den Filmleuten mit ihrem vorgetäuschten Spiritismus abknöpft.«

Lorna Lewis warf wütend den Kopf in den Nacken. Ein Sturm zerzauste den Dschungel.

»Sie werden schon sehen! Mrs. Hubbard ist anders. Sie legt es nicht darauf an, irgendjemand mit faulen Tricks oder Hokuspokus zu täuschen.«

»Wieso, kommt sie ganz ohne Ektoplasma oder Geistererscheinungen aus? Keine Kunststücke mit Seilen, kein Tischklopfen? Keine Apporte?«

»Sie machen sich über mich lustig.« Ihre Finger strichen über ein silbernes Zigarettenetui. »Mr. Roberts?«

»Mr. Roberts raucht nicht«, sagte der Professor barsch.

Das war mir neu. Ich fragte mich, ob ich auch nicht trank. Wahrscheinlich fastete ich auch ständig. Und ganz bestimmt ließ ich mich nicht mit Frauen ein. Ich musterte Lorna Lewis und gelangte zu der Feststellung, dass diese Regel schnellstens außer Kraft gesetzt werden musste.

»Meine liebe Miss Lewis«, schnurrte der Professor. »Ich bin von Natur aus Skeptiker und von Beruf Psychologe. Als solcher habe ich viel Zeit darauf verwandt, sogenannte psychische Phänomene zu untersuchen. Ich sage das nur ungern, aber mir ist noch nicht ein einziges echtes Medium begegnet.«

»Aber Mrs. Hubbard spielt kein Theater«, wandte das Mädchen ein. »Na schön, ich war erst ein Mal bei ihr, und das war, als würde sie ganz normal Besuch empfangen. Die Lichter waren an und so weiter. Aber was sie mir alles erzählt hat, was sie alles über mich wusste, das war einfach unheimlich! Sie kannte meinen Namen – meinen richtigen Namen, meine ich –, sie wusste, wie alt ich bin, wo ich wohne, mit wem ich verwandt bin, in welchem Film ich als Nächstes mitspielen werde und wer dabei Regie führt. Sie hat mir sogar gesagt, dass Lester Vance die männliche Hauptrolle übernehmen würde, und das habe ich erst drei Tage später vom Studio erfahren!«

Der Professor kicherte. »Sie sind beim Film, Kindchen. Solche Informationen sind fast schon Allgemeingut.«

»Aber mein richtiger Name, mein tatsächliches Alter ...«

»Ist irgendwo erfasst. Bestimmt ist es ein Leichtes, an Ihre Geburtsurkunde heranzukommen. Eine skrupellose Frau wäre sicher bereit, ein paar Dollar dafür hinzulegen. Vermutlich kennt sie Leute im Studio und bezahlt jemanden, damit sie im Voraus ein paar Tipps bekommt. So hofft sie, in Ihnen eine regelmäßige Kundin zu gewinnen und noch andere zu ködern. Haben Sie nicht erwähnt, dass Ihr Friseur Ihnen gesagt hat, Sie sollen zu ihr gehen? Das ist alles sehr durchsichtig.«

Da begriff ich, dass er mehr zu mir sprach als zu ihr – er legte mir dar, wie solche Betrügereien abliefen. Ich hörte ihm aufmerksam zu.

»Und wenn Sie leichtgläubig genug sind, wird Mrs. Hubbard sich nicht lange mit Handlesen für zehn Dollar zufriedengeben. Sie wird Ihnen gute Ratschläge für die Zukunft erteilen und mit noch intimeren Informationen über Ihr Leben aufwarten; alles in kleinen Portionen, damit Sie ja immer wiederkommen. Früher oder später wird sie herausfinden, dass Sie über magische Fähigkeiten verfügen, dass Sie hellseherisch veranlagt oder medial begabt sind. Sie wird Sie auf Tafeln schreiben lassen und dann die alte Nummer mit der psychischen Kraft abziehen.«

»Was für eine psychische Kraft?«

»Um unbelebte Objekte zu bewegen, ohne sie zu berühren. Sie wird mit der Hand über einem Apfel oder einer Münze herumfuchteln. Und die Gegenstände werden ihr gehorchen, sich bewegen und ihrer Hand folgen. Psychische Kraft. Irgendwann einmal zeige ich Ihnen, wie man das macht.«

»Erklären Sie es mir.«

»Ganz einfach. Sie trägt einen magnetisierten Ring. In dem Apfel oder der falschen Münze steckt ebenfalls ein Magnet. Je nach Gewicht des Gegenstands kann sie ihn über den Tisch schieben oder in die Luft hüpfen lassen. Das klingt einfach und dumm und offensichtlich, aber warten Sie, bis Sie sehen, was für ein Theater sie drum herum veranstaltet – das gedämpfte Licht, ihre gedämpfte Stimme, und überall Geister.«

Lorna Lewis schüttelte den Kopf. »So ist Mrs. Hubbard überhaupt nicht. Sie werden sehen.«

»Nun gut. Aber denken Sie daran, ich bin hier, um Sie zu beschützen. Stellen Sie uns einfach als Freunde vor. Ich verspreche Ihnen, dass ich mich in keinster Weise einmischen werde, aber ich möchte verfolgen, was geschieht.«

»Schon gut, Professor«, entgegnete Lorna Lewis mit jenem schelmischen Lächeln, das die Herzen von Millionen erobert hatte. »Dass Sie mir nur nicht über die Stränge schlagen.«

Wir bogen in eine Straße ein, die den Eindruck machte, als wäre den Anwohnern vor langer Zeit das Geld ausgegangen. Wenn sie denn jemals welches besessen hatten. Die Vorgärten waren mit bräunlichem Unkraut überwuchert, verwelkte Zwergpalmen fungierten offenbar als Hundeklos, und die Häuser hinter den verrosteten Zäunen sahen aus, als würden sie gleich einstürzen.

Es war eine heiße Nacht. Auf Veranden, von denen die Farbe abblätterte, hockten reizlose Frauen in Schaukelstühlen und fächelten sich vergeblich Luft zu. Flachsköpfige Bälger lugten hinter rotzgrünen Jalousien hervor. Straßenlaternen ließen die zahllosen Fliegen in einem verzerrten Licht erscheinen, trugen jedoch nichts dazu bei, den Gestank von verwelkter Vegetation, faulendem Holz, Schweiß, Abfall und Bratfett abzuschwächen.

»Wir sind da.« Lorna Lewis deutete auf ein Haus. Anscheinend verfügte sie tatsächlich über hellseherische Fähigkeiten, denn für mich unterschied sich diese Hütte in nichts von allen anderen. Sie hatte zwei Stockwerke und mochte einmal gelb gestrichen gewesen sein. Die Jalousien waren heruntergelassen, die Tür war geschlossen, und der Katzendreck auf der maroden Veranda war das einzige Lebenszeichen.

Wir parkten und schritten dann im Gänsemarsch über den Gehsteig. Fast wäre ich über ein ramponiertes blaues Serviertischchen gestolpert, das vor dem Zaun auf der Seite lag. Es fehlte nicht viel, und ich hätte auf der Stelle mein Schweigegelübde gebrochen.

Wenn ich mich nicht täuschte, sah ich, wie sich hinter einem Fenster links von der Veranda die Jalousie bewegte, aber mein Interesse galt eher den geschmeidigen Bewegungen der pfirsichfarbenen Hose von Lorna Lewis. Wir folgten ihr die Treppe zur Veranda hinauf.

Sie drückte auf die Klingel, und im Haus ertönte ein mürrisches Jaulen. Eine Mexikanerin mit bleichem Gesicht öffnete die Tür. Sie wischte sich Schweißperlen von ihrem Oberlippenbart, fuhr sich über die strähnigen Haare und sagte: »Ja, bitte?«

»Wir möchten zu Mrs. Hubbard. Wir haben einen Termin.«

»Ich werde Sie melden. Warten Sie hier.«

Sie führte uns in die Diele und ließ uns dort zurück.

In der Diele war es so dunkel und eng wie in einem Schrank. Und wie in einem Schrank roch es nach Mottenkugeln und Moder. Links und rechts befanden sich offenbar Zimmer, und das Mädchen ging durch eine Tür zu unserer Rechten. Daran war überhaupt nichts Übernatürliches – sie öffnete sie, bevor sie hindurchtrat.

Wir ließen uns in Korbstühlen nieder und warteten. Neben meinem Stuhl stand ein Beistelltisch, auf dem ein Stapel zerfledderter Zeitschriften lag. Ich griff nach einer. Es war die Januar-Ausgabe von *Film Fun* aus dem Jahr 1933.

Lorna Lewis zog eine Zigarette hervor. Der Professor polierte sein Monokel. Ich guckte mir »spaßige« Standaufnahmen von solchen Filmhanswürsten wie Harry Langdon, Jimmy Finlayson, Andy Clyde und Edgar Kennedy an.

Die Stille war durchdringend. Die Luft war heiß und muffig. Die Diele verwandelte sich in einen übergroßen Sarg. Zeit verstrich, aber was ist schon Zeit, wenn man sich in einem Sarg befindet. Lorna Lewis drückte ihre Zigarette aus. Der Professor rückte sein Monokel zurecht. Ich saß da und lauschte den Würmern, die sich durch die Holzwände bohrten.

Dann ging die Tür auf, und wir schraken zusammen. »Hier entlang, bitte«, sagte die Mexikanerin.

Hinter der Tür befand sich ein gewöhnliches Wohnzimmer – die »gute Stube« zu der Zeit, nachdem das Haus gebaut worden war. Überall standen mit Schnitzereien verzierte Holzmöbel, deren Polsterung noch aus der Zeit von Queen Anne stammte. Die Tapete war in Pariser Grün gehalten, wurde jedoch von zahlreichen Mehrfarblithografien des Heilands am Kreuz weitgehend verdeckt.

Die Mitte des Zimmers wurde von einer »Esszimmergarnitur« beherrscht, die aus sechs Stühlen und einem runden Tisch bestand. Mrs. Hubbard saß auf einem der Stühle, die Ellbogen auf die Tischplatte gestützt. »Mrs. Hubbard« traf es allerdings nicht ganz – »Mutter Hubbard« wäre angemessener gewesen. Sie war eine fette, ungepflegte, rotgesichtige Frau in den Wechseljahren, mit Schweineborsten auf Armen und Kinn. Auf dem Kragen ihres hochgeschlossenen schwarzen Kleides ruhte ein brauner Haarknoten. Ihre tiefliegenden Augen strahlten eine gewisse Tragik aus; wenn ich jemals eine leidende Frau gesehen habe, dann sie. Woran sie litt? An einem Kater.

»Willkommen.«

Ihre Stimme war so voluminös wie ihr Körper. Sie hallte von den Wänden zurück und brachte fast unsere Trommelfelle zum Platzen.

»Sie sind pünktlich, Miss Lewis. Und wie ich sehe, haben Sie Gäste mitgebracht.«

»Ich dachte, Sie hätten vielleicht nichts dagegen. Das ist ...«

»Ich weiß.« Mrs. Hubbard lächelt schwach. »Bitte setzen Sie sich, und ich werde mich bemühen, den skeptischen Professor Otto Hermann davon zu überzeugen, dass ich tatsächlich über hellseherische Gaben verfüge.«

Wir wählten unsere Plätze und setzten uns an den Tisch. Die Mexikanerin öffnete wieder die Tür und führte vier weitere Personen herein. Wir wandten uns um und musterten den kleinen, fetten, rotgesichtigen Mann mit dem Schnauzbart, die füllige Matrone in dem geblümten Kleid, das blasse blonde Mädchen mit der Brille und die hagere grauhaarige Frau, die an ihrer Perlenkette herumspielte.

Ohne eine Miene zu verziehen, winkte Mrs. Hubbard die Neuankömmlinge an ihre Plätze. Die Mexikanerin brachte noch einige zusätzliche Stühle und trug dann einen Kartentisch herein, den sie in eine Ecke des Zimmers stellte. Mrs. Hubbard erhob sich und zog sich auf einen Sessel hinter dem Kartentisch zurück, während wir ihr zugewandt in einem Halbkreis um den großen Tisch saßen.

Niemand sprach ein Wort. Lorna Lewis beobachtete

Mrs. Hubbard. Ich beobachtete Lorna Lewis. Der Professor beobachtete mich. Mrs. Hubbard schien niemanden im Besonderen zu beobachten. Die ganze Angelegenheit verströmte den Charme und die Ausgelassenheit einer gerichtlichen Anhörung. Ich wartete darauf, dass irgendetwas geschah. Dass sich die Jalousien schlossen, jemand gegen die Wände klopfte und wehklagte, mit quietschender Kreide über eine Tafel fuhr oder dass dem Mund einer stöhnenden Frau ein phosphoreszierendes Phantom entströmte.

Wieder betrat die Mexikanerin das Zimmer. Sie hielt ein Tablett mit billigem, blau liniertem Papier, einer Packung Briefumschlägen und einigen gespitzten Bleistiften in der Hand. Dieses Sortiment sorgte auf Mrs. Hubbards Kartentisch für ziemliche Unordnung.

Wir sahen der Mexikanerin dabei zu, wie sie sich auf stämmigen Beinen wieder in Richtung Tür bewegte. Der rotgesichtige Mann strich sich über seinen Schnauzbart, die Matrone spielte mit ihrer Handtasche, das Mädchen mit der Brille hustete, und die grauhaarige Frau missbrauchte ihre Halskette als Rosenkranz. Der Professor konnte sich mit seinem Monokel vergnügen und ich mich mit Lorna Lewis. Ihr schwarzes Haar schimmerte, als wäre es lebendig. Ich fragte mich, wie es sich anfühlen würde, die Finger in diese Locken zu graben, ihren Kopf nach hinten zu reißen und ...

»Jeder nimmt sich bitte einen Bleistift, ein Blatt Papier und einen Umschlag.«

Mrs. Hubbard war bereit, ihre Nummer abzuziehen. Wir standen auf, defilierten an dem Tischchen vorbei und kehrten an unsere Plätze zurück.

»Da unsere Gruppe heute Abend ein wenig größer ist als gewöhnlich und weil jeder in der Gegenwart fremder Menschen natürlicherweise zu größerer Zurückhaltung neigt, halte ich es für das Beste, wenn jeder seine Fragen aufschreibt.« Mrs. Hubbard lächelte.

»Für den Anfang schlage ich vor, dass jeder von Ihnen eine Frage zu Papier bringt. Wenn uns die Zeit dazu bleibt, gehe ich auf Ihre weiteren Fragen gern persönlich ein – und unter vier Augen, wenn Sie das wünschen. Offen gesagt ist es für mich im Moment von Bedeutung, Ihr völliges Vertrauen zu gewinnen. Andernfalls werden Sie weder Vertrauen in meine Fähigkeiten haben noch in mein Vermögen, Ihnen zu helfen. Da einige von Ihnen heute Abend zum ersten Mal hier sind, werde ich mich einer ziemlich spektakulären Methode bedienen, um Sie von meinem übernatürlichen Wahrnehmungsvermögen zu überzeugen.«

Ihre tiefe Stimme war sanft und weich und ausgesprochen überzeugend.

»Ich bin keine besonders gute Selbstdarstellerin – ich kann Ihnen kein abgedunkeltes Zimmer, kein Tischklopfen und keine Geistererscheinungen bieten. Aber wenn jeder von Ihnen eine Frage auf ein Blatt Papier schreibt, es so oft faltet, wie er möchte, und es persönlich in einem Umschlag versiegelt – dann kann ich Ihnen vielleicht ein interessantes psychisches Phänomen demonstrieren.«

Es folgte eine Pause, alle zögerten. Mrs. Hubbard musste keine Mystikerin sein, um die Unentschlossenheit zu spüren.

»Bitte. Das ist alles sehr einfach. Ich werde Ihnen Ihre Frage vorlesen, ohne den Umschlag zu öffnen. Dabei ist kein Betrug im Spiel. Sie können das Papier, die Bleistifte und die Umschläge gern genau untersuchen. Sie werden feststellen, dass nichts davon mit Kohlenstoff, Wachs oder Säure behandelt wurde. Ich werde Sie nicht warten lassen und die Umschläge nicht gegeneinander austauschen. Ich werde Ihnen Ihre Frage sofort vorlesen und sie beantworten, sobald ich dazu in der Lage bin. Seien Sie so ehrlich wie möglich und schreiben Sie auf, was Ihnen am meisten am Herzen liegt ...«

Der rotgesichtige Mann kritzelte etwas auf sein liniertes Blatt und faltete es behutsam viermal zusammen. Die Matrone leckte über die Spitze ihres Bleistifts und runzelte die Stirn. Lorna Lewis zog einen Schmollmund. Ich sah zu, wie sie die Lippen schürzte, als wollte sie von jemandem geküsst werden – oder gebissen. Bei diesem Anblick fielen mir gleich mehrere Fragen ein, aber keine, von der ich wollte, dass sie in diesem Kreis vorgelesen wurde.

Ich schirmte mein Blatt mit der Hand ab und schrieb: »Wird mein eben begonnenes Unternehmen erfolgreich sein?«

Überall am Tisch wurde Papier gefaltet und in Umschläge gesteckt. Lorna Lewis fuhr mit der Zunge über die Gummierung der Lasche. Wie eine Katze, die Rahm aufleckte. Ich fragte mich, wie es wohl wäre …

Dann hörte ich auf, mir Fragen zu stellen. Mrs. Hubbard ging schweren Schrittes zum Tisch und nahm sich die Umschläge. Ich beobachtete sie aus offensichtlichen Gründen; wir alle beobachteten sie. Aber ich konnte sie bei keinem Taschenspielertrick ertappen. Sie legte die sieben Umschläge aufeinander, mischte sie sorgfältig und legte sie auf den Tisch. Dann fächerte sie sie auf und runzelte die Stirn. Unsere Stühle knarrten, während wir sie weiter im Auge behielten. Sie schaltete eine Lampe hinter sich an und griff nach einem Ablagekorb aus Drahtgeflecht.

»Ich werde Ihre Fragen eine nach der anderen vorlesen und beantworten«, erklärte sie uns. »Um mir zu bestätigen, dass ich richtigliege, möchte ich denjenigen, der die Frage aufgeschrieben hat, bitten, die Hand zu heben und mich wissen zu lassen, dass mein Gespür mich nicht trügt. Dann werde ich den Umschlag öffnen, der die Frage enthält. Sind Sie damit einverstanden?«

Wir nickten. Ich schaute zu Professor Hermann hinüber. Sein Gesicht war völlig ausdruckslos. Ich fragte mich, was er wohl dachte, was er wohl tun würde, falls sich Lorna Lewis von Mrs. Hubbard überzeugen ließ. Bisher hatte er noch nicht ein Wort gesagt.

Mrs. Hubbard starrte eine Weile die Umschläge an und runzelte die Stirn. Sie streckte die fette Hand aus und griff sich wahllos einen Umschlag aus der Mitte des Fächers. Dann legte sie sich den Umschlag an ihre Stirn und schloss die Augen.

Schließlich ertönte wie aus großer Ferne ihre Stimme – als käme sie tief aus ihrem Innern, als käme sie aus dem Umschlag selbst.

»Soll ich dem Konsortium meinen Grundbesitz verkaufen oder auf der ursprünglichen Summe bestehen?«, flüsterte sie.

Der rotgesichtige Mann mit dem Schnauzbart sprang auf wie Kasperle aus der Kiste. »Stimmt ganz genau!«, rief er. »Donnerwetter, das ist wirklich meine Frage.«

Professor Hermann blinzelte nicht einmal. Alle anderen beugten sich ganz aufgeregt und angespannt vor.

Mrs. Hubbard lächelte. »Bitte bleiben Sie ruhig. Sonst fällt es mir schwer, mich zu konzentrieren.« Dann öffnete sie den Umschlag, faltete das Blatt auf, warf einen beiläufigen Blick darauf und legte es in den Ablagekorb. Die ganze Zeit über redete sie weiter.

»Mr. Rogers, ich sehe, dass der Besitz, auf den Sie sich beziehen, aus acht Grundstücken besteht, die südlich von San Juan Capistrano liegen, direkt am Küsten-Highway. Das Konsortium, von dem Sie sprechen, das ...«

Rogers schien etwas sagen zu wollen, und sie hielt inne. »Wenn Ihnen das lieber ist, werde ich die Namen der Beteiligten natürlich für mich behalten. Aber es stimmt doch, dass man auf diesen Grundstücken ein Hotel plant? Und dass man Ihnen gestern im Fall eines festen Kaufabschlusses achtzehntausend Dollar geboten hat, während Sie auf fünfundzwanzigtausend Dollar bestehen? Dachte ich es mir doch. Es hat den Anschein, dass das Konsortium, sofern Sie ablehnen, am Donnerstag auf zwanzigtausend Dollar erhöhen wird. Sollten Sie noch einmal ablehnen, werden sie am Montag auf Ihre Forderung eingehen.«

Ohne Pause griff die dickliche Hand nach einem weiteren Umschlag und presste ihn sich gegen die Stirn. Ihre Augen schlossen sich, und ihr Mund öffnete sich.

»Wird Mike mich verlassen?«

Lorna Lewis beugte sich vor. »Ja«, murmelte sie. »Das ist meine Frage.«

Mrs. Hubbard nickte und schlitzte den Umschlag auf. Sie faltete das Blatt auf, warf es in den Ablagekorb, ließ den Blick darüberschweifen und nickte dabei nachdenklich.

»Mike wird Sie bald verlassen – für immer. Er bereitet schon in diesem Augenblick seine Abreise vor. Er hat Ihnen noch nichts davon gesagt, weil er sich selbst noch nicht ganz sicher ist. Aber ich sehe, wie er sich von Ihnen entfernt, wie er weit weggeht, sehr weit weg ...«

Das Mädchen öffnete den Mund. Mrs. Hubbard war auf diese Reaktion offenbar vorbereitet, denn sie sprach hastig weiter. »Ich könnte Ihnen noch mehr erzählen, aber das wäre taktlos. Vielleicht später, unter vier Augen, wenn Sie das möchten.«

Wieder versuchte ich, Professor Hermanns ausdruckslosen Blick zu ergründen. Wie machte sie das nur? Irgendein Trick, den es zu durchschauen galt, aber welcher?

»Wird mein eben begonnenes Unternehmen erfolgreich sein?«

Sie las meine Frage!

Jetzt sperrte ich den Mund weit auf. Während Mrs. Hubbard achtlos den Umschlag aufriss und das gefaltete Blatt herauszog, atmete ich tief durch. Sie faltete es auf – *und sperrte den Mund auf.*

Etwas Rotes flatterte auf den Tisch; etwas Verwegenes, Schamloses, mit dem Bild eines halbnackten Mädchens vor blutrotem Hintergrund.

Das Titelbild der Zeitschrift *Film Fun*, die ich in der Diele gelesen hatte!

Professor Hermann war aufgesprungen und schnappte sich das Titelbild. »Sie haben sich in dem Umschlag geirrt«, sagte er. »Das ist meine Frage, glaube ich.«

Mrs. Hubbard rang verzweifelt um Worte. Als sie schließlich die Fassung wiedererlangte, klang ihre Stimme fast eine Oktave höher als zuvor.

»Sie miese Ratte!«

Aber sie konnte nicht weglaufen. Wir drängten uns um den Tisch, und der Professor, der nicht länger den Schweigsamen spielte, ergriff das Wort.

»Eigentlich ist es äußerst einfach. Der ganze Schwindel ist so alt wie das Meer. Während die Zuschauer nach Spiegeln suchen, nach elektronischen Detektoren, nach allen möglichen hinterhältigen Gerätschaften, bedient sich die gewiefte Mystikerin nur des guten alten »Vorgriff«-Systems. Natürlich braucht sie dafür einen Komplizen. In diesem Fall war das Mr. Rogers.«

Der rotgesichtige Mann mit dem Schnauzbart, der wie ein Kasperle aufgesprungen war, sah jetzt so aus, als hätte ihm jemand die Luft rausgelassen. Der Professor griff nach seinem Arm.

»Das läuft folgendermaßen. Der Komplize schreibt ebenso wie die anderen die Frage auf und versiegelt sie, aber er markiert den Umschlag, indem er mit dem Fingernagel eine Kerbe hineinritzt. Das Medium erkennt ihn auf den ersten Blick. Hier.«

Er hielt einen Umschlag hoch. Er war verschlossen!

»Den hebt sie sich für ganz am Schluss auf. Aber die Frage des Komplizen verliest sie zuerst. Natürlich ist die vorher abgesprochen worden. Dann springt der Komplize auf und macht ein großes Theater darum, dass er die richtige Frage gehört hat. Sie öffnet den Umschlag, den sie sich an die Stirn gehalten hat. Dabei handelt es sich natürlich um einen der anderen, der eine ernst gemeinte Frage enthält. Diese Frage liest sie jetzt. Während sie also die Frage des Komplizen in allen Einzelheiten beantwortete, hat sie in Wirklichkeit die Frage aus Miss Lewis' Umschlag gelesen. Dann antwortete sie Miss Lewis, während sie mit dem nächsten Umschlag ebenso verfuhr. Als sie ihn öffnete, konnte sie sich Mr. Roberts' Frage einprägen. Aber als sie dessen Frage vorlas, öffnete sie meinen Umschlag – und das war ihr Fehler.«

»Na schön, Sie Saftsack«, murmelte Mrs. Hubbard. »Was wollen Sie?«

Der Professor zuckte mit den Achseln. »Nichts weiter, zumindest nicht von Ihnen – außer dass Sie uns versprechen, damit aufzuhören, Leute zu betrügen, die echter Hilfe von renommierten Fachärzten bedürfen. Ich glaube nicht, dass Sie mit Ihren Schwindeleien hier noch lange Erfolg haben dürften.«

»Hören Sie, Sie gottverdammter ...«

»Vorsicht jetzt! Achten Sie auf Ihre Ausdrucksweise. Sie sind nicht eben sehr damenhaft, Mrs. Hubbard. Natürlich kann der äußere Schein trügen; das müssen Sie sich immer vor Augen halten, meine Damen und Herren. Mrs. Hubbard zum Beispiel drückt sich nicht besonders damenhaft aus, weil sie eigentlich gar keine Dame ist. Sondern ...«

Die Hand des Professors senkte sich auf den Kopf von Mrs. Hubbard herab. Als er sie wieder anhob, hielt er eine braune Perücke mit Haarknoten umklammert. Mit weit aufgerissenem Mund glotzten wir den fetten, glatzköpfigen Mann an, der uns plötzlich gegenübersaß, sich mit beiden Händen an der Tischplatte festklammerte und fluchte wie ein Produzent, dem die Werbekunden davonliefen.

Professor Hermann schenkte seinem Opfer keine weitere Beachtung, sondern drehte sich zu uns um und deutete eine Verbeugung an.

»Meine Freunde«, sagte er. »Ich glaube, unsere kleine Auseinandersetzung mit dem Übernatürlichen ist zu Ende.«

5

Wir fuhren Lorna Lewis nach Hause. Ich musste mich immer wieder daran erinnern, dass ich »Judson Roberts« war und einem Schweigegelübde unterlag. Aber der Professor saß hinter dem Steuer. Er fuhr, ich zappelte herum, und Lorna Lewis plapperte.

»Sie hatten ja so was von recht«, seufzte sie. »Und ich bin Ihnen ja so was von dankbar. Wenn ich diesem Hochstapler auf den Leim gegangen wäre ... ich meine, wenn ich ihm wirklich Dinge anvertraut hätte, bei denen ich auf Rat angewiesen bin ...«

Sie erbebte neben mir. Es fühlte sich gut an.

Professor Hermann lächelte. »Vielleicht sollten Sie in Zukunft etwas vorsichtiger sein. Ihre persönlichen Probleme sollten Sie nur einem renommierten Facharzt anvertrauen.«

»Das sagt Mike auch immer.« Sie zündete sich eine Zigarette an, und ich litt Höllenqualen, während ich neben ihr saß und den Rauch roch, der aus ihrem Mund quoll. »Was Mike betrifft – da gibt es etwas, das ich unbedingt wissen muss.«

»Sie machen sich Sorgen wegen ihm, nicht wahr?«

»Ja. Und ich möchte, dass Sie mir helfen. Ich weiß, dass ich Ihnen vertrauen kann. Wann können wir darüber reden?«

»Miss Bauer kümmert sich um meine Termine. Sie können sie jederzeit in meiner Praxis anrufen.«

Dabei beließ er es, und schließlich stieg sie vor ihrem Haus aus. Sie verabschiedete sich und verlieh ihrer Hoffnung Ausdruck, mich wiederzusehen. Ich nickte gelassen. Während ihr pfirsichfarbenes Hinterteil die Treppe hinaufhüpfte, riss ich bereits ein Päckchen Zigaretten auf und suchte verzweifelt nach Streichhölzern. Als wir auf die Straße nach Westen einbogen, bekam ich die Kippe endlich an.

»Kann ich jetzt wieder sprechen?«, fragte ich.

Der Professor nickte.

»Ich weiß noch nicht, was Sie ihr verkaufen wollen, aber sie wird jeden Preis dafür bezahlen.«

Er grinste.

»Das mit dem Titelbild der Zeitschrift war eine nette Idee. Aber was hätten Sie gemacht, wenn der Kerl einen anderen Schwindel versucht hätte? Wären Sie darauf ebenfalls vorbereitet gewesen?«

»Aber sicher. Meine Methode ist absolut zuverlässig. Das werden Sie noch beizeiten herausfinden.«

»Wohin fahren wir jetzt?«

»Das werden Sie schon sehen.«

»Wann erzählen Sie mir endlich, was Sie vorhaben?«

»Bald.«

Ich hielt die Klappe und schaute zu, wie die Lichter von Santa Monica vorbeihuschten. Wir rauschten am Ufer des Ozeans entlang, wo vor Stunden die Sonne in das Wasser geplumpst war wie eine große kalifornische Orange.

Als wir uns den flimmernden Straßenlaternen von Long Beach näherten, stand ein zitronenfarbener Mond am Himmel. Der Professor parkte in einer Nebenstraße, und wir gingen eine Rampe zur Promenade hinunter. Wir drängelten uns durch die abendliche Menschenmenge und gelangten schließlich auf den Mittelweg.

»Folgen Sie mir«, sagte der Professor und ging zielstrebig auf eine Bude weiter vorn zu.

Zirkusbanner verkündeten verheißungsvoll: SEERO DER MYSTIKER – GEHEIMNISSE AUS VERGANGENHEIT, GEGENWART UND ZUKUNFT. Farbenprächtige Horoskope prangten an den Seitenwänden des Kartenschalters. Hinter der Glasscheibe grinste uns eine blonde, pferdegesichtige Frau mit vorstehendem Gebiss an.

Der Professor begrüßte sie. »Ist er schon da?«

»Er ist gerade gekommen. Sie können reingehen. Es ist niemand bei ihm.«

Wir betraten die Bude, folgten einem schmalen Gang und gelangten schließlich in einen abgedunkelten Raum, in dem weitere Banner hingen. Hinter einem verhüllten Tisch saß ein Mann und starrte gebannt in eine Kristallkugel. Er trug einen Morgenmantel und einen Turban. Als er uns bemerkte, stand er auf, ging zur Tür, verriegelte sie und kehrte wieder auf seinen Platz an dem niedrigen Tisch zurück.

Eine Weile sagte niemand ein Wort. Ich starrte den Mystiker an und fragte mich, wo ich das speckige Gesicht schon einmal gesehen hatte. Er musste meine Gedanken erraten haben, denn er nahm den Turban ab und legte ihn auf den Tisch. Die Glatze half mir auf die Sprünge, und da begriff ich. Bei dem Mann handelte es sich um »Mrs. Hubbard«.

»Das ging aber fix«, sagte er.

»Ich pflege meine Versprechen zu halten.« Der Professor grinste. »Alles im grünen Bereich, Jake?«

»Ja, klar. Nur die Kohle hätte ich noch gern.« Der Blick, mit dem Jake mich anstarrte, hätte seine Kristallkugel zum Platzen bringen können. »Wer ist der Knallkopf?«

»Das ist Judson Roberts, mein neuer Partner.«

Jake gönnte mir ein Lächeln, bei dem auf dreihundert Schritt jede Blume verwelkt wäre. »Freut mich, dich kennenzulernen. Bist du stumm?«

»Ich kann sprechen«, entgegnete ich. »Aber ich lerne mehr, wenn ich zuhöre.«

»Ein Klugscheißer, was?« Jake wandte sich wieder dem Professor zu. »Hör mal, Rogers hat mir gesagt, ich soll auch seinen Anteil kassieren.«

»Na schön.« Professor Hermann griff nach seiner Brieftasche und legte vier Porträts von Benjamin Franklin auf den Tisch. Jake bedeckte sie mit seiner großen Faust.

»Besten Dank«, sagte er.

»Du hast saubere Arbeit geleistet. Gut, dass Lewis' Frage vor meinem Umschlag dran war.«

»Darauf hatte ich ein Auge«, erwiderte Jake. »Wenn du mich gelassen hättest, wäre ich der Dame noch ganz anders zu Leibe gerückt.«

»Dergleichen haben wir nicht nötig. Wenn du für mich arbeitest, befolgst du bitte meine Anweisungen. Ich werde dich in ein paar Tagen wegen eines neuen Auftrags anrufen. Inzwischen hältst du dich besser an die Sache hier. Vergiss die Mrs.-Hubbard-Nummer. Die hat sich erledigt. Zu riskant für den niedrigen Einsatz.«

»Geht klar.«

»Und das gilt auch für Rogers. Er hat für mich noch andere Aufträge zu erledigen.«

»Okay. Wir sehen uns.«

Wir gingen hinaus. Der Professor schlenderte zum Strand hinunter und blieb am Wasser stehen. Wellen schwappten über die gebräunte Wange des Strands. Er stand da und blickte stirnrunzelnd in die Dunkelheit.

»Jetzt kapier ich«, sagte ich. »Sie konnten gar nicht danebenliegen. Die Sache war von Anfang an abgekartet. Um diesen Trick durchzuziehen, haben Sie ein falsches Medium angeheuert. Da konnte überhaupt nichts schiefgehen!«

Der Wind riss ihm das Kichern von den Lippen und trug es übers Wasser davon. »Natürlich nicht. Ich überlasse nie etwas dem Zufall. Und diese Kleinigkeit heute Abend war wichtiger, als Sie ahnen. Lorna Lewis durfte keine Zweifel hegen. Sie ist mein Zugang zu den Filmleuten, da ist eine Menge Geld zu verdienen. Sie werden lernen, dass ich meine Unternehmungen bis in die letzte Einzelheit plane. Alles wird sorgfältig vorausberechnet. Deshalb kann auch nichts schiefgehen. Ich bin darauf angewiesen, dass Sie mir vollkommen vertrauen. Und dafür werde ich bezahlen. Nicht mit Hundertdollarscheinen. Ich rede hier von richtigem Geld – Tausende von Dollars, Millionen vielleicht. Für mich. Für Sie.«

Sein bleiches Gesicht wandte sich mir zu. »Wir können diese Stadt ausnehmen, Sie und ich. Nicht mit einem läppischen Kult oder einer kurzlebigen Betrügerei. Ich will ganz an die Spitze und den Rahm abschöpfen. Wir werden uns unter sie mischen, in ihre Köpfe kriechen. Zu Beginn werden wir sie beraten und analysieren – aber bald werden wir über ihr ganzes Leben bestimmen. Sie werden uns gehören – mit Leib und Seele! Heute haben Sie miterlebt, wie ich alles so arrangiert habe, dass Lorna Lewis mich letztlich um Hilfe bitten wird. Wenn meine Pläne Erfolg haben, werde ich ihr in sechs Monaten vorschreiben können, was sie tun soll. Und sie wird mir gehorchen. Sie und Dutzende andere wie sie. Und dafür brauche ich Sie. Deshalb habe ich nach Ihnen gesucht. Denn bei dieser Sache brauche ich jemanden, der mich repräsentiert – jemand, der jung ist, gut aussehend und überzeugend. Er wird unmittelbar mit den Frauen und auch mit den Männern zusammenarbeiten. Natürlich werden Sie sich in diese Rolle einarbeiten müssen, und das wird seine Zeit dauern. Leicht wird das nicht sein – es gibt viel zu lernen. Die Kunst des gesellschaftlichen Umgangs. Metaphysik. Psychiatrie. Theologie. Wir werden eine aggressive Führungspersönlichkeit aus Ihnen machen. Dabei werde ich die Hand sein, die Sie führt – Sie werden mein Werkzeug sein, dem es für unsere Arbeit den letzten Schliff zu geben gilt.

Ich verlange striktesten Gehorsam und bestehe darauf, dass Sie dem Programm, das ich für Sie entwerfe, aufs Genaueste folgen. Im Gegenzug werden Sie alles bekommen, was Sie sich jemals gewünscht haben. Ruhm, Reichtum, Macht. Das würde Ihnen gefallen, nicht wahr? Ich kann es in Ihnen spüren – dieses Streben nach Macht. Macht über sie alle: über die eleganten schlanken Frauen, an die Sie nie herangekommen sind, über die selbstgefälligen, herrschsüchtigen Männer, die Ihnen niemals Beachtung geschenkt haben. Wenn Sie das wollen, können Sie über sie verfügen und dafür sorgen, dass sie ganz nach Ihrer Pfeife tanzen. Richter, Ärzte, Politiker, Bankiers – das ganze Gesindel wird Ihnen zu Füßen liegen, Ihnen die Hand küssen und um das flehen, was nur Sie ihnen geben können.«

Die Brandung leckte an meinen Schuhen, der Wind zerrte an meinen Haaren, und seine Stimme ritt auf der Brandung und dem Wind, um mich von den Füßen zu reißen. Finsternis und ein bleiches Gesicht, das Andeutungen und Versprechungen machte ...

Aber ich hatte einen Einwand. »Hören Sie, das lassen die Leute nicht so einfach mit sich machen. Vielleicht fallen sie am Anfang darauf rein, aber irgendwann kommen sie einem auf die Schliche. Es passt mir nicht, ihnen irgendeinen Schwindel zu verkaufen.«

Er lachte. »Und trotzdem wollten Sie Radio- oder Fernsehsprecher werden.«

»Das ist etwas anderes ...«

»Wirklich? Ist es ehrlicher, irgendwelche schreienden Lügen über die nicht vorhandenen Vorteile einer Seife oder einer Zahncreme vorzulesen, als für Selbsthilfe zu plädieren? Sie wären doch nur allzu bereit, Millionen von pickligen, aufgedunsenen Vetteln zu erzählen, sie würden wunderschön, wenn sie nur diese Packung parfümiertes Fett kaufen und in ihr Badewasser träufeln würden. Ist das nicht dasselbe?«

»Nun, nicht unbedingt. Ich meine ...«

»Seien Sie doch mal ehrlich zu sich selbst. Sie hätten keine Skrupel, den Leuten als Radiosprecher vorzuschreiben, wie sie ihr Leben führen sollen, nicht wahr? Sie würden alles verkaufen und sich dafür jeder Einschüchterung und Methode bedienen. Sie würden armen kleinen und unwissenden Teenagern Hemmungen und Ängste einreden und in einem fort schaurige Warnungen vor Akne und schlechtem Atem und Schweißgeruch ausstoßen. Alte Leute würden Sie mit beängstigenden Hinweisen auf die entsetzlichen Gefahren erschrecken, die von Verstopfung und Magenverstimmungen ausgehen. Sie würden all diesen Menschen indirekt Reichtum, Erfolg und Glück versprechen, wenn sie nur Ihren Empfehlungen folgen – und zur Drogerie eilen, zum Lebensmittelhändler in der Nachbarschaft, dies kaufen, jenes verwenden und nur noch das essen, was Sie ihnen andrehen wollen. Und, ja, wenn Ihr Studio Ihnen einen Text in die Hand drücken würde, in dem die Verdienste eines korrupten Politikers oder die Vorzüge unlauterer Geschäftspraktiken angepriesen werden, dann würden Sie all das im Brustton der Überzeugung hinausschreien. Und jetzt tun Sie so zimperlich!«

Ich nickte. »Von dieser Warte aus betrachtet, haben Sie vielleicht recht. Aber ich glaube trotzdem nicht, dass Ihre Pläne auf Dauer Erfolg haben werden. Es mag ein paar Idioten geben, die sich reinlegen lassen – die sämtlichen Ismen und Ologien nachjagen, die ihnen über den Weg laufen. Aber die meisten Menschen sind im Grunde ziemlich vernünftig. Und ich verstehe nicht, wie ...«

»Geduld, mein Freund. Kommen Sie, ich werde es Ihnen zeigen.«

Er ging mir über den Strand voraus. Fast wären wir über ein Pärchen gestolpert, das sich auf einer Decke aneinanderschmiegte. Der Mann war unrasiert, trug ein T-Shirt und fummelte an einer Highschool-Göre herum. Ohne seine Hand zurückzuziehen, hob er den Kopf und sagte: »Könnt ihr nicht aufpassen, wo ihr hinrennt, ihr Schwachköpfe?«

Der Professor nickte und flüsterte: »Wir sind wieder in der Welt der normalen Menschen. Kein schöner Anblick.«

Ich sah mich um.

Überall um uns herum erwachte der Strand zum Leben. Ein stämmiger, flachsköpfiger Mann stolperte in der Dunkelheit so nahe an uns vorbei, dass ich seinen tätowierten Arm sehen und den Tabakgestank seiner faulenden Zähne riechen konnte. Er grinste auf ein kicherndes Mädchen hinab, das immer wieder spitze Schreie ausstieß, während er sie an den Fersen ins Wasser zerrte.

»Oooooh, Ernie!«, keuchte sie. »Oooooh, du *Schuft*!«

Ein Kreis von Kannibalen hockte um ein kleines Feuer herum und stopfte halbrohe Würstchen und ranzige Gurken in sich hinein. Der Schein des Feuers erleuchtete die Gesichter von Höhlenbewohnern. Mein Blick fiel auf den faltigen Kopf eines alten Mannes, auf weißes, struppiges Haar und sich vorwölbende schwarze Augenbrauen, die sich krampfhaft bewegten, während er mit dem ganzen Gesicht kaute. Daneben saß eine feiste Frau mit strähnigen Haaren und einem knallroten Nacken; das Fett hing ihr in dicken, bleichen Falten am Leib herunter, von angeschwollenen bläulichen Adern gemustert, die sich wie Gebirgszüge auf einer Reliefkarte auf ihrer Haut abzeichneten. Mit der einen fleischigen Hand schlug sie nach einem schreienden Balg, in der anderen hielt sie eine Bierdose. Ein Jugendlicher mit einem kugelrunden Kopf kauerte neben einem tragbaren Radiogerät, spielte am Lautstärkeregler herum und kratzte sich unter seinen haarigen Achseln.

»Willkommen in der Wirklichkeit«, sagte der Professor.

Ein großes Kind schlug ein kleines Kind. Ein breitschultriger Mann, dessen Rücken mit einem schwarzen Pelz bedeckt war, lief auf den Händen zu einer Gruppe von drei kichernden jungen Frauen hinüber, die auf Decken lagen und ihre Reize zur Schau stellten – rasierte Achseln, Impfnarben, schlaffe Brüste und mit Henna gefärbte Locken auf der mit Pickeln übersäten Stirn. Zwei stämmige Matrosen warfen einen Ball nach ihnen und lachten einfältig, um ihre Aufmerksamkeit auf sich zu ziehen. In der Finsternis war das Wimmern eines Babys zu hören. Wir gingen weiter, fort von diesem Ort.

Ich hatte Sand in den Schuhen. Ich hatte Hunger. Wir stapften durch ein Schlachtfeld aus zerknülltem Papier, fettigen Papptellern und zerbrochenen Limonadeflaschen. Ein kleiner Hund sprang herbei, schnappte nach meinen Knöcheln und bellte hysterisch.

»Verstehen Sie nun?«, murmelte der Professor. »Das sind Ihre ›normalen Leute‹.«

»Schon gut«, sagte ich. »Meine Zuneigung zu ihnen hält sich in Grenzen. Aber das beweist rein gar nichts. Das beweist nicht, dass sie auf einen Haufen verlogener Ratschläge über ihr Leben und ihre Zukunft hereinfallen werden.«

Der Wind wehte mir eine schmutzige Zeitung zwischen die Beine. Ich bückte mich und wischte sie beiseite, wobei mein Blick auf die roten Buchstaben der Schlagzeile fiel: WAHNSINNIGER AXTMÖRDER VERGEWALTIGT SEINE OPFER.

»Vielleicht wird Ihnen das helfen, mich besser zu verstehen«, sagte der Professor, als wir wieder auf den Mittelweg einbogen.

Ich wurde von unruhig zuckendem grellen Licht geblendet. Der Gestank von Popcorn, Schweineschmalz, Bratfett und fauligem Obst brannte mir in der Lunge. Überall roch es nach abgestandenem Zigarettenqualm, billigem Parfüm und Whiskey.

Banner flatterten im Wind – vor mir, hinter mir, links und rechts von mir, über mir. FREAKSHOW. FLOHZIRKUS. SPIELHALLE. ISS, WAS DU KANNST. SCHAUEN SIE IN DIE

ZUKUNFT. DREI SCHUSS FÜR ZEHN CENT. SPIELEN SIE GEGEN DIE GEWINNER. MENSCHENFRESSER. HEISSE BLUTWURST. Ein Dutzend Musikautomaten plärrten und dröhnten, auf einem Karussell wimmelte es von Menschen; vor diesem Hintergrund sausten, klapperten und mahlten die Wippe, das Riesenrad, die Karussells und die Achterbahn. Von den Schießbuden klang der scharfe Widerhall der Gewehrschüsse herüber. Verkäufer priesen lauthals ihre Waren, und Lautsprecheranlagen verstärkten das heisere, verzerrte Plärren zahlloser Angebote. Über mir ertönte Geschrei, Gekreische und hysterisches Gelächter.

»Schließen Sie die Augen«, sagte der Professor. »Schauen Sie nicht hin. Ich erwarte nicht einmal, dass Sie hinschauen. Lauschen Sie einfach nur. Was hören Sie?«

Ich schloss die Augen und stand da, während sich die Menschen an mir vorbeidrängten.

Die laute Musik und der stampfende Rhythmus erinnerten mich an eine Marschkapelle. Ich musste an Krieg denken. Ja, an Krieg – mit Gewehrschüssen und gebrüllten Befehlen. Mahlende, malmende Maschinen: Panzer, Flugzeuge und Kanonen; Artillerie, die an die Front gerollt wurde. Und über alldem Schreie. Die Schreie der Verletzten und Sterbenden. Die Schreie der Mörder, die mit ihren Bajonetten nach Blut bohrten.

Dann flüsterte der Professor: »Normale Menschen. Normale Welt. Heute Abend sind sie auf Unterhaltung aus. Sie wollen ihre Sorgen vergessen. ›Spaß haben‹ nennen sie das. Spaß haben! Schauen Sie sie doch nur an! Sie bezahlen dafür, in Käfige eingesperrt und auf dem Kopf durch die Luft gewirbelt zu werden. Sie steigen in Wagen, die so lange schaukeln und schlingern, bis sich ihnen der Magen umdreht und ihnen das Blut in ihren blöden Köpfen siedet. Sie stehen in der Achterbahn auf und riskieren ihr Leben, um Aufmerksamkeit zu erregen. Darum dreht sich das alles, verstehen Sie? Das Geschrei, das Gelächter, die Aufschneiderei – all das bedeutet nichts anderes als: ›Schaut mich an! Seht doch, wie mutig ich bin, wie wichtig! Seht, was ich tue, ich amüsiere mich köstlich!‹ Schauen Sie, wie sie mit ihren Autos ineinander hineinrasen, wenn sie können, sehen Sie sich das Wechselspiel von Sadismus und Masochismus an, das hier als Vergnügen gilt. Dies ist ein Rummelplatz, mein Freund. Die Leute kommen hierher, um das zu finden, was sie ihr Leben lang suchen – Unterhaltung. Sie stecken ihre Münzen in die Schlitze der Peepshow, weil sie das tun wollen. Sie wissen, dass sie betrogen werden, und sie sind begeistert. Sie lieben die Lügen, die Falschheit, den Schwindel. Sie wissen, dass die Freakshows nicht echt sind. Sie wissen, dass sie es so oft probieren können, wie sie wollen, sie werden das Rennen nicht gewinnen. Sie glauben unserem Freund Seero, dem Mystiker, nicht, aber sie legen ihr Geld auf den Tisch und gehen hinein, um getäuscht zu werden. Die Idee ist nicht neu. Dieser Schausteller aus dem 19. Jahrhundert, Barnum, hat das schon vor langer Zeit kapiert, und es war bereits den alten Ägyptern bekannt. Aber es ist eine Wahrheit, die weiterlebt, denn das Verlangen nach Selbsttäuschung stirbt niemals aus. Die Leute sehnen sich nach Zerstreuung. Manche entrichten dafür hier ihren Obolus. Manche sind bereit und in der Lage, ein Vermögen für etwas Überzeugenderes auszugeben. Für die Art von Zerstreuung, die wir ihnen bieten. Das sind diejenigen, die nach unserer Pfeife tanzen werden. Die Suchenden.«

»Die Trottel«, sagte ich.

»Ein Suchender ist immer auch ein Trottel«, sagte Professor Hermann.

6

Am nächsten Morgen erschien ich in der Praxis des Professors. Aus irgendeinem Grund hatte ich nicht erwartet, dass er seine Räumlichkeiten in der Innenstadt haben würde. Aber auf der Tür stand in sauberen, dezenten Buchstaben:

DR. OTTO HERMANN
FACHARZT FÜR PSYCHOLOGIE

Im Wartezimmer war es kühl und dunkel. Es war repräsentativ möbliert, ohne die gewollt moderne Anmutung von Larry Rickerts Vorzimmer. Der Schreibtisch der Empfangsdame stand mitten im Raum. Dahinter saß eine mollige Brünette in mittleren Jahren, die einen weiten weißen Kittel trug und deren Lippen rot geschminkt waren. Sie lächelte zu mir auf und sprach mit einem starken Akzent.

»Sie sind Mr. Haines, richtig?«

»Richtig.«

»Der Professor erwartet Sie. Seien Sie so nett und gehen Sie hinein.«

Ich war so nett und ging hinein. Bücherschränke bedeckten die Wände im Büro des Professors. In einer Ecke stand eine rote Ledercouch, daneben eine Reihe von Aktenschränken. Der Professor saß hinter seinem Schreibtisch. Als ich eintrat, streckte er die Hand nach der Sprechanlage aus.

»Miss Bauer – ich möchte nicht gestört werden.«

Er warf einen Blick auf seine Armbanduhr. Dann zuckten seine Pupillen zu mir empor.

»Sie sind spät dran.«

»Tut mir leid. Ich habe verschlafen. Anscheinend hat mich der gestrige Abend etwas mitgenommen.«

»Sind Sie jetzt wach?«

Ich nickte.

»Gut. Dann können wir ja zum Geschäftlichen übergehen.« Er öffnete eine Schreibtischschublade und zog einen dicken Stapel Schreibmaschinenpapier heraus.

»Was ist das?«, wollte ich wissen.

»Ihr Buch natürlich. Das Sie geschrieben haben.«

Ich starrte auf die oberste Seite und las:

D-U
von
Judson Roberts

»Nehmen Sie es und lesen Sie«, sagte er. »Lernen Sie es auswendig. Schließlich sind Sie Judson Roberts, nicht wahr?«

»Ich weiß nicht so recht«, sagte ich. »Was steht denn drin?«

»Haben Sie jemals Dale Carnegie gelesen? Walter Pitkin? Stuart Chase? Die kommen darin alle zu Wort. Und Doktor Frank Crane und Elbert Hubbard ebenso. Außerdem Madame Blavatsky, Mrs. Eddy und kurz auch Thorstein Veblen. Und natürlich die Herren Freud und Jung, Aldous Huxley und Philip Wylie, Ouspensky und Spengler. Von jedem ein wenig. Aber natürlich mit Korrekturen und Verbesserungen.«

»Haben Sie das wirklich geschrieben?«

»Nein, geschrieben hat das Rogers. Sie erinnern sich vielleicht, der kleine Mann mit dem Schnauzbart bei der Seance.

Er hat Talent, wenn man die Zügel fest in der Hand hält. Als ich vor einem Jahr anfing, meine Pläne zu schmieden, habe ich ihn mit diesem Buch beauftragt.«

»Und warum?«

»Das ist doch ganz offensichtlich. Jetzt, nachdem ich meinen Judson Roberts gefunden habe, wird das Buch veröffentlicht werden. Um Druck und Vertrieb kann ich mich kümmern. Rogers wird eine Firma gründen, die den Versand übernimmt, also können wir es direkt verkaufen. Es dürfte zehn oder zwanzig Jahre laufen. Ein kleines, aber regelmäßiges Einkommen – auch wenn das an und für sich nicht weiter bedeutsam ist. Aber es bedarf einer Buchveröffentlichung, um Judson Roberts als Autorität zu etablieren. Das ist der Sinn der Sache. Übrigens habe ich Ihren Namen bereits für einen Lehrgang und ein Diplom eingetragen.«

»Ein Diplom?«

»Sie werden Doktor der Psychologie sein, genau wie ich. Im Osten gibt es eine Schule, die Fernkurse anbietet. Für fünfzig Dollar bekommt man einen Abschluss, und keiner stellt irgendwelche Fragen. Weshalb grinsen Sie so?«

»Ich finde das einfach lustig. Urplötzlich bin ich ein Doktor der Psychologie und Autor eines Buches.«

»Daran ist rein gar nichts lustig. Das ist alles nur Schau. Und wenn wir schon von Schau reden ...«

Der Professor erhob sich und musterte mich kritisch. »Achten Sie auf Ihre Haltung. Ihre Schultern sind nicht straff, Sie neigen dazu, krumm dazustehen. Und wenn Sie in einem Sessel sitzen, machen Sie einen Buckel. Das werden wir korrigieren. Sie werden natürlich eine angemessene Garderobe benötigen, aber darum kümmern wir uns später. Halten Sie Ihre Hände etwas höher und betonen Sie Ihre Größe. Wenn die Leute während eines Gesprächs zu Ihnen aufblicken müssen, gereicht Ihnen das zum Vorteil. Wir sollten es auch mit einer anderen Frisur versuchen. Diese Koteletten mögen bei einem billigen Verkäufer durchgehen, aber ich wünsche mir etwas mehr Würde. Doch für heute genug davon. Wir haben anderes zu erledigen.«

»Und das wäre?«

»Lesen Sie Ihr Buch.«

Ich griff nach dem Manuskript. »Ich werde es heute Abend überfliegen«, versprach ich.

Der Professor schüttelte den Kopf. »Nur den Anfang. Sie werden heute Abend das erste Kapitel lesen und dann noch einmal. Und noch einmal. Was darin steht, ist der Schlüssel zu unserem ganzen System. Und das müssen Sie mit dem in Beziehung setzen, was Sie darüber hinaus noch lesen. Während der nächsten drei Monate werden Sie in Ihrer Wohnung sitzen und lesen. Ich werde inzwischen dafür sorgen, dass Sie nicht hungern müssen.«

»Klingt nicht weiter anstrengend.«

»Täuschen Sie sich nicht. Sie werden lernen und sich dabei ordentlich Mühe geben. Ich werde Sie abfragen. Sie werden Prüfungen absolvieren müssen. Wenn ich mit Ihnen fertig bin, wird es Ihnen möglich sein, sich bei einer Unterhaltung mit einem Okkultisten zu behaupten, ganz gleich, ob er sein Handwerk versteht oder nicht. Und Sie werden überzeugend klingen.«

»In Ordnung. Sie sind der Professor.«

»Und Sie sind Judson Roberts.«

Damit fing alles an. Als ich die Praxis betrat, war ich Eddie Haines, nichts weiter, aber hinaus ging ich als Judson Roberts mit meinem Buch unter dem Arm.

Judson Roberts nahm sein Buch mit nach Hause und studierte es fleißig. Dann studierte er die grundlegenden, ausgewählten Schriften von Freud, Adler, Jung, Brill, Moll und Stekel. Er abonnierte Fachzeitschriften für Psychiatrie. Er las Swedenborg und Blavatskys *Isis entschleiert*. Im Bett las er Frazer, am Mittagstisch Charles Fort, in der Badewanne

Briffault. Er arbeitete sich durch alles hindurch, durch das Gute ebenso wie durch das Schlechte – Lully, Flammarion, Tyndall, Toynbee, Nietzsche.

Anfangs wurde ich aus dem ganzen Kram nicht so richtig schlau. Nichts schien miteinander in Beziehung zu stehen. Aber allmählich leuchtete es Judson Roberts ein. Denn während ich las, nahm Judson Roberts immer mehr Gestalt an. Er wurde aus den Büchern geboren und während der abendlichen Fragestunden mit dem Professor gestillt. Judson Roberts lernte, sich über Affekte und autistisches Verhalten zu verbreiten. Er konnte einen Rorschachtest durchführen. Er konnte die symbolischen Ableitungen matriarchalischer Kulturen erklären und den inhärenten Masochismus von Kafkas Werk analysieren. Roberts konnte aus dem Stand eine Beziehung zwischen der Song-Dynastie, Apollonios von Tyana und Bettnässen herstellen.

Solche Gedanken niederzuschreiben dauert nur wenige Minuten, aber sie zu verdauen dauerte Monate. Ich las jeden Tag acht Stunden, sieben Tage die Woche, und dazu kamen noch zwei- bis dreistündige Gespräche – Fragen und Antworten. Während ich mich durch Theorien und Ideen durcharbeitete, verstand ich die Menschen allmählich immer besser. Motivation, Zwang und Kompensierung, Sublimierung und Projektion.

Unterdessen schulte mich der Professor auch in praktischer Hinsicht. Er geleitete mich zu Astrologen, Handlesern, Phrenologen, Spiritisten – zu Leuten wie Jake an der Strandpromenade und zu hochkarätigen Schwindlern in Villen oben im Norden Hollywoods. Ich begriff, wie sie arbeiteten und wen sie bearbeiteten. Ich lernte, dass Trottel überall gleich sind und sich auch der Umgang mit ihnen überall gleicht.

Und die ganze Zeit hindurch setzte der Professor mir mit Fragen zu. An einem Nachmittag gegen Ende des dritten Monats zum Beispiel: »Was sind die zwölf Bereiche des normalen Interesses?« Professor Hermanns Stimme war ausdruckslos.

»Zeit, persönliche Anziehungskraft, Sex und Ehe, Vermögensanlagen, Hindernisse, Feinde, Gesundheit, finanzielle Schwierigkeiten, Veränderungen und Reisen, Überraschungen und Warnungen.«

»Was ist Yoga?«

»Yoga bedeutet Einheit, selbstloses Handeln. Yoga wird von einem Guru oder Lehrer praktiziert und von einem Chela oder Schüler. Das Yoga kennt fünf verschiedene Wege.«

»Nennen Sie sie.«

»Raja-Yoga, die Entwicklung des Unterbewusstseins. Jnana-Yoga, die Erkenntnis. Karma-Yoga, das selbstlose Handeln. Bhakti-Yoga, die Hingabe an Gott. Und Hatha-Yoga, die Beherrschung der Körperfunktionen. Beherrsche deinen Körper, und du beherrschst das Universum durch die Asanas, die verschiedenen Körperhaltungen, das richtige Atmen, die Beeinflussung des Kreislaufs und des Nervensystems.«

»Das genügt. Und jetzt definieren Sie Turiya, Dharma, Kalpa, Mantavara. Und wie lauten die Gesetze des Manu?«

»He, immer langsam mit den jungen Pferden!« Ich stand auf. »Sie haben mich mit dem ganzen Zeug so vollgestopft, dass es mir zu den Ohren wieder rauskommt.«

»Ich weiß. Aber wir haben keine Zeit zu vergeuden. Wir müssen die Initiative bald ergreifen.«

»Ich bin schon jetzt bereit. Rufen Sie irgendein Beerdigungsinstitut an – die können mich problemlos einbalsamieren. Haben Sie Erbarmen, Professor. Ich bin auch nur ein Mensch.«

»Für diesen Auftrag müssen Sie mehr als nur ein Mensch sein. Vielleicht sollten Sie einige der Prinzipien des Hatha-Yoga anwenden, um sich zu üben.«

»Ich muss nicht üben. Ich brauche Ruhe – ich muss endlich mal wieder aus dieser verdammten Wohnung rauskommen. Ich habe seit Monaten keinen Schluck mehr getrunken, und außer mit Ihnen habe ich mit keiner Menschenseele gesprochen.«

»So war es abgemacht.«

»Wir hatten abgemacht, dass ich eine Million Dollar verdiene und alles bekomme, was ich haben will. Und was gönnen Sie mir? Ein paar Dollar für Zigaretten und ein Lernpensum, das Einstein umgebracht hätte. Hören Sie – ich bin nicht immer nur Judson Roberts, das wissen Sie. Hin und wieder möchte ich mich auch ein wenig amüsieren.«

»Aha.« Der Professor fuhr sich mit den Fingern über den kahlen Schädel. »Was würden Sie davon halten, heute Abend auf eine Party zu gehen?«

»Was für eine Party – wieder so eine Seance in Pasadena?«

»Nein, ich rede von einer richtigen Party. Sie sind persönlich eingeladen. Schon seit Wochen lädt sie Sie ein, ich habe Ihnen nur nichts davon gesagt.«

»Sie?«

»Lorna Lewis. Sie hat sich recht häufig nach Ihnen erkundigt. Ja, vielleicht hätte das sogar sein Gutes – wenn Sie interessiert sind.«

»Sie können auf mich zählen. Natürlich bin ich interessiert – und wie!«

»Immer langsam. Sie werden einen netten, konservativen grauen Anzug anziehen. Sie werden sich benehmen und einen Auftrag ausführen, den ich für Sie vorbereitet habe.«

»Aber ...«

»Sie werden sich voll und ganz auf eine Sache konzentrieren. Sie werden nett zu Lorna Lewis sein.«

»Das hört sich natürlich ganz wunderbar an«, sagte ich. »Vielleicht bringe ich ihr sogar ein paar Yoga-Übungen bei.«

7

Auf Lorna Lewis' Party saß ich auf dem Sofa und füßelte mit mir selbst. Als ich das schließlich über hatte, nahm ich die Gäste in Augenschein.

Filmleute sind ein merkwürdiges Volk. Es gibt unter ihnen ganz bestimmte Gruppierungen, Cliquen und eine klare Hackordnung. Diejenigen, die fünfhundert Dollar die Woche verdienen, mischen sich nicht unter die gewöhnlichen Vertragsschauspieler. Die Jungs und Mädels, die es über die Tausend-Dollar-Grenze geschafft haben, haben nichts mit der Prominenz zu tun, für die dreitausend selbstverständlich sind. Produzenten, Autoren und Regisseure verbringen nach Möglichkeit die meiste Zeit mit Agenten und Geldgebern.

Auf dieser Party trieb sich die Fünfhundert-Dollar-Schickeria herum und hier und dort ein Übereifriger, der tausend verdiente. Ich brauchte nicht lange, um das herauszufinden. Hier gab sich jeder redlich Mühe, den Eindruck zu erwecken, er sei die nächste große Nummer. Ehemalige Statisten waren zu einer Dunkelziffer in der Arbeitslosenstatistik geworden. Die Klamotten heischten Aufmerksamkeit, die Gespräche waren laut und schrill.

Lorna Lewis war selbst ein typisches Exemplar dieses Umfelds. Es war offensichtlich, dass sie nach Hollywood gelangt war, weil sie einen Wettbewerb gewonnen hatte. Wahrscheinlich hatte sie sogar Talent – wenn auch nicht unbedingt von der Sorte, die sich vor einer Kamera entfaltet. Aber ihre Ausdrucksweise war ungehobelt, ihre Freundlichkeit gezwungen.

Ich schaute ihr dabei zu, wie sie zwischen dem großem Wohnzimmer und der Miniaturbar draußen auf der Terrasse hin- und herrannte und diese berühmten, unglaublich weißen Beine zur Schau stellte – sie trug einen schwarzen Rock mit einem langen Schlitz. Sie war weniger vom Alkohol als vor Aufregung ganz high.

Ich saß auf dem Sofa, und die Karomuster der Sportsakkos verschwammen mir vor den Augen. Die Parade aus Sandalen, Mokassins und Golfschuhen wollte kein Ende nehmen. Misstrauisch beäugte ich Schuhe aus Wildleder und Synthetik.

Der Professor hatte mich vor einer halben Stunde hier abgeladen und war dann weitergeschlendert, nachdem er ein Kopfnicken unserer Gastgeberin mit einem knappen Gruß erwidert hatte. Das Kopfnicken hatte mich ein wenig gekränkt. Ich hatte nicht unbedingt erwartet, dass sich Lorna Lewis mir in die Arme werfen und an meinem Ohr knabbern würde, aber nach den ganzen Vorbereitungen versetzte mir ihre kühle Begrüßung einen Stich. Nachdem sich der Professor aus dem Staub gemacht hatte, saß ich also da und zappelte herum. Die Begrüßung war wirklich eine Enttäuschung gewesen.

Anfangs hatte sich Miss Bauer, die mollige kleine Empfangsdame aus der Praxis des Professors, um mich gekümmert. Sie hatte mir auch erklärt, wer der stämmige Mann mit den Sommersprossen und dem Lockenkopf war, der seine Finger besitzergreifend in Lorna Lewis' Unterarm grub.

»Mike Drayton. Ihr Mann.«

»Ihr Mann? Ich wusste nicht, dass sie verheiratet ist.«

»Doch. Er verdient sein Geld mit dem Schläger.«

»Als Schläger?«

»Nein, er spielt professionell Hockey.«

»Ach so. Jetzt erinnere ich mich.« Lorna Lewis hatte Mike dem Professor gegenüber im Auto erwähnt, als wir zu der »Seance« gefahren waren. Sie hatte ein Problem mit ihm. Nun denn, für mich stellte er auch ein Problem dar. Er sah nicht so aus, als wäre mit ihm gut Kirschen essen.

Aber im Moment sah es auch nicht so aus, als hätte ich auch nur die Chance, mich mit ihm anzulegen. Lorna flitzte herum, begrüßte elegante Anzüge und Abendkleider, reichte an der Bar Hawaiihemden und Stoffhosen langstielige Gläser und kokettierte mit einem großen rotgesichtigen Mann herum, der ganz offensichtlich Produzent war und sich seiner Rolle ganz offensichtlich auch bewusst war.

Mike Drayton, ihr Mann, war inzwischen verschwunden. Miss Bauer und der Professor desgleichen. Als ich zur Bar ging, um mir einen weiteren Highball zu gönnen, sah ich aus den Augenwinkeln, wie sich der Professor auf der Terrasse an Lorna Lewis heranmachte. Vielleicht würde er sie in meine Richtung dirigieren.

Die Highballs waren gut. Nach meiner langen Abstinenz stieg mir bereits der zweite ordentlich zu Kopf. Ich trank einen dritten, aber ich war zu nervös, um ihn richtig zu genießen. Was hatte ich hier verloren? Der Professor hatte ganz offenbar einen Plan – er hatte immer einen Plan. Aber was für einen?

Ein Trio Filipinos schlenderte umher und schrammelte auf Mandolinen und Ukulelen herum – eine ziemlich kitschige Angelegenheit. Aber die meisten Gäste hatten allem Anschein nach ihren dritten Drink längst hinter sich gelassen und verliehen ihren Wünschen lauthals Ausdruck. Eine kleine Gruppe versammelte sich um eine Blondine, die ihre Schuhe abstreifte, um Hula zu tanzen. Eine andere Gruppe saß auf der Treppe und debattierte über das Filmgeschäft. Jenseits eines Torbogens sah ich ein paar graue, weitgehend kahle Köpfe, die sich über einen Kartentisch beugten.

Ich hatte den Eindruck, dass jeder hier seine Rolle spielte und peinlichst darauf achtete, ja nicht vom Drehbuch abzuweichen. Es glich alles viel zu sehr den Hollywoodpartys, über die man in der Zeitung las. Ich weiß nicht, was ich erwartet hatte – jedenfalls alles andere als das. Und zu allem Überfluss war ich allein, und niemand schenkte mir Beachtung. Ich saß in einer Ecke, und keine Lorna Lewis zupfte am Revers meines Palm-Beach-Anzugs herum.

Vielleicht sollte ich mich schnellstmöglich betrinken und die ganze Sache vergessen, dachte ich mir. Ebenso gut konnte ich von hier verschwinden. Vielleicht ...

Ihr Haar hatte die Farbe von reifen Aprikosen. Sie duftete sogar nach Aprikosen – nun ja, eher nach Aprikosenbrandy. Sie hatte eindeutig schon ordentlich zugelangt.

Sie setzte sich neben mich und strahlte mich mit ihren grünen Augen an. Sie hatte hübsche Augen, auch wenn sie bereits ein wenig glasig waren.

»Hallo.«

»Ebenfalls hallo.«

»Worauf sind Sie aus?«

»Worauf ich aus bin? Wenn ich das nur wüsste.«

»Kommen Sie – jeder hier ist auf etwas aus. Versuchen Sie, bei Himberg aufzufallen?«

»Wer ist Himberg?«

»Der rotgesichtige Kerl – der Produzent. Sie versuchen, einen Job beim Film zu bekommen, hab ich recht?«

»Ich doch nicht, Schwester.«

»Ihnen gegenüber könnte ich niemals schwesterliche Gefühle hegen, Kumpel. Und Sie sind selbst auch nicht eben der brüderliche Typ. Warum spielen Sie hier also den großen Einsamen?«

»Verzeihung. Ich bin nur gekommen, um mir die Vorstellung anzuschauen.«

»Nun denn, dann können Sie mir ebenso gut einen Drink

besorgen. Und da Sie sich schon solche Mühe geben, mich anzubaggern – ich heiße Ellen Post.«

»Sind Sie etwa mit Emily verwandt?«

»Dann verschwinde ich wohl besser. Offenbar habe ich Sie falsch eingeschätzt. Sie wirkten nicht wie jemand, der mir mit so was kommt.«

»Bitte setzen Sie sich. Ich werde Ihnen einen Drink holen. Einen Bourbon ohne alles, richtig?«

»Ohne alles, wenn das möglich ist.«

»Ich mache alles möglich.«

»Hören Sie auf mit der Angeberei und beeilen Sie sich.«

Ich beeilte mich und ließ mir an der Bar einen Whiskey und einen weiteren Highball geben. Ellen Post behielt mich im Auge, als ich wieder zu ihr zurückschlenderte.

»Sie sind also Judson Roberts?«

»Wie kommen Sie darauf?«

»Ein kleines Vögelchen hat es mir zugeflüstert. Ein kleines, kahles Vögelchen mit einem Monokel. Ein kleiner Spatz, der Lorna Lewis hinterherhüpft.«

»Wie ich sehe, halten Sie nicht viel von Psychologen.«

»Wohl wahr.« Sie kippte ihren Drink hinunter.

»Sind Sie beim Film?«, fragte ich.

»Nein. Ich bin ausschließlich auf das hier aus.« Sie tippte gegen ihr Glas. »Verschreiben Sie mir noch einen, Doc.«

Ich trank mein Glas in aller Ruhe aus und machte mich dann wieder auf den Weg zur Bar. Professor Hermann saß mit Lorna Lewis auf der Terrasse. Als ich an der Glastür vorbeikam, sahen sie in meine Richtung. Der Professor zwinkerte mir zu. Da ich nicht wusste, was das bedeuten sollte, schenkte ich dem keine Beachtung. Im Moment stand mir der Sinn sowieso mehr nach Aprikosen.

»Bitte schön.« Ich reichte Ellen Post ihr Glas und prostete ihr mit meinem Highball zu. »Auf verbotene Früchte.«

»Was ist denn das für ein Toast?«

»Spielen Sie doch einmal die Psychologin und finden es heraus. Ich musste einfach gerade an Aprikosen denken.«

»Aprikosen?«

»Ja. Ihr ... Ihr Haar, Ihre Haut.«

Sie kicherte – ein ausgesprochen rauer Ton, der tief aus ihrer Kehle kam, aber überraschend feminin klang.

»Mir ist schon einiges gesagt worden, aber das ist neu. Wobei ich hinzufügen möchte, dass es mir gefällt, Doktor Roberts. Oder wäre Judson angemessen? Oder Judd?«

»Was Ihnen lieber ist.«

Sie stellte ihr Glas ab, legte die Stirn in Falten und stand auf. »Verdammt!«

»Was ist los?«

»Ich gehe jetzt besser.«

»Habe ich etwas Falsches gesagt?«

Sie schüttelte den Kopf. Ihr Haar duftete wunderbar, was so gar nicht zu ihrer Stimmung passen wollte. Sie zwang sich zu einem Lächeln. »Nein, Sie haben nichts Falsches gesagt. Das ist das Problem – alle sagen immer das Richtige. Und ich habe stets die richtige Antwort parat, die Drinks schmecken großartig, und die Unterhaltung nimmt ihren Lauf. Bis zu einem bestimmten Punkt. Und dann wird alles so sinnlos. Weshalb ich heute Abend nach Hause gehen werde.«

»Kann ich ...«

»Sie könnten durchaus. Aber ich werde Sie nicht lassen.« Zielstrebig, wenn auch etwas unsicher, setzte sie sich in Richtung Terrasse in Bewegung. »Adieu, Doktor Roberts. Wir sehen uns bei den Anonymen Alkoholikern.«

»Aber ...«

Sie verschwand, und dann wurde ich mir eines anderen Geruchs hinter mir bewusst. Kein Parfüm, sondern etwas Lebendigeres, Schwereres. Eine Tigerlilie. Nicht goldfarben, sondern weiß. Ich musste mich nicht umdrehen, um zu wissen, dass Lorna Lewis lächelnd zu mir aufblickte.

»Da sind Sie also«, sagte sie. »Ich wollte gerade zu Ihrer Rettung eilen.«

»Wieso das?«

»Nun ja, die Post. Unsere allerliebste Flaschenpost. Hat sie Sie in ihr Bett eingeladen? Das macht sie immer, wenn sie ein paar Drinks zu viel hat.«

»Was für ein Mensch ist sie?«

»Sehen Sie das nicht? Eine Säuferin. Eine dieser reichen Schlampen. Sie spreizt immer den kleinen Finger ab, selbst wenn sie aus der Flasche trinkt. Ich kann sie nicht leiden, aber Mike mag sie. Kein Wunder – schließlich säuft er selber.«

Pechschwarze Augenbrauen verzogen sich zu einem Stirnrunzeln. Jetzt hatte der Tiger die Lilie fast verdrängt. Sie sah mich fragend an. »Haben Sie ihn irgendwo gesehen?«

»Ihren Gatten?«

»Nennen wir ihn einfach Mike – wenn es Ihnen nichts ausmacht. Wahrscheinlich hat er sich mit einer Flasche nach oben verzogen. Das macht er immer, wenn ich eine Party gebe.«

»Das klingt nicht gerade, als ob Sie ihn besonders gernhaben, oder täusche ich mich da?«

»Vor solchen Gesprächen sollten wir uns hüten. Mit meinen Sorgen gehe ich zu Ihrem Kumpel, Professor Hermann. Ich habe den halben Abend mit ihm über Sie geredet.«

»Bereite ich Ihnen denn Sorgen?«

»Gut möglich.«

»Na schön.« Für mich war offensichtlich, was sie bedrückte. Die Art und Weise, wie sie meinen Arm hielt und mit blitzenden Zähnen zu mir aufblickte. Und sie roch heftig nach Scotch. Sie hatte an der Bar Schwerstarbeit geleistet, um verlorene Zeit wettzumachen.

Ich sah mich nach dem Professor um und wartete auf ein Stichwort, ein Zeichen. Er würde mir sagen, wie nett ich sein durfte, was ich jetzt tun sollte. Aber der Professor war verschwunden. Also war ich auf mich allein gestellt. Und das mit sechs Drinks im Magen und einem Mädchen, das genau wusste, was es wollte. Vielleicht hätte ich mich darauf besinnen sollen, dass ich Doktor Judson Roberts war. Vielleicht hätte ich mir überlegen sollen, wie ich die Sache etwas vorsichtiger angehen konnte, etwas langsamer und klüger.

Stattdessen glitt mein Blick über diese langen weißen Beine und versank in der blauen, lodernden Überheblichkeit von Lornas Augen.

»Es ist heiß hier drin.«

»Draußen ist es vielleicht noch viel heißer.«

»Denken Sie an Ihren Gatten?«

»Nennen Sie ihn nicht so. Er ist schon nicht mehr mein Mann, seitdem ihn jemand bei dem Spiel in Toronto mit einem Schläger erwischt hat. Das Einzige, was ihm jetzt noch Halt gibt, ist die Flasche, verstehen Sie?« Sie stand so dicht vor mir, dass kein Blatt Papier mehr zwischen uns gepasst hätte.

Und ob ich verstand. Ich verstand, dass sie nicht in mich verliebt war, dass es nicht Zuneigung war, was sie brauchte, oder sonst etwas, was ich ihr geben konnte. Sie suchte den Kick des Augenblicks. Aber sie hatte diese Beine und war ein Filmstar, fast jedenfalls. Und ich war ein Niemand aus Nirgendwo. Ich war Eddie Haines, der verzweifelt versuchte, nach all den Drinks einen klaren Kopf zu bewahren und sich darauf zu besinnen, dass er Judson Roberts war.

Aber mein Körper hatte sich längst entschieden.

»Gehen wir hinaus«, sagte ich.

Dunkle Locken wippten hin und her. »Nein, nicht jetzt. Ich bin die Gastgeberin, erinnern Sie sich? Warten Sie, bis ich diese ganze Bande losgeworden bin. Ich werde sie rauswerfen und nach Mike sehen.«

»Wann?«

»Nun, es ist jetzt elf Uhr durch, kommen Sie also um halb eins zurück. Die meisten dieser Leute arbeiten beim Film, sie gehen unter der Woche früh nach Hause. Halb eins dürfte genügen. Ich werde unten bei der Remise auf Sie warten. Sie wissen doch, wo das ist – zur Seite hin, hinter dem Swimmingpool.«

»Okay.«

»Und jetzt verschwinden Sie! Ich möchte nicht, dass wir noch länger miteinander gesehen werden. Das verstehen Sie doch, nicht wahr?«

Ich verstand durchaus. Sie drückte mir den Arm und erhob sich. Ich stand auf und sah, wie sich Himbergs rotes Gesicht auf uns zubewegte. Dann ging ich durch einen Irrgarten aus tief ausgeschnittenen weißen Baumwollblusen mit Puffärmeln, offenen Sporthemden und dem einen oder anderen mit Drinks bekleckerten Jackett.

Ich unternahm einen letzten Versuch, den Professor zu finden. Er war nicht im Wohnzimmer, und er war nicht auf der Terrasse. Miss Bauer war wie ein Eiswürfel zerflossen.

Eiswürfel. Ich konnte gut noch einen Drink gebrauchen. Aber nicht hier. Ich machte mich auf den Weg zur Tür. Die Nachtluft war kühl. Ich atmete tief durch, langsam und gleichmäßig. Aber in meiner Brust raste mein Herz wie ein Dynamo. Irgendwie musste ich die nächsten anderthalb Stunden rumbringen. Ich konnte nur warten … und trinken.

Ich ging ein Stück den Gehsteig hinunter, und bevor ich mich's versah, stieß ich auf einen Highway. In nicht allzu großer Entfernung leuchteten vor einem Gebäude ein paar Neonlampen, und ich schaute auf einen raschen Drink dort vorbei. Ich musste mich beeilen, denn die Bars schlossen um zwölf. Als mir das bewusst wurde, gönnte ich mir noch einen und noch einen.

Irgendwie musste ich dabei an eine andere Bar denken, in der ich vor einigen Wochen die Zeit totgeschlagen hatte, bevor ich nach Hause gegangen war und dann der Professor vor der Tür gestanden hatte. Nur dass ich damals nicht damit gerechnet hatte, dass der Professor vor der Tür stehen würde. Ich hatte vorgehabt, mir die Kehle durchzuschneiden. Und jetzt, nur drei Monate später, trank ich wieder. Und wenn ich rausging, würde ich nicht irgendwohin gehen, um mir die Kehle durchzuschneiden. Ganz bestimmt nicht.

In den vergangenen drei Monaten hatte ich es weit gebracht. Und ich würde es noch viel weiter bringen. Geld ... Frauen ... Macht. Das Schicksal meinte es gut mit Eddie Haines, seit er Judson Roberts hieß.

Der heutige Abend war wichtig für mich, das hatte ich inzwischen begriffen. Er markierte einen Wendepunkt, einen echten Wendepunkt. Ich würde ein für alle Mal herausfinden, ob das, was der Professor versprochen hatte, auch zutraf: Ob ich in einer Welt der Trottel die Hand ausstrecken und mir das nehmen konnte, was ich wollte.

Es war kurz nach zwölf. Bald würde ich es wissen.

Ich schwankte hinaus, torkelte die Straße hinauf und atmetet tief durch. Mein Gleichgewicht fand ich rasch wieder, aber in meinem Kopf rasten noch immer die Gedanken.

Es war eine schöne Nacht. Es war eine verdammt schöne Nacht. Kühl, aber nicht zu kühl, und äußerst klar. Der Himmel war voller Sterne. Millionen von Sternen. Sie drehten sich unablässig im Kreis. Warum auch nicht? Was zum Teufel sollten sie sonst mit ihrer Zeit anfangen? Dafür wurden sie schließlich bezahlt. Dass sie sich im Kreis drehten. Deshalb hatte MGM sie dort oben angebracht. Ich fragte mich, wer wohl die Konzession für den Mond hatte. Paramount wahrscheinlich. Nein, die hatten auch Sterne – Sterne und einen Berg. Und wenn schon. Ich hatte auch ein Sternchen.

Als ich mich der Terrasse näherte, war das Haus dunkel. Alle Autos waren fort. Gut. Ich überquerte den Rasen und schritt durch das Strauchwerk. Dort vorn war der Swimmingpool. Dass ich da um Himmels willen nicht reinfiel! Und patschnass hier auftauchte! Auch im Swimmingpool kreisten Sterne. Sternchen mein, ganz allein, beim ersten Stern, den ich seh, wünsch ich mir, wohin ich geh ...

Aber mir war mein Wunsch bereits erfüllt worden.

In der Remise. Was zum Teufel war denn das, eine Remise? Stellten sie da nicht Kutschen unter? Dabei hatte mein kleines Aschenputtel bestimmt keine Kutsche. Da war ich also. Dunkel war es, und wo war noch mal die Tür?

Ich fand die Tür und öffnete sie. Drinnen wartete jemand auf mich. Tatsächlich, ich konnte sie sehen: Sie wartete auf mich. Sie trat einen Schritt vor. Worauf wartete ich noch?

»Alles in Ordnung?«, fragte ich.

»Klar. Mike ist oben. Den hat es umgehauen.«

»Dich haut so schnell nichts um, was?«

»Bei dir bin ich mir da allerdings nicht so sicher.«

»Ich bin nicht mehr ganz nüchtern. Stört dich das?«

»Was glaubst du?«

Dann lachte sie. Das gefiel mir gar nicht, also setzte ich dem ein Ende. Ich presste meinen Mund auf ihren, und sie hob den Kopf und schmiegte sich fest an mich. Durch die Tür konnte ich noch immer die Sterne sehen. Die Sterne verwandelten sich in Knöpfe, und gerade wollte ich ihnen meine ganze Aufmerksamkeit schenken, da ...

»Warte einen Moment. Was war das?«, sagte sie.

»Vergiss es, Schätzchen.«

»Nein. Ich habe etwas gehört. Da kommt jemand.«

Jetzt hörte ich es auch: Kies knirschte, jemand tastete ungeschickt nach der Klinke. Dann ging quietschend die Tür auf.

»Mike!«

Er stand im Eingang, und die ganze Welt schien sich um ihn zu drehen. Ganz gleich, wie sehr ich mich konzentrierte, seine Umrisse verschwammen immer wieder. Er war groß und stämmig, und es fiel mir schwer, seinen massigen Körper von dem monströsen, bedrohlichen Schatten an der Wand zu unterscheiden – dem Schatten eines Affen.

Er stand da und beschimpfte uns. Seine Stimme war leise und monoton, die Worte wie von den Wänden einer finsteren Seitengasse oder eines Pissoirs gerissen. Aber damit noch nicht genug.

»Ich bring euch um. Ich reiß euch die Eingeweide raus und ...«

Er stand im Licht und ich in der Dunkelheit, und eine bessere Gelegenheit würde sich mir nicht mehr bieten.

Ich ging auf ihn los, und die riesigen Affenarme streckten sich nach mir aus. Ich schlüpfte unter ihnen hindurch, schnellte hoch und schlug mit aller Kraft zu. Offenbar nicht fest genug. Er taumelte nur einen Schritt zurück und drosch mir seine Faust gegen die Schläfe. Ich spürte, wie meine Knie weich wurden und alles in weite Ferne rückte. Er schlug ein weiteres Mal zu. Dann drehte er sich um und zerrte mich hinter sich her hinaus ins Freie.

Da standen wir nun im Mondschein. »Nein ... hört auf ... bitte ...«, wimmerte Lorna. Aber das war nur ein einfallsloser Dialog aus einem kitschigen Drehbuch – zwei Besoffene, die sich um ein Flittchen stritten.

Das machte mich wütend, also schlug ich erneut auf ihn ein. Er streckte die Arme aus, dieses Mal nicht, um mich zu packen, sondern um mir die Finger in die Augen zu stoßen. Fast wäre es ihm gelungen. Seine Lippen machten Bekanntschaft mit meinen Fingerknöcheln. Er ächzte und versuchte, mich zu fassen zu bekommen.

Die ganze Zeit über ließ er ein tiefes Knurren hören, und nichts schien ihn aufhalten zu können. Er hatte das, was er gesagt hatte, ernst gemeint. Er würde erst aufhören, wenn er mich umgebracht hatte. Und allmählich begriff ich, dass er dazu durchaus in der Lage war.

Mike war schwer, Mike war stark, und er drängte mich

immer näher an den Pool heran. Im Mondschein konnte ich sehen, wie er die Zähne fletschte, und das Blut, das ihm aus den Mundwinkeln lief, sah so hell und dickflüssig aus wie Quecksilber.

Plötzlich riss er das Knie hoch und fand sein Ziel. Entsetzliche Schmerzen durchbohrten meine Lenden. Seine Daumen tasteten nach meinen Augen. Ich stieß ihn weg, aber das hielt ihn nicht lange auf. Sein Knurren wurde lauter.

Dann wurde mir schwarz vor Augen, und ich spürte, wie sich etwas um meinen Hals schloss. Er hielt mich umklammert, er würgte mich, versuchte, mir die Luftröhre herauszureißen, versuchte, mir den Kopf vom Rumpf zu reißen.

Lorna winselte, und sein Knurren wurde lauter, aber alles, was ich hören konnte, war mein Keuchen. Der Rest der Welt schien weit weg zu sein, auch mein Leben. Es sickerte mir wie Schweiß aus dem Körper, ich bekam keine Luft mehr, meine Arme und Beine wurden taub. Er brachte mich um.

Mit letzter Kraft trat ich nach ihm. Wie durch ein Wunder ließ der Druck plötzlich nach. Nur mit Mühe gelang es mir, aufzustehen. Allmählich konnte ich wieder atmen, die Schmerzen ließen ein wenig nach, ich konnte wieder sehen. Er stand vornübergebeugt am Rand des Schwimmbeckens und wartete, bis er wieder Luft bekam. Dann würde er sich wieder auf mich stürzen und mir den Rest geben.

So weit durfte ich es nicht kommen lassen. Ich trat einen Schritt vor. Er machte sich bereit, streckte seine gewaltigen Hände nach mir aus und setzte zum Sprung an. Ich holte tief Luft, schloss die Augen und schlug zu.

Meine Hand schmerzte. Ich stand auf wackligen Beinen da und massierte mir die Finger, während er rückwärts in den Pool fiel. Es dauerte eine Million Jahre, bis er im Wasser aufschlug, und noch mal eine Million Jahre, bevor ich das Klatschen hörte, und noch mal eine Million Jahre, bis er unterging.

Lorna hörte auf zu winseln. Um mich herum wurde es still. Ich hörte, wie mein Atem sich beruhigte. Irgendwo weit weg zwitscherte ein kleiner Vogel. Ich hörte, wie die Sterne auf ihrer Bahn dahinzogen. Ich trat an den Rand des Schwimmbeckens und schaute hinein. Da war nichts außer ein paar Luftblasen. Hübsche, silberfarbene Luftblasen, die im Mondlicht funkelten.

8

Das Wasser versetzte mir tausend kleine Stiche wie von Betäubungsspritzen. Ich schnappte nach Luft, ruderte mit den Armen und tauchte schließlich ab. Silber drückte mir gegen die Pupillen, aber ich konnte durch Silber hindurchsehen. Am Grund des Schwimmbeckens trieb etwas Dunkles, Zusammengekauertes.

Ich griff danach, zerrte daran. Es war schwer. So schwer wie die Last in meiner Lunge, in meinem Kopf. Ich tauchte auf, um nach Luft zu schnappen. Dann stieß ich wieder hinunter, zerrte erneut an dem Bündel. Dieses Mal bekam ich es hoch. Gemeinsam erreichten wir die Wasseroberfläche. Er rührte sich nicht. Er konnte doch nicht … ich musste ihn hier rausbekommen.

»Hilf mir, ihn rauszuziehen!«, keuchte ich.

Lorna stand am Beckenrand und starrte mich verständnislos an. Ihre Lippen zuckten, und dann versuchte ihr Mund, vor ihrem Gesicht Reißaus zu nehmen. Aber sie bückte sich und packte Mike am Kragen, während ich aus dem Becken kletterte und ihn unter den Armen fasste.

Ich zog und zerrte. Er war bleischwer. Blei. Tod. Nein, bestimmt war er nur ohnmächtig. Herrgott, hoffentlich war er nur ohnmächtig!

Dann lag er mit dem Gesicht nach unten im Gras, alle viere von sich gestreckt, und ich kniete über ihm, presste ihm die Hände in den Rücken, in die Seite, in den Rücken, in die Seite ...

»Kann es sein, dass das falsch ist?«

Ich zuckte zusammen, Lorna zuckte zusammen. Mike Drayton lag weiterhin reglos da.

Wir starrten die mollige Miss Bauer an.

»Was haben Sie denn hier verloren?«

»Sie ist mit mir gekommen.« Aus den Schatten, die auf dem Gartenweg lagen, trat der Professor. »Was ist hier los? Wir haben Sie überall gesucht. Nachdem sich die Party auflöste, sind wir gegangen, und ich habe von einer Tankstelle aus in Ihrer Wohnung angerufen. Niemand nahm ab, also bin ich hierher zurückgekommen. Offenbar eine weise Entscheidung.«

»Wir haben uns gestritten«, sagte ich. »Ich habe ihn mit der Faust erwischt, und er ist ins Schwimmbecken gefallen. Ich habe ihn herausgefischt. Aber ...«

Der Professor schob mich beiseite. Er kniete sich hin und nahm den Hut ab. Sein kahler Schädel leuchtete wie ein fahler Mond über Mikes Gesicht, als er ihn im Gras auf den Rücken drehte. Eine feiste Hand tastete die Brust unter dem tropfnassen Hemd ab. Sie hielt inne und blieb eine halbe Ewigkeit dort liegen.

Der Wind erstarb. Das Gras hörte auf zu rascheln. Die Sterne hörten auf zu funkeln. Die Bäume beugten sich vor und lauschten ... lauschten auf einen Herzschlag.

»Er ist tot«, sagte Professor Hermann.

Dann bewegte sich urplötzlich alles wieder. Schnell. Zu schnell.

»Ganz ruhig.« Miss Bauer hatte einen Arm um mich gelegt.

»Aber das ist unmöglich. Wir müssen seine Lungen bearbeiten, das Wasser rauskriegen! Er war höchstens eine Minute da unten ...«

»Er war ohnmächtig«, sagte der Professor.

»Das war wirklich Pech.«

»Pech?« Wie *ein* Mann wandten wir uns zu Lorna um. Ihr Mund zuckte wieder, aber dieses Mal brach eine Sturzflut von Worten daraus hervor.

»Und ob das Pech ist! Warten Sie nur, bis die Zeitungen davon Wind bekommen, warten Sie, bis Lolly es erfährt. Ich bin erledigt! Himberg wird mich fertigmachen. Und die Bullen erst! Herrgott, warum tut denn niemand etwas? Sie müssen ...«

Ich schüttelte sie. Daraufhin wurde ihr Gestammel nur noch wirrer.

»Himmelherrgott ... Himberg ... Ich muss ...«

Ich versetzte ihr eine Ohrfeige.

»Halten Sie den Mund!«

Der Professor setzte seinen Hut auf, erhob sich und legte Lorna eine Hand auf die bebende Schulter. »Er hat recht. Hysterie hilft uns jetzt nicht weiter. Wir müssen Ruhe bewahren. Wir müssen nachdenken.«

»Nachdenken? Was soll uns das bringen? Mike ist tot, und sie werden es herausfinden, sie werden uns verhaften ...«

»Nein. Nicht, wenn wir Ruhe bewahren.«

Das ließ sie für einen Moment verstummen. Der Professor sprach weiter, und seine Stimme wurde zunehmend selbstsicherer. »Hören Sie mir zu, Miss Lewis. Vielleicht weiß ich einen Ausweg, aber Sie müssen mir helfen.«

»Wie das?«

»Beantworten Sie mir eine Frage. Hier.«

Er hielt ihr eine Zigarette hin und gab ihr Feuer. Dann schaute er einen Augenblick lang zu, wie die Glut zwischen ihren Lippen auf und ab wippte und schließlich nur noch zitterte, während sie den Rauch tief einsog.

»Besser? Hören Sie mir jetzt zu und antworten Sie mir. Halten sich im Haus derzeit irgendwelche Dienstboten auf?«

»Nein. Nachdem die Gäste fort waren, habe ich Frieda gesagt, dass sie verschwinden kann. Die anderen hatte ich nur für die Party angeheuert. Sie sind nach Hause gegangen, alle miteinander.«

»Gut. Wissen Sie noch, was Mike während der Party gemacht hat?«

»Mike ... nein ... Ich möchte nicht über ihn reden ...«

»Das müssen Sie aber. Es ist wichtig. Ihr Leben – Ihre Karriere hängt davon ab.«

Er wusste nur zu gut, wie er sie anpacken musste. Nicht das »Leben« war für sie wichtig, sondern ihre »Karriere«. Als sie das Wort hörte, wurde sie auf einen Schlag nüchtern.

»Um wie viel Uhr ist Mike mit seiner Flasche nach oben gegangen?«

»Woher wissen Sie das?«

»Ich habe ihn gesehen. Miss Bauer hat ihn gesehen. Andere sehr wahrscheinlich auch – diese Leute auf der Treppe zum Beispiel.«

»Ja, da haben Sie recht. Lassen Sie mich überlegen. Das muss so um elf gewesen sein.«

»War er betrunken?«

»Nicht mehr als sonst.«

»Trank er häufig?«

»Er gibt sich seit sechs Monaten mehr oder minder regelmäßig die Kugel, das habe ich Ihnen doch erzählt.«

»Und die Leute wissen davon? Ihre Freunde?«

»Und ob.«

»Wissen sie ... wissen sie, warum er trinkt?«

»Hören Sie mal, ich erzähle nicht allen Leuten, was in meinem Privatleben los ist. Sie wissen davon, und Judd weiß davon, weil ich es ihm heute Abend erzählt habe. Aber sonst niemand. Vermutlich halten die meisten ihn einfach für einen Säufer.«

»Aber es ist allgemein bekannt, dass er eine Menge getrunken hat. Dass er launisch war, ungesellig.«

»Die Nummer hat er bei jeder Party abgezogen, die ich gegeben habe, und bei jeder Party, auf die wir gegangen sind. Allzu oft hat er mich nicht begleitet, der Dreckskerl. Und wenn doch, dann hat er sich mitten am Abend davongeschlichen und den Wagen mitgenommen.«

»Wollen Sie damit sagen, dass er sich betrank und dann die Party verlassen hat – einfach allein irgendwohin gefahren ist?«

»Klar doch. Vor ungefähr vier Monaten hat er den Kombi zu Schrott gefahren. Er ist in der Nähe von Santa Barbara gegen einen Strommast gedonnert. Weiß der Teufel, wie er überhaupt dort hinaufgelangt ist. Er wusste es selbst nicht, so knülle war er. Es stand in allen Zeitungen.«

»Als er den Wagen zu Schrott fuhr – wie lange war er da weg?«

»Fast zwei Tage. Die Bullen haben ihn aufgelesen. Er war nicht verletzt, aber ich hatte alle Hände voll zu tun, um zu verhindern, dass er im Knast landete. Himberg hat irgendwelche Beziehungen spielen lassen.«

»Ihre Freunde kennen seine Angewohnheiten? Sind Sie sich dessen sicher?«

»Ja.« Sie atmete hörbar ein. »Bitte, Professor, keine Fragen mehr. Ich glaube, ich muss mich übergeben.«

Sie taumelte davon und übergab sich unter einem Baum – und zwar ausgiebig. Ich drehte mich um und beobachtete Miss Bauer, die sich lautlos und unermüdlich an Mike zu schaffen machte.

»Bitte«, sagte der Professor. »Das ist sinnlos. Außerdem habe ich einen Plan.«

Er wandte sich mir zu und fragte: »Wusste irgendjemand von Ihrem ... Stelldichein in der Remise?«

Ich schüttelte den Kopf. »Ich bin in eine Kneipe weiter

unten an der Straße gegangen, aber außer dem Barkeeper war niemand dort. Ihm habe ich natürlich nichts davon erzählt.«

»Gut. Würden Sie dann bitte mein Auto nehmen und nach Hause fahren? Ich werde mich morgen bei Ihnen melden.«

»Aber Mike ... die Polizei ...«

»Um Mike werde ich mich kümmern. Und die Polizei wird von alldem nichts erfahren, sofern Sie tun, was ich sage. Gehen Sie jetzt. Ich möchte allein mit Miss Lewis sprechen.«

Miss Bauer zupfte den Professor am Ärmel. »Mir gefällt das nicht«, sagte sie. »Lassen Sie mich weitermachen. Das Wasser rinnt ihm langsam aus der Lunge. Wenn wir einen Krankenwagen rufen, schafft er es vielleicht.«

Der Professor sah sie durchdringend an. »Das ist meine Entscheidung.«

Das war nicht nur so dahingesagt. Es war ein Befehl. Miss Bauer senkte den Kopf. Der Professor ging zu Lorna hinüber und nahm ihren Arm. Sie schluchzte an seiner Brust, und er redete leise auf sie ein. Seine Stimme war besänftigend und verständnisvoll. Ich konnte nicht verstehen, was er sagte, und keiner von beiden schenkte mir Beachtung.

Schließlich setzte ich mich in Bewegung, fort von dem Swimmingpool, fort von dem Bündel, das da im Gras lag und im Mondlicht blass und aufgebläht schimmerte wie ein toter Fisch. Ich ging zum Wagen, setzte mich hinters Steuer und fuhr davon. Zu Hause angekommen, stieg ich die Treppe zu meiner Wohnung hinauf und schloss die Tür hinter mir. Schließlich riss ich mir die nassen Kleider vom Leib und ließ mich auf das Bett fallen.

Erst schlief ich, doch dann nahm ein Bild vor meinem geistigen Auge Gestalt an: wie mein Bruder Charlie, der Klugscheißer, hämisch das Gesicht verzog, als er über den Mord in der Zeitung las. Ich sah mich vor den Bullen weglaufen. Ich sah, wie sie mich fassten und verhörten. Ich sah mich die Stahlstufen zu den Zellen hinaufstolpern. Wo ich das Geländer berührte, blieb eine Spur aus Schweiß und Blut zurück.

Ich redete mit meinem Anwalt, ich redete mit allen und jedem: mit dem Staatsanwalt, dem Richter, den zwölf ehrenhaften Männern und Frauen. Für mich sahen sie aus wie die Leute, denen ich am Strand begegnet war. Lorna schrie sie an, aber sie führten sie aus dem Gerichtssaal.

Die Matrone, von der sie hinausgezerrt wurde, war Mrs. Hubbard. Sie verfügte tatsächlich über hellseherische Fähigkeiten, und sie konnte meine Zukunft voraussagen. Sie alle konnten das. Erst die Geschworenen und dann der Richter.

Der Professor besuchte mich als Letztes. Er war besser als ein Priester. Ich sah mit an, wie ich ihn anflehte, er solle mir doch etwas zustecken. Nur diesen einen kleinen Gefallen solle er mir tun, mehr wollte ich gar nicht – konnte er mir nicht etwas zustecken, damit ich nicht ersticken musste?

Alles umsonst. Ganz gleich, wie sehr ich mich abstrampelte. Kein Wunder, dass meine Beine mir den Dienst versagten, kein Wunder, dass sie mich zu zweit den Gang entlangschleppen mussten, kein Wunder, dass ich stürzte, als sie mich in die Gaskammer brachten. Die Gaskammer – niemand konnte mich dort schreien hören, etwas zischte, und dann fing ich an zu husten. Ich musste würgen, mir kam meine Mahlzeit hoch, mir kam die Lunge hoch, und tausend kleine Stiche wie von Betäubungsspritzen brannten mir in der Brust. Nur schlimmer dieses Mal.

Ich sah mit an, wie sie mich hinaustrugen und aufschnitten. Was übrig war, wurde in den Wagen geworfen. Die Totengräber werden nach Tarif bezahlt, und sie haben eine feste Anstellung. Der Professor brachte Blumen. Charlie wollte meine Leiche nicht. Aber der Professor war die Liebenswürdigkeit in Person, er brachte Blumen, und er war der Einzige, der kam. Dann regnete es die ganze Nacht hindurch auf mein Grab, und die Blumen verwandelten sich in eine triefende Masse. Wie die triefende Masse in dem Sarg.

Aber woher wusste ich, dass ich tot war? Ich konnte nicht tot sein. Ich bildete mir all das nur ein. Ich lag sicher in meinem Bett in meiner Wohnung. Jedenfalls bis morgen, wenn sie mir auf die Schliche kommen würden.

Ich schlug die Augen auf und schlief prompt wieder ein, stürzte in einen noch tieferen Abgrund. Irgendwo in diesem Abgrund stieß ich auf die Leiche von Mike Drayton. Und wir ertranken gemeinsam ...

Als ich aus der Dunkelheit in das Licht der Sonne emportauchte, fühlte ich mich wie neugeboren. Allerdings musste ich dringend duschen, mich rasieren, frühstücken und eine Zigarette rauchen.

Dem stand nichts im Wege. Als ich jedoch die Zigarette anzündete, zitterte meine Hand. Judson Roberts suchte heute umsonst nach innerer Ruhe.

Ich fragte mich, ob Professor Hermann wohl arbeitete.

Ich fragte mich, ob er die Leiche wohl ins Meer geworfen und dafür gesorgt hatte, dass es so aussah, als hätte Mike Selbstmord begangen.

Ich fragte mich, ob vielleicht etwas schiefgegangen war, ob die Bullen schon nach mir suchten. Besser, ich ließ rasch die Jalousien runter und ...

Nein. Das wäre dumm. Ich musste ihm vertrauen. Was blieb mir anderes übrig? Er hatte mir gesagt, ich solle warten, er würde sich melden. Also wartete ich.

Ich las einen Text über Totemismus und überlegte mir, wie Lorna Lewis wohl mit alldem klarkam, ob sie heute wohl ins Studio gegangen war. Ich machte mir ein paar Notizen, und die ganze Zeit über musste ich an Miss Bauer denken.

Was, wenn sie recht gehabt hatte und die Wiederbelebung vielleicht erfolgreich gewesen wäre?

Ich warf das Buch auf den Tisch und fragte mich, was für eine Rolle sie bei der ganzen Sache spielte. Warum hatte der Professor sie eingestellt und nicht eine gescheite junge Frau, die sich auszudrücken wusste, die immer einen flotten Spruch auf den Lippen und stets einen Aktenordner oder ein Papiertaschentuch griffbereit hatte.

Ich nahm Flügels *Psychologie der Kleidung* zur Hand, las eine Passage über Spazierstöcke als Symbol der Erweiterung der Persönlichkeit und fragte mich, was Ellen Post an diesem schönen Tag wohl trieb. Hatte sie einen Kater? Erinnerte sie sich an mich? Ich versuchte sie mir vorzustellen, die Umgebung, in der sie sich aufhielt. Ein Schlafzimmer am Ende eines Flurs? Ganz bestimmt nicht. Eine Wohnung wie diese? Wohl kaum. Ein großes Haus? Ein Zimmer neben ihren Eltern? Hatte sie Geld, lebte sie allein?

Warum war es mir nicht gelungen, mehr über sie herauszufinden, ihre Adresse zum Beispiel? Warum hatte ich mich nicht mit ihr verabredet?

Lorna hatte gesagt, sie sei eine Säuferin. Glaubte man Lorna, traf das auf alle zu – sie lebte in einer Welt von Säufern und Drogensüchtigen. Von Schwuchteln und Spinnern. Die ganze Stadt war voll davon. Voll von Leuten mit Macken, Wahnvorstellungen und Träumen. Leuten mit Geld. Die Sorte Leute, die ich aufs Kreuz legen sollte, falls mich diese Geschichte nicht den Kopf kostete.

Aber Ellen Post war anders. Sie glich einer reifen Aprikose. Charlie und ich hatten in unserer Kindheit immer Aprikosen gegessen, eine ganze Tüte voll auf einmal. Sie waren weich und süß gewesen.

Aber jetzt war nicht der richtige Zeitpunkt, um darüber nachzudenken. Jetzt war auch nicht der richtige Zeitpunkt, um Texte über Spazierstöcke und Phallussymbole zu lesen.

Ich wollte wissen, was los war. Ich *musste* es wissen. Teufel auch, es war schon zwölf Uhr durch.

Ich wählte die Praxisnummer des Professors. Letzten Monat hatte er genau zu diesem Zweck meine Telefonrechnung bezahlt. Ich lauschte dem Läuten und hörte dann ein Klicken.

»Ja, bitte?«

»Miss Bauer, hier ist ... Judson Roberts. Hat er ... ist der Professor zurück?«

»Nein.«

»Haben Sie irgendetwas gehört?«

»Nein.«

»Ich verstehe. Wenn er kommen sollte, könnten Sie ihn dann bitten, mich sofort anzurufen?«

»Ja.«

»Vielen Dank.«

Ich legte das kleine schwarze Schätzchen wieder auf die Gabel. Als ich nach einer Zigarette greifen wollte, klingelte es an der Tür. Ich machte Anstalten aufzustehen, blieb dann aber sitzen. Es hatte schon einmal an der Tür geklingelt, und ich hatte Angst gehabt, sie zu öffnen. Ich hatte gewartet, und da war ein Hundertdollarschein unter der Tür hindurchgeschoben worden. Was würde jetzt geschehen, wenn ich wieder wartete?

Ich beschloss, genau das herauszufinden. Ich saß da, während es noch einmal läutete. Dann war es eine Ewigkeit lang still.

Ich starrte die Tür an.

Etwas raschelte. Etwas raschelte und kroch unter der Tür hindurch. Es war nicht grün wie der Geldschein. Es war weiß wie Papier.

Eine Zeitung.

Ich stand auf und schlich mich auf Zehenspitzen zur Tür. Blickte zu Boden. Es war nur ein einzelner Zeitungsartikel, und der Ausriss war so unter der Tür hindurchgeschoben worden, dass ich die Schlagzeile lesen konnte.

HOCKEYSTAR OPFER EINES ZUGUNGLÜCKS

Ich öffnete die Tür und ließ Professor Hermann herein.

9

»Wie haben Sie das nur hinbekommen!« Ich schüttelte den Kopf und bemühte mich, nicht noch etwas anderes zu schütteln.

»Das war ganz einfach. In der Zeitung steht doch, was passiert ist, oder etwa nicht? Ein betrunkener Autofahrer, der auf den Schienen hinter einer Biegung bei La Placentia den Motor abgewürgt hat. Der Schnellzug ist in den Wagen hineingerast und hat ihn noch ein ganzes Stück vor sich her geschoben. Michael Drayton, 31, Ehemann des Filmsternchens Lorna Lewis, das bei Imperial unter Vertrag ist. Als sie von seinem Tod erfährt, bekommt seine Frau einen hysterischen Anfall.« Der Professor zuckte mit den Schultern und legte den Zeitungsausschnitt weg. »Ende der Geschichte.«

»Haben sie nicht das Wasser in seiner Lunge entdeckt?«

»Dank Miss Bauer hatte er kein Wasser mehr in der Lunge. Davon habe ich mich überzeugt. Als Lorna uns erzählte, dass ihr Mann den Kombi zu Schrott gefahren hat, wusste ich, was zu tun war. Ich erklärte ihr, dass ich dafür ihren Wagen brauchte. Sie gab ihn mir, ohne zu fragen, wofür. Ich packte die Leiche in den Kofferraum und schaffte es gerade noch rechtzeitig für den Schnellzug um vier Uhr früh. Es war immer noch stockdunkel, und auf der Nebenstraße war niemand unterwegs. Ich würgte den Motor ab, stieg aus und platzierte Mike hinterm Steuer. Dann konnte ich nur noch warten, bis der Schnellzug durchfuhr und ihn rammte. Der Wagen wurde in tausend Stücke gerissen, und Mike ...«

Er sah mein Gesicht und verstummte, ohne den Satz zu beenden. »Ich bin einige Meilen gelaufen und habe einen Bus genommen«, schloss er. »Dann habe ich Lorna Lewis angerufen und ihr erklärt, was sie sagen sollte, wenn sie verständigt wurde. Schließlich bin ich nach Hause und ins Bett gegangen. Ich habe geschlafen, bis ich wusste, dass es Zeit war, aufzustehen und die Zeitungen durchzublättern.«

Der Professor erzählte all das ohne jede Regung in seinem Tonfall, ohne jedes Anzeichen von Gefühl. Mich fror am ganzen Körper.

»Bei Ihnen klingt das alles so einfach«, sagte ich. »Aber wenn Sie keinen Ausweg gefunden hätten, wäre ich erledigt. Die ganze Angelegenheit ist ein einziger Alptraum, von Anfang an. Es war ein Unfall, das müssen Sie mir glauben. Aber ich könnte das niemals beweisen. Vielleicht war er ein mieser Kerl, vielleicht hatte er es verdient – aber es ist trotzdem meine Schuld. Und Sie haben mich gerettet. Ich weiß nicht, wie ich das sagen soll ...«

Er saß da und lächelte mich an. »Schon gut. Ich verstehe durchaus. Vergessen Sie, was letzte Nacht passiert ist. Es war einfach Glück, dass ich vor Ort war.«

Er nahm seinen schwarzen Hut. Sein Kahlkopf bewegte sich ruckartig hin und her, ein beseelter Totenschädel. Mir lief ein Schauer über den Rücken, und ich zündete mir eine Zigarette an. Er hatte recht, wir sollten es dabei belassen. Ich hatte wirklich Glück gehabt, dass er vor Ort gewesen war. *Glück ... vor Ort*. Mir ging ein Licht auf.

»Was ist los?«, wollte Professor Hermann wissen.

»Nichts. Ich habe nur nachgedacht. Wie kommt es, dass Sie mir für die Party gestern Abend keine Anweisungen erteilt haben?«

»Wie meinen Sie das?«

»Erinnern Sie sich nicht? Sie wollten dafür sorgen, dass Lorna große Stücke auf mich hält.«

»Das habe ich. Ich habe ziemlich lange mit ihr über Sie gesprochen.«

»Ja, klar. Aber Sie haben mir nicht gesagt, wie ich mich ihr gegenüber verhalten soll. Sie sind einfach verschwunden, haben mich allein gelassen.«

»Ich habe gesehen, dass Sie sich gut verstanden. Für mich gab es keinen Grund zu bleiben.«

»Aber Sie sind wiedergekommen.«

»Ich habe Sie von der Tankstelle aus angerufen, nach Mitternacht. Als niemand abnahm, habe ich mir Sorgen gemacht.«

»Hielten Sie es nicht für möglich, dass ich bei der Dame geblieben bin?«

»Ja, natürlich. Aber ich wollte selbst sehen, was Sie taten.« Er grinste. »Sie müssen wissen, dass ich meine Pläne sehr sorgfältig umsetze.«

»Ganz offensichtlich.«

»Was soll das heißen?«

Ich stand auf. »Das soll heißen, dass mir die ganze Angelegenheit nicht geheuer ist. Woher wussten Sie, wo Sie uns finden würden? Woher wussten Sie, dass wir nicht im Haus waren, im oberen Stock vielleicht? Ja, und Mike Drayton – hätte der nicht mit seiner Flasche tief und fest schlafen sollen? Wie kommt es, dass er zur Remise gestolpert ist und uns überrascht hat?«

Sein kahler Schädel glänzte so matt wie altes Elfenbein. Ich starrte auf ihn hinab.

»Sie haben mir selbst gesagt, dass Sie niemals etwas dem Zufall überlassen. Wenn Sie Ihre Hand im Spiel haben, passiert nichts ohne Ihr Zutun. Ich denke mal, dass sich die Dinge folgendermaßen abgespielt haben: Sie sind nach oben gegangen und haben Mike geweckt. Sie haben ihm gesagt, wo er uns finden würde. Sie wussten, dass es Streit geben würde, eine Schlägerei. Vielleicht hatten Sie sogar den Mord geplant.«

»Setzen Sie sich – Sie wissen ja nicht mehr, was Sie da reden! Allmählich hören Sie sich an wie Lorna Lewis.«

»Mag sein, aber ich bin nicht Lorna. Ich bin keine hysterische kleine Närrin. Ich weiß, was ich sage, und ich kenne Sie. Sie haben alles genau so geplant, nicht wahr? Von Anfang an.«

Er blickte zu mir auf und grinste. Sein Mund grinste, aber seine Augen blieben kalt. Kalt und leer: tiefe Höhlen in einem alten Elfenbeinschädel.

»Ja«, murmelte er. »Es gibt keinen Grund, weshalb Sie das nicht erfahren sollten. Ich habe alles so geplant.«

»Aber wozu? Warum machen Sie so etwas?«

»Ganz ruhig. Sprechen Sie leise. Ich werde Ihnen alles erklären. Noch besser: Ich werde es Ihnen zeigen. Nächsten Monat, am Ersten, wenn ich von Lorna Lewis einen Scheck über tausend Dollar bekomme. Als Honorar für die Sprechstunden. Von jetzt an werde ich jeden Monat einen solchen Scheck erhalten.«

»Erpressung.«

»Das Wort missfällt mir.«

»Und mir missfällt, was Sie getan haben. Mir missfällt, wie Sie bei dieser Sache mit mir umgesprungen sind. Warum ausgerechnet ich?«

»Das hat sich einfach so ergeben. Ich hatte den Eindruck ...«

»Mir ist egal, was für einen Eindruck Sie hatten! Wenn Sie Ihre Hand im Spiel haben, ergibt sich nichts *einfach so*. Sie hatten einen Grund. Und den will ich wissen.«

»Also gut, mein junger Freund. Sie sollen es erfahren. Es ist bedauerlich, dass Sie mich zwingen, es auszusprechen, aber vielleicht ist es so am besten.« Der Schädel beugte sich vor. Die Augen waren zum Leben erwacht und hielten meinem finsteren Blick mühelos stand.

»Ich habe Pläne mit Ihnen, große Pläne. Ich habe Ihnen eine Menge beigebracht, und Sie werden noch mehr lernen. Bald werden Sie Judson Roberts sein – ein Mann mit einem guten Namen, mit Verbindungen. Sie werden sich der Öffentlichkeit stellen, und ich werde im Hintergrund bleiben, und das Geld wird nur so fließen. Wie ich es Ihnen versprochen habe. Und ich kenne Sie. Es wird nicht lange dauern, und der Größenwahn wird Sie packen. Sie werden sich fragen, warum Sie die ganze Sache nicht allein durchziehen, warum Sie weiterhin den Trilby spielen und mir die Rolle des Svengali überlassen sollen. Und Sie werden versuchen, mir den Laufpass zu geben. Wohlgemerkt – ich habe nicht gesagt, dass Ihnen das gelingen wird. Aber Sie würden es darauf anlegen.« Er nickte bedächtig, von der Richtigkeit seiner Worte überzeugt. »Also habe ich mich abgesichert. Alles ist nach Plan verlaufen. Jetzt werden Sie nicht mehr versuchen, aus der Reihe zu tanzen. Denn Sie sind in einen Mord verwickelt. Sie wissen es, und Lorna Lewis weiß es. Was allerdings noch wichtiger ist – *ich* weiß es. Und ich werde reden, wenn nötig.«

Ich grinste süffisant. »Ich versuche mir das gerade vorzustellen, Professor! Als Komplize bei einem Mord ...«

»Schon möglich. Vielleicht bringt mich das für ein oder zwei Jahre ins Gefängnis. Aber Sie wird man zur Höchststrafe verurteilen. Und wie Sie so treffend bemerkt haben, ich überlasse nichts dem Zufall. Deshalb hat Miss Bauer mich auch begleitet. Sie ist die perfekte Zeugin – eine unbeteiligte Zuschauerin, die alles mitbekommen hat. Ihre Aussage wird ganz meinen Wünschen entsprechen.«

Ich schob den Aschenbecher beiseite und hob die Hand, um mir über die Stirn zu fahren – Schweiß rann mir in die Augen, und ich konnte fast nichts mehr sehen. Der Elfenbeinschädel ruckte vor mir hin und her.

»Jetzt wissen Sie Bescheid, mein Bester«, murmelte Professor Hermann. »Jetzt wissen Sie, dass es besser ist, mir nicht in die Quere zu kommen. Sie werden nicht versuchen, mich aus dieser Sache hinauszudrängen. Sie werden tun, was ich Ihnen sage, und keine unbesonnenen Pläne schmieden oder sich aus dem Staub machen.«

Ich erhob mich wieder. Dieses Mal fiel es mir schwer, aber als ich aufrecht stand, spürte ich, wie meine Energie zurückkehrte und mich durchströmte. Und ich konnte sie jetzt gut gebrauchen, diese Energie.

»Sie denken auch an alles«, flüsterte ich. »Aber ist Ihnen schon einmal der Gedanke gekommen, dass ich versuchen könnte ... Sie zu töten?«

Ich war wie der Blitz. Ich war wie der Donner. Ich schlug von der Seite her zu. Mein Kopf senkte sich, und mein Blick heftete sich auf die fette Falte an seinem Hals ...

Aber irgendetwas ging schief. Ich stolperte. Er hatte das Bein ausgestreckt. Ich stürzte zu Boden. Und dann spürte ich einen unerträglichen Druck im Nacken, der mir die Wirbelsäule ins Gehirn quetschte.

Seine Stimme fand mich in der Finsternis.

»Sie sind ein Narr! Versuchen Sie das ja nie wieder. Ich warne Sie – ich verfüge über Kräfte, von denen Sie nicht einmal träumen können! Und jetzt stehen Sie auf – wenn Sie können.«

Ich stemmte mich hoch und ließ mich auf einen Stuhl fallen. Mein Kopf ruhte auf einer glühend heißen Lanze, die sich durch mein Rückgrat bohrte.

»Ich habe Ihnen bereits gesagt, dass Sie alles vergessen sollen, was vergangene Nacht geschehen ist. Das war als guter Rat gemeint. Sie sollten sich besser danach richten. Denn wir fangen noch mal von vorne an.«

Er saß noch immer auf seinem Platz, ohne mit der Wimper zu zucken. Der Schädel grinste mich noch immer an.

»Ja, ganz von vorne«, murmelte er. »Bald ist es so weit. Die Praxis ist angemietet, und die Dekorateure sind beauftragt. Ab nächsten Monat beginnt unser Aufstieg – unser beider Aufstieg. Bis ganz an die Spitze. Und deshalb müssen Sie diese Geschichte unbedingt hinter sich lassen. Was vorbei ist, ist vorbei. Die Vergangenheit kann uns nicht mehr gefährlich werden. Auf uns wartet eine glorreiche Zukunft. Ich werde meine Versprechen einlösen. Ich bin Ihr Freund, Eddie. Glauben Sie mir. Ich bin der einzige Freund, den Sie je hatten. Sie können mir vertrauen. Sie müssen mir vertrauen. Und Sie werden mir vertrauen.«

Seine Worte schienen aus einer Traumwelt an mein Ohr zu dringen, als stünde ich unter dem Einfluss von Äther oder von Hypnose. Hypnose. Er starrte mich aus seinen Schlitzaugen an, schlug mich in seinen Bann ...

»Sie werden alles haben«, sagte seine Stimme monoton. »Ich werde im Hintergrund bleiben, und Sie werden den Ruhm ernten, das Geld und die Macht. Nichts kann uns aufhalten. Daran dürfen Sie nicht einen Augenblick lang zweifeln. Denken Sie daran, Sie sind Judson Roberts. Und ich bin ... ein Niemand.«

Ich schüttelte die Stimme ab, schüttelte seinen starren Blick ab, und mir gegenüber auf dem Stuhl saß ein Niemand. Sein Kopf glich einem Schädel, doch alsbald veränderte er sich. Vielleicht lag es an den zusammengepressten Lippen, an den Schlitzaugen. Vielleicht lag es auch an etwas anderem. Doch von einem Moment auf den nächsten ging mir ein Licht auf. Zum ersten Mal wurde mir bewusst, dass Professor Hermann wie der Teufel aussah.

Er saß da, und seine feisten Finger hielten einen Schatten umklammert. Es war nur ein Schatten, aber er hielt ihn mit aller Macht fest, und ich wusste, dass er ihn nie wieder loslassen würde.

Er hielt meine Seele in den Händen ...

10

Die Untersuchung war eine reine Routineangelegenheit. Ich musste nicht einmal eine Aussage machen. Lorna natürlich schon, und sie hat die Situation gerettet. Offenbar hatte sie vor der Kamera tatsächlich etwas gelernt, denn ihre Vorstellung war bühnenreif. Sie schniefte und schluchzte und murmelte immer im richtigen Augenblick eine Antwort; sie zitterte und bebte stets an den richtigen Stellen.

Nachdem sie ihre Aussage beendet hatte, war alles gelaufen. Mr. Himberg sagte ein paar Worte, und der Professor ebenfalls, aber das Urteil stand bereits fest: Unfalltod. Der Professor ließ es sich nicht nehmen, mich darauf hinzuweisen, dass ein Urteil, zu dem man bei der Untersuchung einer Todesursache gelangte, natürlich jederzeit revidiert werden konnte, sofern neue Indizien ans Tageslicht kamen. Aber solange ich mich wie ein braver Junge benahm, würde es keine neuen Indizien geben.

Nach der Untersuchung gingen wir alle rasch auseinander. Himberg begleitete sein Sternchen beim Spießrutenlauf durch die Reihen der Reporter, und Lorna gab eine angemessene Zugabe. Nachdem wir uns für den nächsten Morgen in seiner Praxis verabredet hatten, fuhr der Professor mit Miss Bauer davon. Wir wollten uns gemeinsam an die Arbeit machen, und er legte mir nahe, mich ordentlich auszuschlafen.

Ich blieb noch eine Weile unschlüssig am Straßenrand stehen – und da tauchte *sie* plötzlich auf.

Das staubige, ramponierte Cabrio bremste neben mir ab, und sie sagte: »Gütiger Gott! Ich komme mal wieder zu spät – es ist schon alles vorbei, nicht wahr?«

Ich nickte. »Das ist richtig, Ellen.«

»Nun, ich werde nicht so tun, als täte mir das leid. Ich habe es absichtlich versäumt, müssen Sie wissen. Ich ... ich wollte mir das alles nicht anhören.« Sie erbebte leicht. »Bei der ganzen Sache wird mir übel. Dass Leute wie Mike und Lorna so leichtfertig ihr Leben ruinieren! Aber ich sollte wohl besser den Mund halten.« Sie erbebte ein weiteres Mal. »Kann ich Sie irgendwohin mitnehmen?«

»Ich wollte eigentlich nach Hause«, erklärte ich ihr.

»Steigen Sie ein.«

Ich stieg ein und murmelte meine Adresse. Sie wendete an der nächsten Kreuzung. Am Steuer hatte sie offenbar alles im Griff, und heute war der Aprikosenduft nicht mit dem von Alkohol vermengt.

»Wenn Sie absichtlich zu spät gekommen sind«, fragte ich, »warum haben Sie dann überhaupt angehalten?«

»Mr. Roberts, bitte. Sie beschämen mich.« Aber sie wirkte überhaupt nicht schamhaft, als sie fortfuhr. »Sie wissen, warum ich gekommen bin. Ich wollte Sie sehen und mich für meine Unhöflichkeit gestern Abend entschuldigen.«

Ich blinzelte. Es war schon lange her, seit mir jemand eine ehrliche Antwort gegeben hatte.

»Sie waren sehr nett zu mir und sehr geduldig«, sagte sie. »Das weiß ich zu schätzen.«

»Und ich weiß Ihre Ehrlichkeit zu schätzen, Ellen. In letzter Zeit ist das eher die Ausnahme.«

»Sprechen Sie von Ihrem Freund, dem Professor?«

Für einen Moment war ich überrumpelt. »Der Professor? Was wissen Sie über ihn?«

»Ach, eigentlich gar nichts. Außer dass mein Onkel mir erzählt hat, dass er irgendeinen betrügerischen Gesundheitskult am Laufen hatte, und zwar auf dem Postweg. Irgendwann sind ihm die Behörden auf die Schliche gekommen und haben der Sache ein Ende gemacht. Arbeiten Sie für ihn?«

»Nein. Er ... berät mich nur.«

»Aha.« Sie lächelte. »Verzeihen Sie, ich wollte meine Nase nicht in Dinge stecken, die mich nichts angehen.«

»Schon gut.« Ich zündete eine Zigarette an und lehnte mich zurück. Ich spürte ihre Nähe und konnte mir gut vorstellen, wie es wäre, wenn sie mir noch näher käme.

Sie wäre anders als Lorna, würde nicht zappeln und keuchen; ihre Liebe wäre nicht blind – blinde Augen, ein blinder Mund, ein blinder Körper, der verzweifelt nach Erfüllung sucht. Nein, sie wäre weich und warm und zuverlässig. Ich konnte die Güte und den Trost spüren, die sie ausstrahlte, und ich sehnte mich maßlos danach. Mein Verlangen war überwältigend.

Aber all das stand mir nicht zu. Also zog ich an meiner Zigarette und rückte ein Stück weg, während sie sich durch den Verkehr schlängelte.

»Sie könnten wenigstens sagen, dass Sie sich freuen, mich zu sehen«, sagte sie.

»Das könnte ich. Aber ich werde es nicht tun.«

»Ach. Und warum nicht?«

»Weil Sie mir glauben würden. Und natürlich würde ich Sie zum Abendessen einladen. Und wir würden irgendwohin gehen und reden. Und weil Sie ehrlich sind, würde ich mich bemühen, ebenfalls ehrlich zu sein. Und Ihnen alles über mich erzählen. Und dann würden Sie mich hassen.«

»Sind Sie ein so schlechter Mensch, Mr. Roberts?«

»Mehr, als Sie es sich vorstellen können.«

»Ich muss schon sagen, Sie erteilen mir da eine wirklich nette Abfuhr.«

Ich wandte mich halb zu ihr und sah sie an. »Glauben Sie mir, Ellen, das ist es nicht. Ich wünschte, ich könnte es Ihnen erklären, aber das kann ich nicht. Wenn ich Ihnen nur vor drei Monaten begegnet wäre, bevor all das passiert ist! Wenn nur Sie unter meiner Tür hindurchgeglitten wären und nicht dieser Hundertdollarschein ...«

Sie sah mich verwundert an, und ich konnte ihr das nicht verdenken. Ich hatte bereits zu viel gesagt.

»Sie stecken in Schwierigkeiten, nicht wahr?«

Ich fing an zu lachen, aber es klang eher wie ein Ächzen.

»Schwierigkeiten? Das hängt davon ab, was Sie als Schwierigkeiten bezeichnen. Im Moment bereite ich mich darauf vor, einen Platz an der Spitze der Gesellschaft einzunehmen. Der Thron ist schon fertig. Aber es wird kein Vergnügen sein, darauf zu sitzen. Und es ist nur Platz für einen.«

»Ich verstehe.«

Was natürlich gelogen war. Sie begriff nur, dass sie einmal mehr einen Fehler begangen hatte – sie hatte sich einem Kerl an den Hals geworfen, von dem sie geglaubt hatte, er sei anständig, und jetzt stellte sich heraus, dass er nur ein eingebildeter Schuft war. Ob sie sich wohl heute Abend betrinken würde? Ich wahrscheinlich schon, ganz egal, was morgen auf dem Programm stand.

Wir fuhren schweigend weiter. In meinem ganzen Leben habe ich noch nie unter einem solchen Druck gestanden. Ich wollte mit ihr reden, ich wollte ihr alles gestehen. Irgendetwas an ihr hypnotisierte mich. Genau so, wie ich auch auf den Professor reagierte. Wenn sie mich auffordern würde, aus dem Wagen zu springen und mich umzubringen, dann täte ich das wahrscheinlich. Sie müsste es nicht einmal aussprechen – ein Blick würde genügen. *Wie der Professor ...*

Ein entsetzlicher Gedanke regte sich und grinste mich hämisch an. Urplötzlich saß ich wieder in Larry Rickerts Vorzimmer wie vor drei Monaten und versuchte, dem Blick des Professors standzuhalten. Hatte er mich schon damals hypnotisiert? Hatte der Professor an jenem Nachmittag auf außersinnlichem Wege mit mir kommuniziert, hatte er mir die Idee eingepflanzt, nach Hause zu gehen und mich umzubringen? Ich hatte mich oft gefragt, warum ich diesen unerklärlichen Drang verspürt hatte, und jetzt fügte sich alles zusammen.

Er tat nie etwas ohne Absicht. Er überließ nichts dem Zufall. Er hatte alles geplant, bis hin zu dem Zeitpunkt, an dem er aufgetaucht war und mich mit dem Hundertdollarschein daran gehindert hatte, mich umzubringen. O ja, er wusste sehr genau, wen er sich aussuchte. Professor Hermann hatte festgestellt, dass ich seiner Suggestivkraft – den Mächten der Finsternis – nichts entgegenzusetzen hatte. Er mochte der Teufel sein, aber die Finger schmutzig machen würden sich andere für ihn.

Ich öffnete den Mund. Ich wusste, was ich sagen wollte. »Ellen, halten Sie nicht vor meinem Haus an«, wollte ich sagen. »Fahren Sie einfach weiter. Wir können noch vor Mitternacht in Mexicali sein, Sie und ich. Wir können dort unten heiraten und einfach weiterfahren. Sie brauchen mich. Ich brauche Sie. Was halten Sie davon?«

Ich öffnete den Mund, aber der Professor ließ mich ihn wieder schließen. Was hatte er gesagt? »Sie werden tun, was ich Ihnen sage, und keine unbesonnenen Pläne schmieden oder sich aus dem Staub machen.«

Also behielt ich meine Wünsche für mich. Ich nahm Ellen nicht in die Arme, um mein Gesicht im Aprikosenduft ihrer Haare zu vergraben, ihre vollen Lippen zu suchen und die reiche Ernte ihres Körpers zu genießen.

Sie fuhr schweigend weiter, zügig und sicher, ohne ein Wort an mich oder einen Blick in meine Richtung. Dann quietschten die Bremsen, und wir hielten vor meiner Wohnung.

»Vielen Dank«, sagte ich. »Ellen, ich würde Sie gern wiedersehen ... Mir ist es heute nicht gelungen, zu erklären, was ich Ihnen sagen wollte. Das war alles sehr anstrengend, und wenn sich die Lage wieder etwas beruhigt hat, können wir vielleicht miteinander reden. Verstehen Sie, ich ...«

Sie wandte sich ab, aber nicht bevor ich einen Blick auf ihr verzerrtes Gesicht erhascht hatte.

»Adieu«, murmelte sie. »Und gehen Sie zum Teufel.«

Dann fuhr sie davon, bevor ich begriff, was ihr Blick bedeutete. Sie hatte geweint.

Aber sie hatte »Adieu« gesagt und es auch ernst gemeint. Und sie hatte mich zum Teufel gewünscht.

Vielleicht meinte sie wenigstens das nicht ernst. Aber trotzdem, sie hatte recht. Denn Professor Hermann war der Teufel, und meine Seele gehörte ihm. Mir stand klar vor Augen, wohin mich mein Weg führen würde.

Direkt in die Hölle.

11

Ein hochgewachsener junger Mann mit gewelltem Haar und akkuratem Schnurrbart starrte einen hochgewachsenen jungen Mann mit gewelltem Haar und akkuratem Schnurrbart an, der einen hochgewachsenen jungen Mann mit gewelltem Haar und akkuratem Schnurrbart anstarrte, der ...

Aber Sie verstehen, worauf ich hinauswill.

In dieser Art und Weise ging das ewig so weiter. Der Mann, der den leichten sandfarbenen Anzug, das weiße Hemd und die gediegene schwarze Krawatte trug, musterte sich in jeder der acht verspiegelten Flächen, die die Wände seines achteckigen Sprechzimmers bedeckten.

Dieses achteckige Sprechzimmer war so groß wie eine Scheune, die hohe Decke war in indirektes Licht getaucht. Der Helligkeitsgrad wurde von einem Schalter hinter dem Schreibtisch geregelt. Dieser Schreibtisch und der dazugehörige Stuhl standen in der Mitte des Raums. Sonst war er leer. Der ganze Rest war freie Fläche, Licht und Spiegel – Spiegel, die die Präsenz und Persönlichkeit von Judson Roberts vervielfachten. Spiegel, die die Klienten blendeten und verwirrten.

Die Spiegel förderten auch Befangenheit und Selbsthypnose. Natürlich war ich dafür nicht mehr anfällig. In den letzten drei Monaten hatte ich mich an die Einrichtung gewöhnt, und der Mann in den Spiegeln war mir vertraut geworden: Judson Roberts.

Es hatte den Professor einen ordentlichen Batzen Geld gekostet, das alles auf die Beine zu stellen. Doch obwohl die Unkosten ganz ordentlich waren, fing *D-U* – »Dein Unterbewusstsein« – allmählich an, sich zu rechnen.

Ich saß hinter dem Schreibtisch und betrachtete mich in den Spiegeln. Mr. Judson Roberts erwiderte mein Lächeln von überall her. Nun denn, warum sollte er auch nicht lächeln?

Das Buch lief bestens im Direktversand, die Anzeigen taten ihre Wirkung, die wöchentlichen Vorträge im Hotel fanden regen Zulauf, mein Terminkalender füllte sich. Immer neue Klienten riefen an, die Briefe stapelten sich. Und Judson Roberts ließ die ganzen Trottel nach seiner Pfeife tanzen, ganz so, wie es der Professor vorausgesehen hatte.

Mein Groll auf den Professor hatte sich gelegt. Er hatte recht, wie unser erfolgreiches Unternehmen unter Beweis stellte. Der Schlamassel mit Lorna Lewis war vergessen – ich hatte sie nicht wiedergesehen. Auch den Professor sah ich immer seltener. Wie versprochen hatte er die Sache zum Laufen gebracht, und jetzt ließ er mich in Ruhe. Er kümmerte sich um seine Praxis und ich mich um meine.

Gewiss, er hatte den kleinen Sid Rogers angewiesen, mir beizuspringen, wenn etwas nicht so lief, wie es sollte, und bestimmt sollte er mich bei der Gelegenheit im Auge behalten. Rogers bezog sogar ein Zimmer im Obergeschoss des neuen Hauses, das ich drüben an der New Hampshire Road nahe Wilshire Boulevard gemietet hatte. Aber er rückte mir nicht allzu sehr auf die Pelle, und in der Praxis konnte ich seine Hilfe gut gebrauchen.

Er instruierte May, unsere Sekretärin. Er verfasste meine wöchentlichen Vorträge. Er ging meine Termine durch, taxierte Klienten, machte sich ein Bild von möglichen Kandidaten. Er erteilte mir vernünftige Ratschläge.

»Ziehen Sie sich immer konservativ an – auffallende Kleider sind out. Wir sind hier nicht an der Strandpromenade.

Denken Sie stets daran, leise zu sprechen – die Leute sollen sich ein wenig anstrengen müssen, um Sie zu verstehen; dann müssen sie sich konzentrieren, und das ist schon die halbe Miete. Drehen Sie einem Trottel niemals den Rücken zu. Lassen Sie ihm keine Sekunde Zeit, um an etwas anderes zu denken.«

Tricks und Kniffe. Unablässig musste ich etwas lernen, etwas im Kopf behalten, etwas ausprobieren.

Anfangs hatte ich Bedenken und fragte mich, ob der Schwindel gelingen würde. Mit der Zeit fragte ich mich, warum ich jemals Zweifel gehegt hatte. Der Professor hatte recht: Ein Suchender ist immer auch ein Trottel. Und es fiel mir auch nicht mehr schwer, die Fassade aufrechtzuerhalten. Das Gesicht, das mein Lächeln in den Spiegeln erwiderte, war irgendwie anders. Das lag nicht nur an dem Schnurrbart; ich wirkte einfach selbstbewusster. Ich sah jetzt aus wie Judson Roberts, ich fühlte mich wie Judson Roberts – ich *war* Judson Roberts.

Das Telefon klingelte. Es ruhte in einer kleinen Vertiefung in dem runden Schreibtisch. Ich nahm den Hörer ab. Mays Stimme klang forsch und selbstsicher. Das bedeutete, dass ein Klient im Vorzimmer wartete.

»Mr. Roberts? Ein Mr. Caldwell wünscht Sie zu sehen. Er bittet um einen Termin.«

»Wünscht« war ein Codewort. Es bedeutete einen Haufen Geld. »Termin« war ebenfalls ein Code. Es bedeutete, dass wir den potenziellen Klienten zehn bis fünfzehn Minuten hinhalten mussten, bis Rogers seine Erkundigungen über ihn eingeholt hatte.

»In Ordnung«, sagte ich leise. »Sagen Sie Mr. Rogers, dass er für mich zusammentragen soll, was er kann. Ich werde Sie anrufen, wenn ich so weit bin. Caldwell sollte bis dahin in den Genuss einer Konsultation unter Kollegen kommen.«

Das bedeutete, dass May in der Praxis des Professors anrufen und nach einem Doktor Altschuler fragen würde. Sie würden sich am Telefon über eine psychiatrische Behandlung austauschen. »Mr. Roberts rät ... Mr. Roberts empfiehlt, dass der Patient ... Mr. Roberts hat Symptome dafür entdeckt, dass ...« Und das alles nur dem armen Kerl zuliebe, der auf dem eleganten, aber gewollt unbequemen Stuhl im Vorzimmer herumzappelte.

Ich wusste auch, was Rogers in diesem Moment tat: Er saß in seinem kleinen Büro auf demselben Flur und knöpfte sich Caldwells Namen vor. Er und das Mädchen, das wir als »Arzthelferin« angestellt hatten, würden in Caldwells Vergangenheit herumstöbern, und zwar mit Hilfe von drei Telefonen und einer ganzen Wand voller Adressverzeichnisse, Telefonbüchern und detaillierten Stadtplänen und Landkarten. Sie suchten im *Who's Who* nach biografischen Einträgen, in Branchenverzeichnissen, in Publikationen von Burschenschaften, in Schuljahrbüchern. Sie informierten sich telefonisch über Caldwells Kreditwürdigkeit und gingen Hinweisen nach, die in Zeitungsarchive führten. Sie sahen mit Querverweisen versehene Akten durch, die von den Freunden des Professors im Rahmen von ähnlichen Betrügereien angelegt worden waren. Sie würden rasch Ergebnisse erzielen. Und manchmal waren diese Ergebnisse äußerst eindrucksvoll.

Mit etwas Glück konnte Rogers sogar etwas herausfinden, ohne den Namen des potenziellen Opfers zu kennen. Dafür brauchte er nur einen Blick auf das Kennzeichen des Autos zu werfen, das vor der Tür stand. Er ging nach einem ganz bestimmten System vor, und innerhalb von fünfzehn Minuten konnte er mit Namen, Adresse, Beruf, Alter und Vermögenslage aufwarten ... mitunter sogar mit dem Namen der Ehefrau, mit Namen und Alter der Kinder, den Namen der Eltern und naher Verwandter ... mit dem derzeitigen Wohnsitz und dem der letzten zehn Jahre. Dazu kamen noch diverse Kleinigkeiten als i-Tüpfelchen: Hobbys und Clubmitgliedschaften, der schulische Hintergrund und der Spitzname, recht detaillierte Beschreibungen des Zuhauses und Umfelds. Das machte es vergleichsweise einfach, den Charakter und die derzeitigen Probleme des potenziellen Opfers zu erraten. Ja, Rogers war ein guter Mann, und sein System war großartig.

Er betrat das Sprechzimmer durch die hinter dem Spiegel versteckte Tür an der Rückwand und legte die mit Schreibmaschine beschriebenen Karteikarten auf meinen Schreibtisch.

»Sieht so aus, als hätten wir einen vielversprechenden Kunden«, sagte er. »Sitzt im Aufsichtsrat einer Fluggesellschaft. Und hat zu allem Überfluss auch noch ordentlich geerbt. Aber das steht alles da.«

»Danke, Sid. Das ging schnell.«

»Viel Glück.«

Er verschwand wieder. Ich las das Dossier aufmerksam durch. Und ein zweites Mal. Ein Blick auf die Uhr. Seit May mich angerufen hatte, waren vierzehn Minuten vergangen. Das genügte.

Ich legte die Karten neben das Telefon, nahm den Hörer ab und klingelte bei May an.

»Schicken Sie ihn rein«, sagte ich, lehnte mich zurück und drückte auf den Lichtschalter. Die Spiegel schienen sich von den Wänden zu lösen und mich erdrücken zu wollen.

Die Tür ging auf, und Edgar Clinton Caldwell betrat den Raum.

Es gab drei verschiedene Möglichkeiten, die Informationen zu verwenden, die ich gerade von Sid Rogers erhalten hatte. Nummer eins: Ich konnte den Mystiker spielen und Caldwell telepathische Fähigkeiten vorgaukeln. Bei Frauen und Tunten funktionierte das wunderbar. Nummer zwei: der unnahbare, allwissende Experte – »Ja, selbstverständlich verfügen wir über unsere eigenen Informationsquellen.« Das zieht bei den Klugscheißern, die gern laut werden.

Nachdem ich Edgar Caldwell eingehend gemustert hatte, entschied ich mich für die dritte Herangehensweise.

Da stand er fett und nervös im blendend hellen Licht und betrachtete sein zerknittertes Spiegelbild. Er hatte geschwitzt, und sein durchweichtes Jackett hing ihm von den Schultern. Der unterste Knopf stand auf und enthüllte ein weißes Dreieck auf einer breiten Grundfläche über einem ausladenden Bauch. Seine grauen Haare waren nach hinten gekämmt und klebten auf einer geröteten hohen Stirn. Er war fett und außerdem sehr groß – sein ganzer Körper machte den Eindruck, als wäre er überdimensioniert.

Mir war sofort klar, dass er Angst hatte, aber er wusste nicht, dass ich das wusste. Er war der Überzeugung, dass er grimmig dreinschaute. Sein Blick war finster. Sein Kinn – und die dazugehörigen Falten – hatte er energisch vorgereckt. Aber ich betrachtete seine Hände; die riesigen roten Hände mit den knotigen Knöcheln, die sich angstvoll öffneten und schlossen, ohne dass er sich dessen bewusst gewesen wäre. Diese Hände suchten in dem leeren Zimmer etwas, an dem sie sich hätten festhalten können. Diese Hände hätten am liebsten die Spiegel zerschlagen, die sein Äußeres vervielfachten und verzerrten. Diese Hände wollten sich heben, die Augen bedecken und sie vor dem grellen Licht schützen, sie wollten das Schauspiel meiner Selbstzufriedenheit verbergen. Aber diese Hände waren machtlos.

Diese Hände konnten nicht zupacken. Diese Hände konnten nichts zerstören. Diese Hände konnten nichts verbergen.

Es waren Caldwells Hände, deretwegen ich mich für die dritte Herangehensweise entschied. Erst würde ich ihm noch mehr Angst machen und ihn dann wieder beruhigen.

»Sie sind Edgar Clinton Caldwell?« *Ganz leise, aber so bestimmt, als stünde er vor Gericht.*

»Ja. Mr. Roberts?«

Gut. Als er meinen Namen aussprach, zitterte seine Stimme leicht. Den hätten wir.

»Ich bin Judson Roberts. Kommen Sie doch herein.«

Jetzt muss er erst einmal das Zimmer durchqueren. Lass ihn schwitzen und zögern, während er versucht, sich nicht selbst im Spiegel zu beobachten. Ihm wird alles auffallen, was er versucht hat vor sich und anderen zu verstecken: wie er im Profil aussieht, seine wenig schmeichelhafte Kopfform, seine Haltung, sein unübersehbarer, lächerlich watschelnder Hintern. Lass ihn erst einmal das Zimmer durchqueren, dann ist er erledigt, bevor er überhaupt angefangen hat.

»Hier kommt man sich ja vor wie im Zirkus.«

Auf in die nächste Runde. Ein offenes, ehrliches Lächeln. Damit er sich entspannt, wenigstens vorübergehend.

»Das soll die Leichtgläubigen beeindrucken. Verzeihen Sie, Sir. Es bedarf keiner weiteren Bühneneffekte.«

Ich dämpfte das Licht. Er blinzelte erleichtert, stand da und wartete, was nun geschehen würde.

Variante Nummer drei, ganz klar.

Ich griff in die Vertiefung in der Tischplatte, nahm die beschrifteten Karteikarten heraus und hielt sie ihm hin.

»Hier, Mr. Caldwell – bevor wir uns weiter unterhalten, möchte ich Sie um einen kleinen Gefallen bitten. Würden Sie diese Angaben bitte auf ihre Richtigkeit überprüfen?«

Er griff nach den Karten, und ich sah zu, wie sie in den roten Falten seiner gewaltigen Hände verschwanden. Ich sah zu, wie er las, was daraufstand, wie sich seine Pupillen weiteten, wie seine Augenbrauen versuchten, seine Stirn hinaufzuklettern und sich unter seinen Haaren zu verstecken.

»Was zum ... woher zum Teufel haben Sie das alles?«

Lächeln. Lass es erst einmal seine Wirkung tun. Warte, bis er begriffen hat.

»Ich könnte da ja ein großes Geheimnis draus machen, Mr. Caldwell, aber die ganze Sache ist wirklich sehr einfach. Ich verfüge über einen gut ausgebildeten Recherchestab, müssen Sie wissen. In dem Moment, als mir Ihr Name genannt wurde, haben sie sich an die Arbeit gemacht. Ein Mann in Ihrer Stellung hat natürlich vielerorts Spuren hinterlassen: in Zeitungen, Branchenblättern, Verzeichnissen. Unsere Handbibliothek hat diese vorläufigen Informationen geliefert. Zweifellos würden umfassendere Nachforschungen noch weit mehr über Ihren Hintergrund und Ihre Stellung ans Licht bringen.

Der Grund für all das dürfte Ihnen klar sein, Mr. Caldwell. Ich bin professioneller Psychologe und somit Geschäftsmann. Als solcher lege ich großen Wert auf eine solide Informationsbasis, wie Sie höchstwahrscheinlich auch. Entsprechend hilfreich ist es für mich, möglichst gut über einen Klienten unterrichtet zu sein, bevor ich ihn empfange, so wie auch Sie sich vorab über einen potenziellen Kunden informieren. Ich bin überzeugt, dass auch Sie Ihre Quellen haben, Mr. Caldwell.«

Lass ihn grinsen. Jetzt hat er keine Angst mehr. Er denkt, du würdest ihn ins Vertrauen ziehen. Er ist geschmeichelt. Ihn würdest du bestimmt nie über den Tisch ziehen. Das weiß er, weil du ihn als ebenbürtig eingeschätzt hast. Tja, den hättest du an der Angel.

»Ich will vollkommen aufrichtig zu Ihnen sein, Mr. Caldwell. Unsere Beziehung steht und fällt mit dem Grad dieser Aufrichtigkeit – und das gilt für uns beide. Sind Sie nicht derselben Meinung?«

Er nickte. Von jetzt an würde ich dafür sorgen, dass er nur noch nickte.

Baue ein Abhängigkeitsverhältnis auf. Zwischen dem Analytiker und dem Patienten. Und dabei sollte es bleiben. Schmeichle ihm mit Fragen, zeig dich an jeder Einzelheit interessiert. Jeder möchte über sich selbst sprechen. Das ist D-U, *das ganze Geheimnis. Völlige Katharsis.*

»Und nun, Mr. Caldwell, sprechen wir über Sie und Ihre

Probleme. Sie haben doch ein Problem, nicht wahr, Mr. Caldwell?«

Und ob er ein Problem hatte! Und nun würde er mir alles erzählen. Ich hörte ihm zu, dachte dabei jedoch an andere Dinge. Probleme. Sie alle hatten Probleme. Jeder ist anders, und doch sind sie alle gleich. Es gab immer einen gemeinsamen Nenner – Angst.

Mason, der ängstliche kleine Kerl, der immer am Donnerstagnachmittag kam. Dem setzte seine Homosexualität zu. Mrs. Finch, bei der ich montags und freitags Hausbesuche machte, hatte Angst vor dem, was passieren würde, wenn sie weniger Diazepam schluckte. Maxwell Solomon, der mich stets unangekündigt aufsuchte, wenn er mich brauchte, versuchte mittels einer ausgeprägten Pyrophobie seine Angst vor göttlicher Vergeltung zu verbergen, weil er bei einem Absturz mit seinem Privatflugzeug seine Haut gerettet und Frau und Kind im Stich gelassen hatte. Miss Eudalie Vinyer hatte Angst vor mir, weil ich ein Mann war, und alle Männer waren wie ihr Vater, und mit dreizehn war sie zu jung gewesen, um zu begreifen, was ihr Vater mit der farbigen Frau gemacht hatte. Baker hatte Angst vor seinem Chef, Klotscher hatte Angst vor Gott, Mrs. Annixter hatte Angst vor Krebs, in diesem Fall eine höfliche Umschreibung für Syphilis, was wiederum eine höfliche Umschreibung für Geschlechtsverkehr war, was wiederum eine höfliche Umschreibung für Sünden wider den Heiligen Geist war, was wiederum eine höfliche Umschreibung für die Tatsache war, dass sie wirklich Spaß daran hatte. Wie es der Zufall so wollte, gehörte auch Mr. Annixter zu meinen Patienten. Der wiederum hatte Angst vor – Mrs. Annixter.

Es war alles äußerst einfach und dabei äußerst kompliziert. Manche von meinen Patienten wussten, worin ihr Problem bestand, andere nicht. Manche konnte ich direkt darauf ansprechen, andere nicht. Manche brauchten einen Arzt, andere einen Psychiater, wieder andere einen Anwalt, einen Priester oder einen Henker. Aber alle brauchten sie mich. Sie brauchten einen Beichtvater, ein Kind, eine Mutter, eine Geliebte, die ihnen zuhörten, die Verständnis hatten, die ihnen schmeichelten, ihnen gut zuredeten und ihnen verziehen.

Sie brauchten *D-U*.

Einzelheiten. Diese endlosen Einzelheiten. Sie wollten einem alles erzählen. Sie wollten sich auf jede nur denkbare Weise von mir untersuchen lassen – Koordinationstests, Gedächtnistests, freie Assoziation, Traumdeutung, Tests mit Diagrammen, Lichtbildern, Tintenklecksen und mit allem, was mir nur einfallen mochte. Ich schickte sie zu einem unserer Spezis, Doktor Sylvestro, der sie einer ärztlichen Untersuchung unterzog, und auch davon waren sie begeistert.

Das war die Lösung. Sie hatten Angst und wollten geliebt werden. Liebe ist eine Form von Anteilnahme, Aufmerksamkeit, sie bestätigte sie in ihrem Eigendünkel. *D-U* gab ihnen das alles. Denn wenn man das ganze metaphysische und psychologische Brimborium beiseiteließ, war *D-U* nur eine andere Spielart der alten Binsenweisheiten »Erkenne dich selbst« und »Sei du selbst«. Die ganze Show wurde nur aufgezogen, um dem Patienten zu schmeicheln, um ihn dazu zu bringen, über sich selbst nachzudenken. Dabei ging es ein wenig zu wie in einer »Benimmschule« oder beim »Persönlichkeitstraining«: Wir schickten die Leute in Kosmetiksalons und zu Schönheitschirurgen, zu Modedesignern und auf Tanzschulen. Aber letztlich lief alles auf dasselbe hinaus – wir brachten ihr Leben auf Vordermann.

Sich dieses Spektakel anzuschauen war ein faszinierender Zeitvertreib. Es gab nur ein Problem dabei: In mir staute sich stets das Bedürfnis auf, hinauszustürzen und mich zu übergeben.

Jetzt hatte ich es also mit Mr. Caldwell und *seinen* Problemen zu tun. Edgar Clinton Caldwell, vierundfünfzig Jahre alt. Vermögend. Ein »erfolgreicher Geschäftsmann«. Ein typisches Beispiel für den ehrbaren Mittelstand mit seinem sublimierten Analerotismus.

Doktor Sylvestro hatte ihn an mich überwiesen. Überlastete Nerven. Außerdem Hämorrhoiden und Verstopfung.

»Aber es gibt Dinge, die man nicht einmal einem Arzt erzählen kann – das verstehen Sie doch, Roberts, nicht wahr? Die Sache mit den Bindfäden. Es klingt albern, und nicht einmal Mrs. Caldwell weiß davon. Aber ich sammle Bindfäden. Ganz egal, wie kurz. Im Büro habe ich Kisten davon. Im Tresor. Das habe ich mir eben angewöhnt. Ich weiß, dass es nichts Ernstes ist. Aber warum mache ich das?«

Ich kannte den Grund. Aber ich behielt ihn für mich. Während der ersten Sitzung und der nächsten ließ ich ihn reden. Ich bestellte ihn zweimal pro Woche zu mir und ließ ihn eine Weile quatschen, bevor ich das Ruder übernahm. Anfangs stellte ich die üblichen Fragen. Dann ging ich allmählich zu kaum wahrnehmbaren Hypnosetechniken über. Das hatte ich von Professor Hermann gelernt. Ich hegte die Vermutung, dass er mit Miss Bauer ähnlich verfuhr und dass er auch bei mir so vorgegangen war.

Bei Caldwell tat es jedenfalls seine Wirkung. Unsere Sitzungen wurden ihm zu einem Bedürfnis. Und ich machte mir Notizen. Notizen über ihn. Notizen über seine Geschäfte. Noch war ich mir nicht sicher, wie sich das einmal für uns auszahlen würde. Das überließ ich dem Professor.

Als ich der Meinung war, ich hätte genug, ging ich zu ihm und fragte ihn, was er davon hielt.

Professor Hermann las meine Notizen, hörte mir zu und spielte mit seinem Monokel herum. Schließlich sagte er: »Sorgen Sie dafür, dass er sich zur Ruhe setzt. Und seine Beteiligungen veräußert. Für diese Sache brauchen wir Barmittel.«

»Er soll sich zur Ruhe setzen? Aber er liebt sein Geschäft – das kann ich ihm nicht wegnehmen. Oh, ich kann ihn wahrscheinlich dazu bringen, aber das würde ein schlimmes Ende nehmen. Das würde ihn zugrunde richten. Innerhalb von sechs Monaten wäre er ein Wrack.«

»Und wir werden im Geld schwimmen.« Der Kahlkopf ruckte hin und her, das Monokel wirbelte herum. »Sorgen Sie dafür, dass er sich zur Ruhe setzt.«

Also bestellte ich Caldwell wieder zu einer Sitzung ein und machte ihm einen entsprechenden Vorschlag. Erst hörte er mir zu, dann explodierte er.

»Aber ich will mich nicht zur Ruhe setzen! Ich vertraue Ihnen ja, Roberts, das wissen Sie. Aber ich bin ein Mann in den besten Jahren ... ich habe es weit gebracht ... mir gehören über fünfzehn Prozent der Aktien einer Fluggesellschaft. Ich habe jahrelang hart gearbeitet, um so weit zu kommen, und jetzt raten Sie mir, das alles wegzuwerfen? Warum?«

»Weil Sie nicht glücklich sind.«

»Verdammter Mist, wer behauptet das? Nach Abzug der Steuer bin ich über zweihunderttausend wert, ohne jegliche Schulden. Ich habe ein Haus hier in der Stadt und eins am Strand. Marge und ich verstehen uns großartig. Die Sache mit dem Sex stört mich nicht weiter. Und ich habe Ihnen doch von Eve erzählt ...«

»Sie sind nicht glücklich.«

»Hören Sie doch endlich auf damit! Nur wegen der paar Bindfäden und weil ich ab und an schlecht träume ...«

»Verzeihen Sie, wenn ich Ihnen immer wieder ins Wort falle, Mr. Caldwell. Und verzeihen Sie, wenn ich mich andauernd wiederhole. Aber Sie sind kein glücklicher Mensch. Und das wissen Sie. Ihre defensive Haltung zeigt das nur allzu deutlich. Glückliche Menschen stehen nicht unter einem Zwang, Bindfäden zu sammeln. Glückliche Menschen waschen sich nicht die Hände, bis die Haut rot ist, ihre Knöchel sind nicht wund, weil sie dauernd mit einem Scheuermittel behandelt werden. Glückliche Menschen bitten Ihre Geliebte nicht ...«

»Bitte, darauf müssen wir nicht noch einmal zu sprechen kommen. Ich wünschte, das wäre mir nicht rausgerutscht.«

»Eines Tages werden Sie noch froh sein, dass Sie mir gegenüber völlig ehrlich waren. Und Sie werden froh sein, dass ich Ihnen gegenüber völlig ehrlich bin.« Ich beugte mich verschwörerisch vor. »Ich möchte, dass Sie sich zur Ruhe setzen. Unsere Sitzungen sind hilfreich, aber sie genügen nicht. Wenn Sie Ihr Leben ändern wollen, müssen Sie dem Ihre ganze Zeit widmen. Ihre augenblicklichen Gewohnheiten, Ihr ganzes Umfeld zwingen Ihnen Reflexe und Verhaltensmuster auf, die Sie unglücklich machen. Sie werden niemals frei sein, nie Ihre Persönlichkeit emanzipieren, wenn Sie nicht bereit sind, noch einmal ganz von vorn anzufangen. Ich will keinesfalls den Teufel an die Wand malen, Mr. Caldwell, aber wenn Sie diesen Schritt nicht bald tun, ist es vielleicht für immer zu spät. Sie werden nicht jünger, das wissen Sie. Was Sie heute aus eigener Kraft zustande bringen, dazu werden Sie in fünf, drei oder sogar in einem Jahr nicht mehr in der Lage sein. Gut möglich, dass das Ihre letzte Chance ist.«

»Das begreife ich nicht, Roberts. Überhaupt nicht. Sie reden, als wäre ich krank. Nur weil ich hin und wieder etwas niedergeschlagen bin wie viele andere Leute auch …«

»Wollen Sie sich tatsächlich mit anderen Leuten vergleichen, Mr. Caldwell? Können Sie mir das ehrlich ins Gesicht sagen? Glauben Sie das wirklich? Nach all dem, was wir über Ihre Träume wissen, über Ihr Verhältnis zu Eve und darüber, was bei dem Aufnahmeritual im Haus der Burschenschaft passiert ist …«

»Dafür konnte ich nichts!«

»Aber Ihre Bedürfnisse, Ihre Sehnsüchte – können Sie die ebenso wenig beeinflussen? Sie sind der wahre Grund für Ihre Verhaltensstörung.«

»Sie machen mir keine Angst, Roberts.«

»Bitte! Es liegt nicht in meiner Absicht, Ihnen Angst zu

machen. Habe ich mich jemals auf irgendwelchen Hokuspokus verlegt, seit Sie das erste Mal zu mir gekommen sind? War ich nicht die ganze Zeit offen und ehrlich zu Ihnen? Ich habe Ihnen keine Vorträge gehalten oder sonst wie versucht, Sie zu beeinflussen. Ich habe nicht versucht, Sie zu täuschen. Deshalb ist es jetzt auch so schwierig, zu Ihnen durchzudringen. Aber Sie müssen unbedingt verstehen, wie wichtig es ist, dass Sie den ersten Schritt tun. Sonst ...«

»Sonst was? Worauf wollen Sie hinaus?«

»Sonst müssen wir mit psychosomatischen Reaktionen rechnen. Mit einem guten alten Nervenzusammenbruch. Das haben Sie bei anderen schon oft genug miterlebt. In Ihrem Fall, mit Ihrer Analfixierung, wird das besonders schmerzhaft. Und Eve wird die Kontrolle über Ihr Leben an sich reißen. Sofern sie das nicht bereits getan hat. Nach dem, was Sie mir erzählt haben, steht sie kurz davor, Sie zu erpressen. Was wäre, wenn Ihre Frau von Ihrem Verhältnis erfährt? Oder etwas ähnlich Dramatisches passiert? In Ihrer Lebenslage ist das nur allzu wahrscheinlich. Und dann? Erinnern Sie sich noch an die Affäre Arbuckle ...?«

Wenn ein fetter Mann zittert, bebt sein ganzer Körper – gewaltige Fleischmassen geraten in Aufruhr, und er schwitzt literweise Schweiß aus.

»Aber was soll ich Ihrer Meinung nach tun? Mal angenommen, ich setze mich zur Ruhe – was ist dann?«

»Ich werde mit Ihnen vierzig Jahre in die Vergangenheit zurückgehen, in die Zeit vor dem Aufnahmeritual und dem Skandal, bevor Sie die Schule verlassen mussten. Sie wissen, was für Ambitionen Sie damals hatten. Wir werden diese Persönlichkeit zu neuem Leben erwecken, einen jungen Mann aus Ihnen machen – einen neuen Menschen.«

»Wie das?«

»Ich werde persönlich mit Ihnen arbeiten. Jeden Tag. Keine Angst, das wird keine drastischen Folgen oder Nebenwirkungen haben. Sie lieben Marge und die Jungs – diese Gefühle möchte ich nicht beeinträchtigen. Aber Sie werden Ihr Leben grundlegend ändern müssen. Sie brauchen Hilfe. Und Sie können es sich leisten. Selbst wenn Sie nicht so dringend einer Behandlung bedürften, würde ich einem Mann, der finanziell unabhängig ist, dazu raten, sich zur Ruhe zu setzen und anzufangen, das Leben zu genießen. Sie haben versucht, vor Ihrem Leben in Ihre Arbeit zu fliehen, und das funktioniert nicht. Also müssen Sie jetzt vor Ihrer Arbeit fliehen und zu Ihrem Leben zurückfinden.«

»So läuft der Hase also? Ich kann es mir leisten – und Sie verdienen sich eine goldene Nase? Täusche ich mich, Roberts, oder haben Sie es auf mein Geld abgesehen?«

»Ich bitte Sie! Trotzreaktionen helfen uns jetzt nicht weiter. Sie müssen der Wahrheit ins Auge blicken. Sie wissen, was ich verlange. Zwanzig Dollar für eine Sitzung. Das ist nicht überzogen. Ich werde Sie nicht mehr als dreimal pro Woche sehen können. Die ganze Behandlung wird nicht mehr als ein Jahr in Anspruch nehmen. Das sind dreitausend Dollar, höchstens. Ich versichere Ihnen, dass ich nicht auf Ihr Geld angewiesen bin, außerdem würde ich mir nicht die Mühe dieser Behandlung machen, wenn die Prognose nicht günstig wäre. Wenn ich ehrlich bin, Mr. Caldwell, habe ich an Ihren Problemen sogar ein persönliches Interesse. Und Sie wissen, dass ich Ihnen helfen kann.«

»Ja, das weiß ich. Ich werde über das nachdenken, was Sie gesagt haben, und zwar ernsthaft. Es wäre die ganze Sache schon wert, wenn ich nur Eve loswerden könnte. Meinen Sie ...?«

»Dass Sie stark genug wären, um ohne sie auszukommen? Ja, das kann ich Ihnen versprechen, Mr. Caldwell. Ganz sicher sogar. Eve England wird aus Ihrem Leben verschwinden.«

12

Überall in der Wohnung standen leere Gläser und volle Aschenbecher herum. Es roch nach Scotch und Zigarettenqualm, nach Tabu und verdorbenem Essen und Lysol – nach allem, nur nicht nach frischer Luft. Für frische Luft hatte Eve England anscheinend nicht viel übrig.

Für mich offenbar auch nicht. Ich saß ihr gegenüber auf der Couch und tat so, als würde ich an meinem Glas nippen, während ich die hochgewachsene Blondine mit dem Teint einer Brünetten verstohlen musterte. An den Wurzeln waren ihre Haare dunkel, ihre Augen waren rot unterlaufen, und in den Mundwinkeln, wo der Lippenstift abblätterte, zeigten sich erste Falten.

Mit ihrem Blick hätte sie ein Vermögen verdienen können – wenn sie in einer Glasschneiderei gearbeitet hätte. »Also schön, wenn Sie schon mal hier sind, worauf sind Sie aus?«

»Worauf ich aus bin? Aber bitte, unterstellen Sie doch nicht immer gleich das Schlimmste!«

»Spielen Sie hier nicht den Schlaumeier. Sagen Sie, was Sie von mir wollen, und dann verschwinden Sie!«

»Springen Sie mit Ihrer Kundschaft immer so ruppig um?«

»Hören Sie mal, was soll das?« Sie stand auf, und ihre Armreife klirrten.

»Sie brauchen keine Angst zu haben.«

»Angst? Was glauben Sie eigentlich ...«

Daraufhin ließ sie eine nicht enden wollende Folge von Beleidigungen vom Stapel, die vor allem meinen Charakter und meine Reputation betrafen. Mehr hatte ich gar nicht wissen wollen. Besonders clever war sie nicht. Hunde, die bellen, beißen nicht. Wie ich mit so jemandem umgehen musste, wusste ich nur zu gut. Ich sprach laut und ließ meine Stimme barsch klingen.

»Sie haben es weit gebracht, nicht wahr? Dieser Caldwell lässt sich wohl nicht lumpen. Ihren Tricks hat er natürlich nichts entgegenzusetzen. Wo haben Sie das gelernt? Als Sie in Las Vegas arbeiteten?«

Ihre Ohrringe zuckten und tanzten. »Sie wollen mich also erpressen, was? Ich will Ihnen mal was sagen ...«

»Nein. Hier rede ich, und Sie hören zu. Ich will Sie nicht erpressen, Edith.«

»Eve.«

»Edith Adamowski. Sehen Sie, ich kenne Ihren richtigen Namen. Ich weiß alles über Sie. Aber kein Grund zur Aufregung. Sie wollen bestimmt wissen, woher. Von Caldwell selbst.«

»Caldwell? Was für ein Jux soll das denn werden?«

Ich erklärte ihr, was für ein Jux es werden sollte. Nach einer Weile setzte sie sich und nahm einen großen Schluck. Sie nickte sogar. Ich redete und redete.

»Es ist von großer Wichtigkeit, dass er nichts ahnt. Wie gesagt, er ist bereit, fünf Riesen hinzublättern, um Sie loszuwerden. Er glaubt, dass er ein neuer Mensch ist, dass er Sie so sehr einschüchtern kann, dass Sie mitspielen. Ich rate Ihnen, darauf einzugehen. Nehmen Sie die fünf Riesen und machen Sie sich vom Acker. Sie werden etwas Geduld haben müssen, aber wir werden dafür sorgen, dass Sie noch mehr verdienen.«

»Na ja, ich weiß nicht so recht. Die Sache hier läuft ziemlich gut.«

Ich ging zu ihr hinüber und setzte mich. Und lächelte sie an. »Wollen Sie mir wirklich sagen, dass Ihnen das Spaß macht?«, fragte ich leise. »Dass es Ihnen wirklich Spaß macht, wenn ...«

»Seien Sie still! Kein weiteres Wort! Es ist furchtbar. Was meinen Sie wohl, warum ich die ganze Zeit trinke? Der Kerl ist mir unheimlich, aber ...«

»Dann befolgen Sie meine Anweisungen. Nehmen Sie das Geld und warten Sie, bis ich mich melde.«

»Woher soll ich wissen, dass Sie kein doppeltes Spiel treiben?«

»Woher soll *ich* wissen, dass *Sie* kein doppeltes Spiel treiben und Caldwell erzählen, dass ich hier war?«

Sie grinste breit. »Daran habe ich noch gar nicht gedacht.«

Ich erwiderte ihr Grinsen. »Das sollten Sie auch lieber lassen. Denn wenn Sie ihm etwas vorsingen, werden Sie bald ordentlich Halsschmerzen haben.«

»Hä?«

»Kommen Sie.« Ich führte sie zum Fenster und zog den grauen Vorhang beiseite, der einmal weiß gewesen war. »Sehen Sie den Mann dort unten? Den großen Kerl, der neben dem Auto steht?«

Sie betrachtete Jake und nickte. »Ja, klar. Und was ist mit ihm?«

»Ich werde Sie nicht miteinander bekanntmachen. Jedenfalls nicht, wenn es nicht unbedingt sein muss. Aber er hat Anweisung, sich um Sie zu kümmern, wenn Sie nicht mitspielen.«

»So läuft das also?«

»Genau. Haben wir uns jetzt verstanden?«

Eve England kippte den Rest ihres Drinks hinunter. Sie trank schnell, wie ein versoffenes Flittchen, und das war sie auch. Ich wartete, bis sie damit fertig war und mir die Antwort gab, die ich erwartete.

»Also gut«, sagte sie. »Ich bin dabei.« Und dann: »Wann bekomme ich die fünf Riesen?«

»Caldwell wird sie Ihnen vorbeibringen.«

Und das tat er auch.

Nur zwei Tage später stattete er mir einen Besuch ab. Als er das Sprechzimmer betrat, war er bester Laune.

»Bei Gott, Roberts, Sie hatten recht! Ich hab's geschafft!« Er schlug mit der geballten Faust auf meinen Schreibtisch.

»Das habe ich nicht bezweifelt. Haben Sie sich so verhalten, wie ich es Ihnen geraten habe?«

»Darauf können Sie wetten. Und es lief alles so, wie Sie es vorausgesagt haben. Erst hat sie auf die Tränendrüsen gedrückt, und dann hat sie versucht, mir zu drohen. Aber ich habe an das gedacht, was Sie mir gesagt haben, und schließlich hat sie nachgegeben.«

»Gratuliere!«

»Wissen Sie was? Fast hätte ich einen Rückzieher gemacht. Da gab es einen Moment, da hätte sie mich fast wieder so weit gehabt. Aber dann habe ich ein Machtwort gesprochen!«

»Haben Sie ihr das Geld gegeben?«

»Das ist das Beste daran. Sie hat heute die Stadt verlassen. Ich habe ihr das Geld bar gegeben.«

»Nein, das ist nicht das Beste daran.«

»Nicht?«

»Das Beste daran ist, dass Sie bewiesen haben, wozu Sie fähig sind. Dass Sie den Mut haben, von vorne anzufangen. Dass Sie den ersten Schritt getan haben, um zu dem Mann zu werden, der Sie sein wollen.«

Ich stand auf und blickte von oben auf ihn hinab. »Mir wäre daran gelegen, möglichst bald mit unseren regelmäßigen Sitzungen zu beginnen. Wie lange dauert es, bis Sie Ihre Angelegenheiten abgewickelt haben?«

»Noch ungefähr drei Wochen. Im Geschäft haben sie es ziemlich schwergenommen, wissen Sie. Und ohne Ihre Ratschläge wäre es mir niemals gelungen, Marge davon zu überzeugen, dass ich in den Ruhestand gehen sollte. Aber in drei Wochen werde ich ein freier Mann sein.«

»Bis auf Ihre Aktien.«

»Das werden Sie mir nicht ausreden, Roberts. Es gibt eine Angelegenheit, mit der ich mich auskenne. Wenn ich morgen fünfzehn Prozent der Firmenaktien auf den Markt werfe, geht die Gesellschaft pleite. Die Konkurrenz sitzt schon in den Startlöchern, um alles zu übernehmen und neu zu organisieren. Außerdem werfen die Papiere eine gute Dividende ab. Sie sind eine solide Geldanlage. Ich muss mich auch nicht groß darum kümmern, sondern nur zuschauen und kassieren. Ich werde ein freier Mann sein.«

»Da haben Sie recht«, sagte ich. »In drei Wochen werden Sie ein freier Mann sein.« Ich stand auf. »In der Zwischenzeit sollten wir jedoch mit unseren Sitzungen anfangen. Würde es Ihnen passen, wenn wir uns morgen um zehn Uhr an der Ecke Wilshire und Western treffen?«

»In Ordnung«, sagte er. »Sie sind der Arzt.«

Am nächsten Morgen standen wir an der Straßenecke und stemmten uns gegen den starken Wind. »Was haben Sie denn mit der Aktentasche im Sinn?«, wollte Caldwell wissen. »Das ist mir wirklich ein Rätsel.«

»Sie werden es bald herausfinden. Folgen Sie mir einfach und tun Sie, was ich Ihnen sage.«

»In Ordnung. He, was zum Teufel ...«

Der Hut wurde ihm vom Kopf geweht. Ich schaute ihm nach, wie er über die Autodächer davonwirbelte und dann die Straße entlangrollte.

Er wollte ihm hinterherrennen.

Ich packte ihn am Arm. »Moment mal! Lassen Sie das.«

»Wie bitte? Das ist ein Panama für zwanzig Dollar. Den werde ich doch nicht ...«

»Bleiben Sie stehen. Die erste Lektion Ihres neuen Lebens beginnt hier und jetzt. Hören Sie, Ed. Laufen Sie auf der Straße nie einem Hut hinterher. Ein Wagen könnte Sie überfahren. Außerdem, wollen Sie wirklich wegen einem Hut schweißüberströmt und atemlos durch die Gegend hetzen?«

»Aber ...«

»Überlassen Sie das jemand anderem, Ed. Kapieren Sie nicht? Es gibt immer jemand anderen, der Ihnen das abnimmt und Ihrem Hut hinterherrennt. Freiwillig. Er würde sich einen Arm dafür ausreißen. Es macht ihn zum Helden. Und wenn Sie sich bei ihm dafür bedanken, wird er außer sich sein vor Freude.«

Ich wandte mich um und zeigte die Straße hinunter.

»Sehen Sie? Der Mann ohne Jackett, zwischen den beiden Limousinen. Er hebt ihn für Sie auf. Da kommt er schon. Warten Sie einfach hier.«

»Gehört der Ihnen, Mister?«

»Ja, das ist richtig. Vielen Dank. Das ist wirklich sehr nett von Ihnen.«

»Ach, gern geschehen. Stets zu Diensten.«

»Sehen Sie nur, wie er rot wird«, murmelte ich, als wir uns umwandten. Aber Caldwell blieb stehen.

»Glauben Sie nicht, dass ich mich erkenntlich zeigen sollte?«

»Auf keinen Fall. Im Moment ist er überglücklich. Er hat seine gute Tat des Tages getan. Er kommt sich vor wie etwas Besseres. Wenn Sie ihm jetzt einen Dollar in die Hand drücken würden, wäre das ein Schlag ins Gesicht. Er ist zufrieden, und Sie haben Ihren Hut wieder. Halten Sie sich nur künftig an diesen Grundsatz.«

Caldwell nickte. »Ihre Theorien sind wohl gar nicht so unpraktisch, wie sie klingen.«

Ohne ein weiteres Wort schritten wir kräftig aus. An der Ecke führte ich ihn zu einem Wagen. »Steigen Sie ein.«

»Fahren wir weg?«

»Noch nicht. Erst möchte ich, dass Sie eine Aufgabe erledigen. Nehmen Sie den Bleistift und das Blatt Papier.«

»Gut.«

»Jetzt schreiben Sie alles auf, an das Sie sich von unserem kleinen Spaziergang erinnern können.«

»Wie bitte?«

»Ganz einfach. Schreiben Sie alles auf, was Sie gesehen haben, als wir hierher gelaufen sind. Die Leute. Was sie anhatten. Ihre Gesichter. Was in den Fenstern hing. Einfach alles.«

»Warum?«

»Stellen Sie bitte keine Fragen. Ich versuche, mir ein Bild von Ihrer Beobachtungsgabe zu machen, von Ihrer Fähigkeit, Zusammenhänge zu erkennen.«

Er grummelte und schwitzte, aber er gab sich Mühe. Insgeheim fühlte er sich geschmeichelt, dass ich ihm so große Aufmerksamkeit schenkte. Allmählich fand er Gefallen an der Sache!

Endlich jemand, der sich wirklich dafür interessierte, was er dachte, was er konnte, wie er tickte. Auf dergleichen hatte bisher noch niemand einen Deut gegeben – Marge nicht, diese Schlampe Eve nicht, die Kollegen im Büro nicht, nicht einmal seine Freunde. Und wenn er zurückdachte – auch seinem Lehrer, seinem Vater, seiner eigenen Mutter war es gleichgültig gewesen.

Während ich ihn beobachtete, wusste ich genau, was er dachte, was er tat, was ich tat.

In gewisser Hinsicht empfand ich fast Mitleid mit ihm. Wie er da draufloskritzelte, als wäre er noch ein Schulbub, bot er ein Bild des Jammers. Ich gab ihm etwas, das ihm sein ganzes Leben lang noch niemand hatte zuteilwerden lassen – etwas, von dem nur ganz wenige Menschen begreifen, dass sie es begehren –, Interesse an seiner Person. Plötzlich wurde mir klar, dass ich wirklich tun konnte, was ich ihm versprochen hatte: einen neuen Menschen aus ihm machen, einen besseren Menschen, eine ausgeglichenere, gesündere Persönlichkeit.

Aber warum sollte ich? Unvermittelt stand mir wieder alles vor Augen: das Bild von Caldwell, von Dutzenden von Männern wie Caldwell und was sie *mir* in der Vergangenheit angetan hatten.

»Tut mir leid, Mr. Caldwell ist beschäftigt und darf jetzt nicht gestört werden ... Ich fürchte, wir können im Moment nichts für Sie tun ... Sie können gerne Ihren Namen hinterlassen ... Nein, ich habe nicht die Zeit, das ausführlich mit Ihnen zu erörtern ...«

Ja, es gab zahllose Caldwells, zahllose fette, vollgefressene Großkotze, die nur allzu gern Gott spielten und diese ganzen Wichte nach ihrer Pfeife tanzen ließen.

Tja, aber damit war jetzt Schluss. Von jetzt an hatte ich das Sagen, und all die Caldwells würden nach meiner Pfeife tanzen.

»In Ordnung, das reicht«, sagte ich barsch.

»Aber ich bin noch nicht fertig.«

»Tut mir leid, ein andermal.« Ich blickte auf meine Armbanduhr. »Ich habe eine weitere Aufgabe für Sie.«

Und so nahmen die Dinge ihren Lauf.

Ich sagte ihm in einem fort, was er machen sollte – und zog dabei alle Register.

Ich drückte ihm eine Visitenkarte, einen Bestellblock und einen Musterkoffer voller Krawatten in die Hand und schickte ihn ohne jede Vorwarnung in ein Herrenmodegeschäft, um sich als Krawattenverkäufer auszugeben und Bestellungen aufzunehmen.

An einem anderen Tag kurvte ich so lange mit ihm in den

Canyons herum, bis er hoffnungslos die Orientierung verloren hatte, und forderte ihn dann auf, uns nach Hause zu fahren.

Ich sorgte dafür, dass er zwei Tage und zwei Nächte wach blieb, verweigerte ihm vierundzwanzig Stunden lang Essen und Wasser, befahl ihm, sich einen Bart stehen zu lassen.

Es war albern, es war erbärmlich, es war so einfach wie das Einmaleins, und er war völlig begeistert. Denn ich redete unentwegt von Persönlichkeitsentwicklung, von neuen Erfahrungsmustern, denen man sich aussetzen, von schlummernden Fähigkeiten, die man erlernen musste, und davon, wie er sein psychisches Potenzial ausloten und zur Anwendung bringen konnte. Diese Methodik ist deshalb so effektiv, weil sie so einfach ist. Die ganze Zeit war ich bei ihm und konfrontierte ihn mit neuen Problemen, erörterte mit ihm seine Reaktionen, hörte ihm zu, wenn er über sich selbst sprach. Er fraß mir buchstäblich aus der Hand.

Dabei tat ich ihm nicht einmal etwas zuleide. Es war eine wirklich gute Therapie. Innerhalb von zwei Wochen nahm er acht Pfund ab, bekam etwas Farbe und wusch sich auch nicht mehr stündlich die Hände. Er sammelte weiterhin Bindfäden, aber sein neuer Lebenswandel und der Verzicht auf Eve sorgten bereits dafür, dass sein Sexualtrieb wieder stärker wurde und sich auf normalere Ziele ausrichtete.

Als ich sah, wie es ihm langsam besserging, war ich zuerst ein wenig überrascht. Aber warum sollte er nicht davon profitieren? Die falschen Religionen, die falschen Heiler, die falschen Mystiker – ihnen allen gelingt es hin und wieder, Leidenden und Suchenden zu helfen. Manchmal ist der Erfolg eingebildet und nur von kurzer Dauer, oft stürzen die Konvertiten hinterher noch tiefer in den Morast der Verhaltensgestörtheit, aber das scheint ihnen dann nichts mehr auszumachen.

Caldwell war jedenfalls hocherfreut über die Veränderungen. Er fühlte sich frei, ungehemmt, wie ein neuer Mensch.

»Jetzt kann ich wirklich von vorne anfangen«, sagte er immer wieder. »Und das habe ich Ihnen zu verdanken. Ich weiß, was ich tun will. Aktienrecht hat mir noch nie so richtig Spaß gemacht. Wenn man sich um die Angelegenheiten und Finanzen anderer Leute kümmert, lebt man ein Leben aus zweiter Hand. Sie haben mir gezeigt, dass ich verkaufen und analysieren kann. Und ich verfüge über ausreichend Geschäftserfahrung. Ich denke, das sollte ich mir zunutze machen.«

»Was stellen Sie sich denn vor, Ed?«

»Immobilien. Im Süden kommt es da gerade zu einem Konjunkturaufschwung. Strandhäuser, Wohnungsbau. Da gibt es ein paar Grundstücke, die ich schon länger im Auge habe. Aber ich habe es immer hinausgeschoben, weil ich vorsichtig war und Angst hatte. Nun, jetzt bin ich bereit. Und ich würde mich gern Ihnen gegenüber erkenntlich zeigen, Roberts, und Ihnen eine Beteiligung anbieten, wenn Sie das möchten.«

»Aber Ihr Vermögen ist fest angelegt«, erinnerte ich ihn. »Sie haben alles in diese Aktien investiert.«

Er lachte. Es war ein überraschend energisches Lachen. »Was ich da geredet habe, war doch völliger Unfug. Ich muss mich wie ein altes Waschweib angehört haben. Klar, wenn ich verkaufe, wird die Firma sich reorganisieren müssen, und vielleicht übernimmt Imperial dann die Mehrheit. Aber ich muss mich um mein eigenes Leben kümmern.«

Das war der neue Caldwell, der da redete, und ich hörte ihm mit großem Interesse zu.

»Was halten Sie davon, Roberts? Soll ich meine Aktien verkaufen? Und wollen Sie bei mir einsteigen?«

»Nun ja.« Noch hielt ich mich zurück. »Ich weiß nicht, ob Sie schon so weit sind. Geben Sie mir etwas Zeit, damit ich alles analysieren kann, was dabei eine Rolle spielt. Ich hoffe, Sie treffen keine voreiligen Entscheidungen, bis ich zu einem Ergebnis gelangt bin.«

»Natürlich, ohne Ihre Zustimmung werde ich nichts angehen. Aber ich bin voller Tatendrang.«

»In Ordnung.« Ich nickte. »Ich glaube, ich kann Ihnen versprechen, dass wir bald zur Tat schreiten werden.«

Dabei beließen wir es, und ich ging nach Hause.

Mein neues Heim an der New Hampshire Road war aus Holz und weiß gestrichen. Es hatte sieben Zimmer und einen Kamin – nichts Außergewöhnliches, aber schließlich arbeitete ich ja auch nicht hier. Rogers bewohnte ein Zimmer im Obergeschoss, aber ich begegnete ihm nicht häufig, weil er den Hintereingang benutzte. So oft war ich auch nicht hier. Ich aß außer Haus, und da ich nicht selten bis in die Nacht arbeitete, blieb mir auch nicht allzu viel Zeit, mich in Pantoffeln vor dem Kamin zu räkeln.

Hin und wieder hatte ich die Gelegenheit, mich zu entspannen, so wie heute Abend. Jedenfalls hatte ich darauf gehofft. Deshalb hatte ich mir eine Flasche auf den Tisch gestellt und einen Drink eingeschenkt.

Ich musste vorsichtig sein. Rogers durfte mich nicht dabei ertappen, dass ich trank. Wenn er denn zu Hause war, saß er mit seiner eigenen Flasche oben. Vor allem durfte der Professor nichts davon erfahren, dass ich mir gelegentlich etwas gönnte.

Zur Hölle mit dem Professor!

Darauf trank ich meinen ersten Schluck. Und mir wurde bewusst, wie ernst ich es meinte. Vielleicht hatte mich Caldwells Angebot heute auf die Idee gebracht. Woran es auch liegen mochte, ich fühlte mich anders. Ich wusste, dass ich aussteigen, dass ich verschwinden musste. Wenn ich nur sein freundliches Angebot annehmen, ins Immobiliengeschäft einsteigen und ein seriöser Geschäftsmann werden könnte! Auf genau eine solche Chance hatte ich immer gehofft.

Und jetzt kam sie zu spät. Viel zu spät. Denn ich konnte nicht Caldwells Teilhaber werden. Meine Aufgabe bestand darin, ihn so weit zu bekommen, dass wir ihm noch das letzte Hemd ausziehen konnten. Und ich konnte auch nicht weglaufen. Denn sie würden mich zurückholen. Und unterwegs hätte ich nette Gesellschaft – ein muskulöser Schnüffler, der neben mir im Zugabteil sitzen und versuchen würde, mit mir zu plaudern und dabei die Handschellen zu verbergen.

Nein, davonlaufen konnte ich nicht, das würde nur Ärger geben. Außerdem dachte ich jetzt wie Eddie Haines, nicht wie Judson Roberts. Nicht wie der Judson Roberts, der das Steuer in der Hand hatte, eine schicke Praxis und genügend Klienten und der gutes Geld verdiente.

Tatsächlich? In Wirklichkeit hatte der Professor das Steuer in der Hand. Und er machte das große Geld, nicht ich. Gewiss, ich bekam hundert Dollar die Woche plus Spesen – aber er verdiente weit mehr, er würde bei diesem Schwindel Tausende einsacken.

Aber darüber durfte ich nicht allzu sehr nachdenken. Ich war nur der Handlanger. Professor Hermann hatte mich in eine Situation manövriert, die genau seinen Vorstellungen entsprach, und für mich gab es keinen Ausweg. Ich konnte Caldwell nicht vor dem Verhängnis bewahren, das der Professor ihm zugedacht hatte. Ich konnte nicht einmal mich selbst retten.

Aber ich konnte mir noch ein Gläschen einschenken ...

»Guten Abend.«

Der Professor war völlig lautlos hereingekommen; er hatte einen eigenen Schlüssel. Er stand in der Tür und musterte mich.

»Kommen Sie, setzen Sie sich«, sagte ich. »Ich habe Sie nicht erwartet.«

»Das ist offensichtlich.«

»Sie meinen den Whiskey? Ich gönne mir nur einen Schlummertrunk.«

Er setzte sich an den Tisch und verschränkte die Arme.

Wie immer trug er seinen schwarzen Anzug. Ganz gleich, wie viel Geld er verdienen mochte, er trug immer die gleiche Kleidung. Wie ein Priester. Oder wie ein Leichenbestatter ...

»Was ist los mit Ihnen?«

»Nichts weiter. Was sollte auch sein?«

»Rogers hat mir erzählt, dass Sie hier öfter so anzutreffen sind.«

Diese miese kleine Ratte! Ich hob mein Glas und trank auf die Löcher in seinem Käse. »So oft nun auch wieder nicht. Außerdem, was bleibt mir anderes übrig?«

»Sie könnten sich Ihren Studien widmen. Man lernt nie aus, müssen Sie wissen.«

»Ich leiste gute Arbeit. Die Kasse stimmt doch, oder?«

»Ja. In dieser Hinsicht kann ich mich nicht beschweren.«

»Dann wird es mir wohl gestattet sein, mich hin und wieder etwas zu amüsieren.«

»Amüsieren?« Der Professor strich sich mit der Hand über den glänzenden Schädel. Ich musste an einen Hausmeister denken, der einen Tanzboden wachste. Das war besser, als an glänzende Schädel zu denken.

Er starrte mich über den Tisch hinweg an.

»Sie sind immer noch darauf aus, sich zu amüsieren, was? Das ist das höchste und oberste Ziel Ihres Daseins. Ihr einziger Lebenszweck besteht darin, genügend Geld zu verdienen, um sich zu amüsieren, wie Sie es nennen. Anders ausgedrückt, Ihre Weltanschauung entspricht der eines Automechanikers.«

»Das beschreibt auch ziemlich genau mein Einkommen und meinen Status.«

»Sind Sie unzufrieden?«, fragte er.

»Was für eine treffende Analyse!«

»Aber bedenken Sie doch, wo Sie noch vor sieben Monaten waren ...«

»Ich denke lieber an die großartigen Versprechungen, die Sie mir gemacht haben. Ruhm, Reichtum – alles, was ich wollte. Erinnern Sie sich?«

»Ja. Und wenn das Ihr Wunsch ist, wird das alles Wirklichkeit werden. Obwohl ich gehofft hatte, dass Ihre Studien ein ehrliches Interesse an Metaphysik wecken würden. Dann hätten Sie und ich gemeinsam den nächsten Schritt angehen können. Aber ich habe mich in Ihnen geirrt. Sie wollen sich, wie Sie es ausdrücken, *amüsieren*.«

»Sagen wir einfach, ich hätte gern mehr Geld, und belassen wir es dabei. Diesen ganzen Unsinn von wegen ›spirituellem Reichtum‹ lasse ich mir von Ihnen nicht aufschwatzen, falls Sie das vorhatten.«

»Ich verstehe. Allem Anschein nach habe ich Sie zu gut ausgebildet. Sie sind der Überzeugung, dass jeder stets Hintergedanken hat, nicht wahr?«

Ich seufzte. »Ich weiß nicht mehr so genau, wovon ich überzeugt bin«, erklärte ich ihm. »Außer von dem hier.«

Ich streckte die Hand nach der Flasche aus, und er nahm sie mir weg.

»Damit ist es vorbei.«

»Hören Sie …«

»Würden Sie an Bord bleiben, wenn ich Ihnen fünfhundert Dollar in der Woche garantiere?«

»Ja, aber – das können wir uns nicht leisten.«

»Was ist mit Ihrem Freund, Mr. Caldwell? Bei ihm können wir bald den nächsten Schachzug tun.«

Ich richtete mich auf. »Das stimmt. Und darüber wollte ich mit Ihnen reden. Wissen Sie, ich helfe ihm wirklich.«

»Natürlich tun Sie das.«

»Er will seine Aktien verkaufen. Das wird rund hundertfünfzigtausend Dollar einbringen.«

»Vorzüglich! Diese Summe können wir gut gebrauchen.«

»Er will sie in Immobilien investieren.«

»Gut. Soll er planen. Seine Pläne werden sich bald ändern.«

»Hören Sie, Professor. Ich wüsste da einen Weg. Vielleicht müssen wir ihn gar nicht bestehlen.«

»Wie meinen Sie das?«

Meine Stimme überschlug sich fast, und während ich redete, kam mir alles sehr schlüssig vor. »Warum lassen wir ihm nicht sein Geld? Er ist ein neuer Mensch, er hat einen frischen Start verdient. Wir brauchen seine Ersparnisse nicht. Nicht, wenn wir meinem Plan folgen.«

»Ich höre«, sagte der Professor.

Also erzählte ich ihm, was Caldwell mir über seine Firma gesagt hatte, was passieren würde, wenn er seine Aktien auf einmal auf den Markt warf und Imperial die Mehrheit übernahm.

»Verstehen Sie, worauf ich hinauswill?«, fragte ich. »Ich werde ihn dazu bringen, seine Aktien zu verkaufen. Sein Makler ist ...«

»Ich weiß«, fiel mir der Professor ins Wort. Natürlich wusste er das. Mir wurde klar, dass er alle Einzelheiten hatte überprüfen lassen.

»Jedenfalls, wenn er verkauft, müssen wir sofort reagieren. Kratzen Sie so viel Geld wie möglich zusammen und kaufen Sie Imperial-Aktien. Imperial wird die Fluggesellschaft übernehmen, und ihr Wert wird sich vervielfachen. Sie könnten damit wahrscheinlich weit mehr Geld verdienen, als wenn wir Caldwell ans Leder gehen, und alles völlig sauber – es bestünde keine Gefahr, dass uns das irgendwann einholt oder wir sonst wie Ärger bekommen. Caldwell wäre glücklich, und Sie wären glücklich. Was wäre besser?«

»Das ist eine Überlegung wert.« Der Professor erhob sich. »Ich werde darüber nachdenken und Ihnen Bescheid geben. Inzwischen sollten Sie Caldwell noch ein paar Tage zappeln lassen.«

Ich sah ihn scharf an. »Das ist wichtig«, sagte ich. »Mir liegt daran, dass wir das hinbekommen, ohne dass Caldwell deswegen Schaden nimmt.«

»Lassen Sie das meine Sorge sein.«

»Aber er will sein Geld in Immobilien anlegen«, fuhr ich fort. »Und er will mich als Teilhaber. Wir können noch mehr Geld verdienen, wenn wir ihn weiter für uns arbeiten lassen ...«

»Wie ich bereits gesagt habe, das ist meine Entscheidung.« Der Professor lächelte. »Aber das ist im Moment gar nicht das Wichtigste. Eigentlich bin ich gekommen, um Ihnen zu sagen, dass Sie bald auf Sendung gehen werden.«

»Im Radio?«

»Fünfzehn Minuten, zweimal die Woche. Um das Buch zu verkaufen, um Ihren Namen zu verkaufen. Rogers findet gerade heraus, was uns das an Zeit und Geld kostet. Später können wir das Programm vielleicht noch erweitern – ein paar Assistenten für Sie anheuern und psychologische Beratung über den Äther verkaufen. Wie klingt das für Sie? Fünfhundert die Woche und Ihre eigene Radiosendung – ist das ein Angebot?«

Ich zögerte.

»Denken Sie daran, Sie kümmern sich um Ihre Angelegenheiten, und ich fälle die Entscheidungen. Was Caldwell und alles andere betrifft. Einverstanden?«

Ich atmete tief durch, weil mir nichts anderes übrigblieb. Und sagte »Ja«. Was hätte ich sonst sagen sollen?

Der Professor nickte. Er schüttelte mir nicht die Hand. Das tat er nie. Mir war das nur recht. Seine Hände ähnelten den Beinen einer fetten, blinden weißen Spinne.

»Also dann, gute Nacht«, murmelte er. »Ich habe heute Abend noch eine weitere Verabredung. Melden Sie sich morgen bei mir, und ich werde Ihnen sagen, wie wir mit Caldwell künftig umgehen.«

Dann ließ er uns allein, und da saßen wir: die Flasche und ich. Ich betrachtete sie lange.

»Hast du gehört, was er gesagt hat?«, fragte ich sie. »Fünfhundert die Woche. Und ich werde im Radio zu hören sein. Was für ein Witz! Ich bin hierhergekommen, um beim Radio Karriere zu machen, aber Rickert sagte, ich sei nicht gut genug. Und jetzt ...«

Die Flasche gab mir keine Antwort.

13

Zwei Tage später verkaufte Caldwell seine Aktien.

Am Abend danach ging ich in eine kleine Bar in der Nähe des Strip, um mich mit dem Professor zu treffen. Ich setzte mich in eine Nische und bestellte ein Selters ohne alles.

Dann wartete ich. Wartete und zerbrach mir den Kopf. Der Professor war spät dran. Wahrscheinlich brütete er gerade zusammen mit Doc Sylvestro, Jake und Rogers darüber nach, was er mit Caldwell machen würde. Alles streng geheim.

Alles, was der Professor trieb, was streng geheim. Was mich ein wenig nachdenklich machte.

Professor Hermann war schon eine Type. Er stammte von der Westküste. Genau gesagt aus Südkalifornien. In einem anderen Klima wäre er kaum so erfolgreich.

Aber dies war das Land, wo an jeder Ecke Wunder geschahen und ein Messias auftauchte, sei es nun Peter der Einsiedler oder Isaiah der Evangelist; ein Land, wo rote Blumen und grüne Wolkenkratzer über Nacht emporschossen. Ein Land von fabelhafter Fruchtbarkeit und verschwenderischer Üppigkeit.

'49 hatte der Stab den Fels berührt, und schon sprudelte Gold hervor. Der Stab wurde wie ein Zauberstab geschwungen, und sehet, schon war Hollywood da. Der Stab berührte erneut den Felsen, und Öl sprudelte himmelwärts und machte die Menschen reich. Der Stab wies in eine bestimmte

Richtung, und das Immobiliengeschäft ward geboren. Flugzeugfabriken wuchsen aus der Erde. Eine ganze Zivilisation, die auf dem Handel mit Autos beruhte. Nachts kündete das fliegende rote Pferd auf einem Reklamezeppelin von der bevorstehenden Apokalypse. Suchscheinwerfer durchbohrten den Himmel, um bekanntzugeben, dass eine neue Obstbude aufgemacht hatte.

Kein Wunder, dass der Professor hier etwas galt! Sogar ich hatte mich mit ihm zusammengetan und tanzte nach seiner Pfeife. Und jetzt hielt er mein Leben in den Händen.

Dabei wusste ich überraschend wenig über ihn. Er war ein kleiner, fetter, kahlköpfiger Flüchtling aus Deutschland, der in einem Land des Lichts schwarze Anzüge trug, ein Mann, der die Erfolgsleiter hinaufkletterte, Reichtum und Macht anhäufte, der sich daran erfreute, andere niederzuhalten. Vielleicht sollte ich mich der Techniken von Judson Roberts bedienen und ihn analysieren. »Das ist harte Arbeit«, sagte ich zu der Flasche. »Es ist harte Arbeit, den Teufel zu analysieren.«

»Sie brauchen etwas Ordentliches zu trinken«, erwiderte die Flasche.

Ich blinzelte, und dann begriff ich, dass nicht die Flasche diese Worte gesagt hatte, sondern Ellen Post.

Sie war gerade hereingekommen und mir gegenüber an der Bar stehen geblieben. Ich sah sie lange an, denn ich konnte mir nichts Schöneres vorstellen. Ich betrachtete ihr ovales Gesicht.

Es war das Doppelfältchen auf ihren oberen Augenlidern, das sie so exotisch wirken ließ. Eine einfache Erklärung, die der geübte Beobachter Judson Roberts sofort parat hatte, aber das hinderte Eddie Haines nicht daran, ihre Gesichtszüge zu bewundern.

Ich hatte mich schon lange nicht mehr so sehr wie Eddie gefühlt.

»Was darf's sein?«

Ich sah den Kellner an. Ich sah sie an. »Zwei Aprikosenbrandys«, sagte ich dann.

Sie setzte sich mir gegenüber an den Tresen und lächelte. Judson Roberts hätte dieses Lächeln schneller analysiert, als man »Mona Lisa« flüstern konnte – aber heute Abend war ich nicht Judson Roberts. Sie lächelte, und für mich war das mehr als genug.

»Sie haben es nicht vergessen.«

»Ich habe ein Gedächtnis wie ein Elefant. Ein rosafarbener Elefant.« Ich sah sie wieder an. Sie wirkte größer, als ich sie in Erinnerung hatte, und ihre Stimme klang sanfter.

»Was führt Sie hierher?«

»Mein Cabrio.«

»Quatsch.«

»Aber Doktor Roberts, Ihre Wortwahl lässt zu wünschen übrig.«

»Ich meine es ernst. Lassen Sie uns heute Abend kein neunmalkluges Zeug reden. Ich habe mir Gedanken gemacht. Wer Sie sind, wo Sie wohnen, warum wir einander so missverstehen, nachdem alles so nett angefangen hatte.«

Die Drinks kamen. Sie starrte ihr Glas an, als blickte sie in den Grand Canyon. Als sie sprach, war ihre Stimme fast ein Flüstern.

»Wir waren wohl beide etwas durcheinander. Wegen der Party, wegen Mikes Tod – wegen allem. Wir hätten uns treffen sollen. Das weiß ich jetzt.«

»Was haben Sie in der Zwischenzeit so getan?«

»Nichts getrunken hauptsächlich. Und das schon eine ganze Weile. Ich bin oft an den Strand gegangen und habe auch wieder Unterricht genommen.«

»Was für Unterricht?«

»Stimmunterricht. Aber dieses Mal bin ich nicht dabeigeblieben. Ich bin einfach nicht gut genug. Wie bei allem bin ich auch da eine ziemliche Lusche. Ganz offensichtlich habe ich nur ein Talent zum Trinken.«

»Also haben Sie wieder damit angefangen.«

»Ja und nein. Ich bin schon seit Monaten nicht mehr ausgegangen. Heute hat es mich einfach überkommen.« Ich sah zu, wie sie ihr Glas in die Hand nahm. Aprikosenbrandy, Aprikosenlippen. Sie nippte an ihrem Drink und verzog das Gesicht.

»Brrr!«

»Warum trinken Sie dann?«

»Was bleibt mir sonst?«

»Sie wollten mir von sich erzählen«, sagte ich geduldig. »Von dem Haus, in dem Sie leben, den Kleidern, die Sie kaufen, den Sachen, die Sie gern essen. Wie Sie Ihr Haar trugen, als Sie noch klein waren. Mögen Sie offene Kamine? Sonnenuntergänge? Wird Ihre Nase rot, wenn Sie erkältet sind?«

»Wirklich, ich würde ja zu gern plaudern, aber ich muss wieder los.« Sie stand auf.

»Setzen Sie sich.«

»Sie meinen das wirklich ernst, was?« Sie setzte sich wieder hin und wartete.

»Warum laufen Sie immer weg, wenn jemand etwas über Sie erfahren möchte?«

»Das ist meine Sache.«

»Sie haben mir einmal gesagt, Trinken sei Ihre Sache. Ist das ein Teil Ihres Fluchtverhaltens?«

»Guter alter *Doktor* Roberts! Glauben Sie, mit Ihrer mildtätigen, hausbackenen Art können Sie mir helfen? Diese ganzen Sprüche höre ich nicht zum ersten Mal, müssen Sie wissen.«

»Na schön, dann sind es eben Sprüche«, sagte ich. »Ich kann Ihnen nicht helfen. Niemand kann Ihnen helfen. Sie helfen sich selbst. Entweder das, oder Sie trinken eben weiter. Und in zwei Stunden sitzen Sie drüben an der Bar und erzählen dort alles, was Sie mir nicht erzählen wollten. Sie werden Drinks auf der Bar und dem Barkeeper Ihr Herz ausschütten. Er wird Ihnen beistehen.«

Sie rümpfte die Nase. »Wissen Sie was? Sie werden mir richtiggehend sympathisch, wenn Sie wütend sind. Dann hören Sie mit dem theatralischen Gequatsche auf. Es war ein Fehler, dass ich Sie habe sitzenlassen. Wir hätten eine Menge Spaß miteinander haben können.«

»Klar.« Ich nickte. »Haufenweise Spaß mit einem Haufen netter Drinks. Schließlich sind wir erwachsen, nicht wahr? Wir wissen, was wir wollen. Eine große Flasche und die Muße, daran zu nuckeln. Die Muße, uns wieder ins Kleinkindalter zurückzusabbern. Babys wissen nicht, was sie tun, sie sind nicht dafür verantwortlich, wenn sie miteinander ins Bett gehen und Mist bauen. Ja, wir hätten eine Menge Spaß miteinander haben können. Und ich bin verdammt froh, dass es nicht so weit gekommen ist.«

»Ich auch.«

Sie beugte sich vor. Ich roch Aprikosen. Die Sonnenbräune ließ sie reifer wirken.

»Noch einen Drink?«

»Nein. Lassen Sie uns reden. Sollten Sie vorgehabt haben, mich bezüglich des Trinkens einzuschüchtern, ist Ihnen das gelungen.«

»Gut. Versuchen Sie einmal, so zu tun, als wäre ich Gott.«

»Wie bitte?«

»Der Barkeeper ist Ihr Gott. Der Barkeeper ist immer Gott, oder haben Sie das noch nicht bemerkt?«

»Nein, das habe ich nicht, aber reden Sie weiter. Ich kann Sie sowieso nicht daran hindern.«

»Trinker sind alle gleich. Sie gehen zum Barkeeper, um Frieden zu finden, Erlösung. Sie erzählen ihm von ihren Sorgen, wie in einem Beichtstuhl. Wie Gott spricht er Recht und gibt gute Ratschläge. In seiner Welt ist er der unumschränkte Herrscher. Missetäter bestraft er umgehend. Er kann auch huldvoll sein – und eine Runde ausgeben. Er ist allwissend und allmächtig. Er weiß alles über jeden in dem Mikrokosmos seines Lokals. Er ist ein Quell des Trostes. Ihm werden Trankopfer dargebracht, Messwein, der einen göttlichen Rausch beschert. Er entspricht auch, wenn ich das erwähnen darf, dem Vaterbild. Oder, um es genauer auszudrücken, er steht für die Idealisierung des Vaters. Der Rückfall des Trunksüchtigen ins Kindesalter passt bestens in dieses Muster des unterbewussten Symbolismus.«

»Komisch, dass Sie das sagen. Bevor mein Vater umkam, habe ich nie getrunken.«

»Und seither halten Sie sich auch von Männern fern.«

»Treffer, versenkt.« Sie starrte in ihr Glas. »Er war wirklich ein Pfundskerl. Auch wenn er selbst viel getrunken hat. Geoffrey Post – Industriedesigner. Sagt Ihnen der Name etwas? In den Dreißigern hat er sich mit Flugzeugbau beschäftigt. So ist er auch gestorben, als Pilot eines seiner eigenen Modelle. Es ist auseinandergebrochen.«

»Und Sie wussten nicht mehr weiter. Keine Mutter, und dann dieser übermächtige Vater. Er trank, also tranken Sie auch. Mit Männern wollten Sie nichts zu tun haben, wegen der Rolle, die er in Ihrer Traumwelt gespielt hat. Sie tranken und fühlten sich von Männern angezogen, aber dabei fühlten Sie sich schuldig, also haben Sie noch mehr getrunken. Und ...«

»Moment mal! Ich bin nicht verrückt.«

»Es heißt nicht umsonst Trunksucht. Die meisten psychischen Entgleisungen haben ihre Wurzel in einer sexuellen Abweichung.«

»Und warum trinken Sie? Sind Sie in Ihre Mutter verliebt?«

»Ich bin Waise.« Ich musste grinsen. »Aber ernsthaft, klingt das für Sie nicht einigermaßen schlüssig?«

Sie nickte. Das leere Glas in ihrer Hand nickte ebenfalls.

»Gut möglich. So etwas Ähnliches hatte ich mir selbst schon gedacht. Wir waren immer zusammen, Paps und ich. Wir sind viel herumgereist und nirgendwo lange genug geblieben, dass ich echte Freunde hätte finden können. Als ich achtzehn war, gingen wir zusammen tanzen, er nahm mich auf Partys mit. Fremde hielten uns für ...« Sie biss sich auf die Lippen. »... für ein Liebespaar.«

»In gewisser Hinsicht traf das auch zu, nicht wahr?«

»Ja. Obwohl sich keiner von uns beiden dieser Gefühle bewusst war. Erst nach seinem Tod ging mir ein Licht auf. Mein Leben ging in die Brüche, und jetzt versuche ich, die Stücke wieder zusammenzusetzen.«

»Allein wird Ihnen das nicht so leicht gelingen. Sie brauchen Hilfe.«

»Soll das heißen, dass ich mich in ärztliche Behandlung begeben sollte?«

»Nicht unbedingt. Bitte, Ellen. Ich möchte Ihnen helfen.«

»Aber Sie haben gesagt, dass Sie Ihren Weg nur allein gehen können. Dass in Ihrem Leben kein Platz für jemand anderen ist.«

»Die Zeiten ändern sich. Hoffentlich. Sie vertrauen mir, nicht wahr?«

»Wir werden sehen. Erst mal möchte ich über alles nachdenken.« Sie erhob sich, und dieses Mal konnte ich sie nicht zurückhalten.

»Wann werde ich Sie wiedersehen? Ich kenne nicht einmal Ihre Adresse.«

»Ich werde Sie anrufen. In Ihrer Praxis.«

»Gute Nacht, Ellen.«

»Gute Nacht ... Judd.«

Und damit ging sie und nahm das Licht mit sich fort. Zurück blieben nur die Schatten und ihr leeres Glas.

Ich schüttelte den Kopf und hob mein Glas, als ich plötzlich ein Geräusch hörte.

»Das Mädchen, wer war sie?«

Der Professor kam aus einer Falltür emporgeschossen, von Flammen umzüngelt.

»Ihr Name ist Ellen Post. Wir sind ihr auf der Party bei Lorna Lewis begegnet.«

»Richtig. Sie hatte Gefallen an Ihnen gefunden, wenn ich mich nicht täusche. Haben Sie sie seither wiedergesehen?«

»Nur einmal, nach der Anhörung, und da auch nur zufällig. Aber ich hoffe, sie künftig öfter zu sehen.«

»Gut. Sie wird uns vielleicht nützlich sein.«

»Nützlich?«

Der Professor setzte sich und nahm den Hut ab, damit ich sehen konnte, wie sein Schädel in gedämpftem blauem Neonlicht aussah.

»Ich habe Informationen über sie eingeholt. Lorna Lewis hat irgendwann etwas gesagt, das mein Interesse erregt hat. Sie ist die Tochter von Geoffrey Post, nicht wahr?«

»Ja.«

»Gut situiert?«

»Keine Ahnung.« In mir regte sich Argwohn. »Wahrscheinlich kann sie von seinem Erbe einigermaßen sorgenfrei leben.«

»Das spielt keine Rolle. Aber sie ist die Nichte von Leland Post – seine einzige Nichte. Und da wird es für uns interessant. Leland Post sitzt im Senat, er ist ehrgeizig und hat gute Verbindungen. Er würde Himmel und Hölle in Bewegung setzen, damit Ellen nicht in einen Skandal verwickelt wird – aus Liebe zu ihr, aber auch aus Eigeninteresse.«

Ich beugte mich vor. »Moment mal. Wenn Sie glauben ...«

»Bitte. Nehmen Sie sich zusammen und lassen Sie mich ausreden. Eines der Ölkartelle hat ihn in der Tasche. Nächstes Jahr wird er sich für den Kongress aufstellen lassen. Im Moment steht er sehr im Blickpunkt der Öffentlichkeit.«

»Mal langsam, Professor. Mein Interesse an diesem Mädchen ist ... ist privater Natur. Ich möchte nicht, dass sie in irgendwelche zwielichtigen Angelegenheiten verwickelt wird.«

Er sah mich lange an, ohne ein einziges Mal zu blinzeln. Sein Blick brannte ein Loch in die Polsterung hinter meinem Kopf. Aber ich hielt ihm stand.

»Also gut«, sagte er leise. »War nur ein Gedanke. Nicht weiter wichtig. Lassen wir also die Finger davon, solange Sie sich für das Mädchen interessieren.«

Danach unterhielten wir uns über andere Dinge. Ich erfuhr, dass die Radiosendung in etwa einem Monat erstmals ausgestrahlt werden sollte, sobald Rogers mit den Vorarbeiten fertig war. Wir besprachen meine derzeitigen Patienten, meine derzeitigen Einnahmen. Und natürlich kamen wir auch auf Caldwell zu sprechen.

»Wir werden uns morgen Abend bei Ihnen treffen«, erklärte der Professor. »Dann entscheiden wir, wie wir weiter vorgehen.«

Ich nickte. »Was ist mit den Aktien?«

»Sie hatten recht. Er hat verkauft, und ich habe heute so viel Geld, wie ich zusammenkriegen konnte, in Imperial investiert.«

»Dann werden Sie Caldwell in Ruhe lassen?«, fragte ich.

»Warum sollte ich das tun?« Der Professor grinste. »Schließlich hat er jetzt hundertfünfzigtausend Dollar in bar zur freien Verfügung.«

»Aber Sie haben gesagt ...«

»Ich habe gesagt, dass ich darüber nachdenken werde. Und das habe ich. Ich werde Ihnen morgen alles erklären. Um Punkt neun Uhr, wenn es recht ist.« Er stand auf. »Noch einen schönen Abend dann.«

Judson Roberts nickte zum Abschied. Eddie Haines blieb einfach sitzen und fragte sich, ob sie wohl anrufen würde, wann er sie wiedersehen würde. Ohne Zweifel, allmählich entwickelte ich eine gespaltene Persönlichkeit. Eddie Haines und Judson Roberts. Zwei Jungs mit unterschiedlichen Ansichten. Eddie Haines war in letzter Zeit nicht so häufig in Erscheinung getreten. Er hatte ein Auge auf Ellen Post geworfen, aber er wusste nicht so recht, wie er sich durchsetzen sollte. Judson Roberts hatte dieses Problem nicht. Er war allgegenwärtig. Ließ sich überall sehen, wo man sich sehen lassen musste. Ein aalglatter Kerl, dieser Roberts. Er wusste, wie er sich am besten in Szene setzen konnte. Und wie er andere dazu brachte, nach seiner Pfeife zu tanzen.

Alten Damen erklärte er bei seinen Vorträgen: »Rufen Sie sich die Grundprinzipien von *D-U* ins Gedächtnis – *Dein Unterbewusstsein*. Hegen und pflegen Sie Ihr Selbstwertgefühl. Tragen Sie Sorge, dass der Same Ihrer Persönlichkeit Wurzeln schlägt und sich entfaltet. Wenn Ihre Seele durstig ist, dann trinken Sie.« Nicht eben originell, aber äußerst überzeugend, der gute Judson Roberts.

Mit den Schüchternen von ihnen setzte er sich unter vier Augen zusammen und erklärte ihnen: »In der Redewendung vom ›ungeschliffenen Diamanten‹ steckt eine Menge schlichte Weisheit. Denn die Persönlichkeit eines Menschen gleicht einem Edelstein, und wie ein Edelstein muss sie in Form gebracht werden. Erfahrung ist der Schleifstein, der den Facetten Ihrer Persönlichkeit Glanz verleiht. Je mehr Facetten, desto heller der Glanz.« Manchmal klang er, als hätte er seinen Text aus einem Katalog für Modeschmuck. Und wenn schon ...

Aber Judson Roberts hatte noch mehr auf Lager. Er kam herum. Er wusste mehr über die menschliche Natur als eine Stripperin in L. A. Fast schon ein Philosoph, dieser Roberts. Unablässig grübelte er über seinen Büchern, analysierte und beobachtete, was natürlich dazu beitrug, dass sich seine Persönlichkeit wie ein Büschel giftiges Efeu entwickelte; allmählich hatte sie mehr Facetten als ein Strumpfband aus Strass.

Manchmal spielte er Gott. Manchmal ging er auf die Straße und stellte seine Menschenkenntnis auf die Probe. Schließlich war er in der Lage, über einen ihm unbekannten Menschen auf den ersten Blick zutreffende Aussagen zu machen. Er hielt Vorträge, er signierte Exemplare von *D-U*. Er achtete auf seine Kleidung, er war gut bei Kasse, er sah umwerfend aus.

Allerdings zeigten sich in jenen Tagen auch die ersten Falten in seinen Augenwinkeln. Hin und wieder, wenn er wütend wurde, kroch sein Mund unter seinem Schnurrbart hervor – und dann wirkte er wie jemand, der einem Kanarienvogel den Kopf abbeißen wollte. Aber warum sollte er sich deswegen Sorgen machen? An Bord der *S. S. Schizophrenie* herrschte bestes Segelwetter. Judson Roberts amüsierte sich als Gast der ersten Klasse, und Eddie Haines stand am Steuer.

Das war der Stand der Dinge, und ich konnte einfach nicht anders, ich grübelte den ganzen Tag und die darauffolgende Nacht darüber nach, bis Ellen Post mich endlich in meiner Praxis anrief.

Sie sei in ihrem Strandhaus in Malibu und ob Mr. Judson Roberts ihr morgen Nachmittag nicht Gesellschaft leisten wolle?

»Aber gern«, sagte Eddie Haines.

14

Eddie Haines war für den nächsten Nachmittag verabredet. Judson Roberts dagegen hatte heute Abend einen Termin – um Punkt neun bei sich zu Hause.

Wir setzten uns an den großen Esstisch im Wohnzimmer: der Professor, Rogers und Doktor Sylvestro. Ich hatte meine Aufzeichnungen über Caldwell mitgebracht, und sie wurden herumgereicht, während sich alle ihre Notizen machten.

Ich saß da und musterte meine Gefährten: der kleine Rogers, der so überempfindlich war, dass seine Mundwinkel zuckten; der Professor, ein elfenbeinfarbener Buddha in einem schwarzen Anzug; Doktor Sylvestro, ein hagerer, unansehnlicher Mensch, der sich darauf spezialisiert hatte, anhaltend zu schweigen.

Schließlich blickte der Professor auf und lehnte sich dann zurück. Wir alle sahen ihn an.

»Sie haben gute Arbeit geleistet«, sagte er.

»Danke. Wie ich Ihnen bereits erklärt habe, ich helfe ihm wirklich.«

»Schön. Dann ist ja alles bereit.«

»Wie ich sehe, hat er seine Aktien verkauft«, warf Rogers ein.

»Richtig.«

»Was bedeutet, dass unser geschätzter Bindfadensammler satte hundertfünfzigtausend in bar herumliegen hat, oder täusche ich mich?« Sylvestro hatte eine tiefe, voluminöse Stimme. Ich starrte sein unnatürlich bleiches Gesicht und seine unnatürlich roten Lippen an. Er saß da, grinste wie ein Vampir und fragte: »Sie haben mit dem Geld bestimmt schon etwas vor, nicht wahr, Hermann?«

Der kahle Schädel neigte sich langsam. »Natürlich. Genau genommen habe ich sogar schon erste Schritte unternommen. Sobald Jake hier eintrifft ...«

Mir wurde ganz heiß, aber ich musste einen letzten Versuch unternehmen. »Hören Sie, Professor. Was ist mit meinem Vorschlag? Sie kaufen Imperial-Aktien und kassieren ordentlich. Und ich halte Caldwell eine Weile hin. Er will ins Immobiliengeschäft einsteigen, und er vertraut mir. Ich werde ihn beraten und ihm genau auf die Finger schauen. Wer weiß, wenn wir uns gedulden, machen wir vielleicht genauso viel Geld oder mehr, und das ohne jedes Risiko. Einmal angenommen, Sie arrangieren einen Zusammenschluss einiger Leute vor Ort, denen Strandgrundstücke gehören, dann könnten wir uns den Gewinn teilen ...«

Eine feiste Hand hob sich und stopfte mir den Rest des Satzes in den Hals zurück.

»Das dauert zu lange und ist zu unsicher. Ich habe einen besseren Plan. Der ihre Freundin Eve England einbezieht.«

»Eve? Aber die hat doch ihr Geld eingesackt und sich aus dem Staub gemacht.«

»Bevor Caldwell sich von ihr getrennt hat, bevor Sie ihr das Geld gegeben haben, sind einige Tage vergangen, während derer er sie weiter besucht hat. Das wissen Sie.«

»Ja.«

»Was Sie aber nicht wissen, ist, dass Rogers in meinem Auftrag ebenfalls Kontakt zu ihr aufgenommen hat – unmittelbar nach Ihnen.«

Ich richtete mich auf. »Soll das heißen, Sie haben mir nicht zugetraut, die Sache in den Griff zu bekommen?«

»Nein. Natürlich haben wir Sie im Auge behalten. Das mache ich immer. Aber wir hatten noch etwas anderes vor. Wir haben die jetzige Situation vorausgesehen.« Der Professor setzte sein Monokel auf und sah mich durchdringend an. »Sind Sie jemals auf den Gedanken gekommen, mein Freund, dass ein Mann, der bereit ist, fünftausend Dollar zu bezahlen, möglicherweise auch weit mehr auf den Tisch legt?«

»Was meinen Sie damit?«

»Das soll Jake erklären. Ich glaube, er hat gerade geklingelt.«

Ich stand auf und drückte den Türöffner. Tatsächlich, es war der Neandertaler unserer Gruppe – der Kerl, der eine so hohe Stirn hatte, dass er sich an jeder Tür den Kopf anschlug.

»Wie läuft's?«, grummelte er.

»Sie sind der Mystiker, also sollten Sie uns aufklären«, schlug ich vor. »Kommen Sie rein und setzen Sie sich.« Unser kleiner Familienkreis sah ungeduldig zu, wie er einen Umschlag aus der Hemdtasche zog.

»Hier sind sie«, sagte er.

Der Professor öffnete den Umschlag. Fünf kleine Negative und fünf Abzüge glitten durch seine Finger. Sein Gesicht war ebenso ausdruckslos wie das eines Pokerspielers, der ein todsicheres Blatt auf der Hand hat.

»Na«, fragte Rogers, »was haben Sie denn da Schönes?«

»Sehen Sie selbst.«

Rogers griff nach den Bildern. Sylvestro stand auf und beugte sich über seine Schulter.

»Mannomann!«, flüsterte Rogers. »Wie haben Sie denn das hingekriegt?«

»Das Mädel hat mitgespielt.«

»Ganz offensichtlich. Aber wo haben Sie gesteckt?«

»Im Schrank. Ich habe diesen neuen Blitz verwendet, den der Professor mir gegeben hat. Der ist fast unsichtbar. Als sie kapiert hat, wie viel ihr unser Plan einbringen wird, hat sie alles arrangiert. Bevor Caldwell ihr erklärt hat, dass es vorbei ist, hatte ich die ganze Nacht Zeit.«

»Junge, was für ein Masochist!« Rogers stieß ein lautes Keuchen aus. »Schauen Sie sich diese Stricke an. Und ...«

Auf Sylvestros Dämonengesicht zeigte sich ein breites Grinsen. Er winkte mich zu sich. »Wollen Sie mal sehen?«

Mir genügte ein Blick, bevor ich mich hastig abwandte. Ich hoffte inständig, dass der Professor mein Gesicht nicht gesehen hatte. »Aber was machen wir damit?«, hörte ich mich fragen.

Jake hatte die Antwort parat. »Wir werden Ihren Kumpel Caldwell um rund fünfzigtausend Mäuse erleichtern – für den Anfang. Entweder das, oder seine Frau wird diese Bilder zu Gesicht bekommen. Und dann knöpfen wir ihm noch mal fünfzigtausend ab, für einen zweiten Satz Negative. Und dann noch mal ...«

»Schon gut.« Der Professor brachte Jake mit einer Handbewegung zum Schweigen und nahm die Bilder wieder an sich. »Ich nehme an, dass Sie nun verstehen, was wir vorhaben«, sagte er. »Jake wird ihm noch heute Abend einen Besuch abstatten. Kommen Sie, meine Herren, an die Arbeit.«

Sie marschierten im Gänsemarsch hinaus – Jake, Rogers, Doktor Sylvestro. Ich blieb sitzen und wartete. Der Professor ebenfalls.

»Nun?«, sagte er in fragendem Tonfall.

Ich schüttelte den Kopf. »Nein«, sagte ich. »Eine solch miese Nummer werden Sie nicht abziehen! Sie glauben doch nicht etwa, dass ich mich an einer so widerlichen Sache beteiligen werde?«

»O doch, das glaube ich.« Der Professor grinste. »Machen Sie sich nichts vor.«

»Ohne mich.« Ich stand auf.

»Wohin wollen Sie?«

»Ich werde jetzt Caldwell anrufen. Ich werde ihm sagen, dass er dafür sorgen soll, dass die Polizei vor Ort ist, wenn Jake Kontakt zu ihm aufnimmt. Die werden sich freuen, einen Erpresser auf frischer Tat zu ertappen.«

Der Professor grinste noch immer. »Dann soll er gleich noch eine Einheit hierher schicken«, schlug er vor. »Um einen Mörder zu verhaften. Denken Sie an Mike Drayton, mein Freund.«

Das hätte mich innehalten lassen sollen, aber es verfehlte seine Wirkung. Ich streckte die Hand nach dem Hörer aus. »Na schön, Professor«, sagte ich. »Das tue ich. Allmählich glaube ich, dass ich es verdient habe, für die ganzen Machenschaften, in die ich verwickelt bin, die Zeche zu bezahlen. Wenn ich Caldwell damit retten kann, ist es die Sache wert.«

Er grinste noch immer. »Und was ist mit Ellen?«, murmelte er.

Ich erstarrte. »Ellen? Was hat sie mit alldem zu tun?«

»Nichts – noch nicht. Und dabei bleibt es auch, wenn Sie sich vernünftig verhalten. Aber denken Sie daran, was ich Ihnen neulich abends gesagt habe. Ellen Post kann uns bestimmt dabei nützlich sein, an Leland Post und ein ordentliches Sümmchen heranzukommen. Ihnen zuliebe habe ich bisher darauf verzichtet. Wenn Sie bei Caldwell mitspielen, werde ich mein Versprechen halten. Ellen Post bleibt tabu. Wenn nicht, werde ich dafür sorgen, dass sie unser nächstes Opfer wird. Und Sie kennen mich gut genug, um zu wissen, dass ich nicht bluffe oder leere Drohungen ausspreche. Wenn Sie jetzt zum Hörer greifen, wird Ellen Post dafür bezahlen.«

Während er das sagte, grinste er mir unverwandt ins Gesicht, denn er wusste, dass er mich in der Hand hatte. Er war verrückt, er war der Teufel, aber er war kein Narr.

Ich ging zum Sofa hinüber, setzte mich und vergrub den

Kopf in den Händen. Aber ich konnte mich nirgendwo verstecken.

»Schon besser«, sagte der Professor. »Also, morgen früh wird Caldwell Ihnen sehr wahrscheinlich einen Besuch abstatten. Ich erwarte von Ihnen ...«

Er erklärte mir, was er von mir erwartete, und ich hörte ihm folgsam zu. Dann ging er, und ich blieb weiter reglos sitzen und wartete darauf, dass es Morgen wurde.

Am nächsten Tag saß ich in meiner Praxis und wartete auf Caldwell. Und ich ließ ihn gegen die Wand laufen.

»Mein Gott, Roberts, sagen Sie doch etwas!«

Caldwell hatte mich an den Schultern gepackt und schüttelte mich. Vielleicht lag es auch einfach nur daran, dass er so stark zitterte.

»Verstehen Sie nicht?« Er war völlig außer Atem. »Diese Frau – sie ist wieder da. Sie will fünfzigtausend Dollar. Sie sagt, dass sie sonst zu Marge gehen wird ... Und dieser Mann hat Bilder, er steckt mit ihr unter einer Decke ...«

Ich schob seine Hände beiseite und trat einen Schritt zurück. »Da kann ich Ihnen nicht helfen. Wenn Sie sich nur an meinen Rat gehalten und sich sofort von ihr getrennt hätten, dann wäre das nicht passiert.«

»Ich weiß, ich war ein Narr, ein verdammter Narr! Aber es ist passiert, und wir müssen etwas tun.« Er schluckte trocken. »Könnten Sie nicht noch mal mit ihr reden?«

»Bitte, Ed. Sie ist anscheinend fest entschlossen. Und ich kann es mir nicht leisten, in so etwas verwickelt zu werden. Das werden Sie doch bestimmt verstehen.«

»Aber können wir ihr nicht eine Falle stellen, mit Hilfe der Polizei vielleicht?«

»Die würden dann auch die Bilder sehen. Und Marge würde alles erfahren.«

»Gütiger Gott, was soll ich nur tun? Was soll ich denn nur tun?«

»Ich fürchte, Sie werden ihr das Geld geben müssen.«

Schweigen.

»Hören Sie, Roberts, sind Sie sicher, dass es keine andere Möglichkeit gibt? Es soll nicht zu Ihrem Schaden sein.«

»Dafür ist es jetzt zu spät.«

»Nun gut, aber dann begleiten Sie mich wenigstens, wenn ich mich heute Abend mit diesem Kerl treffe.«

Ich schenkte ihm ein tiefgefrorenes Lächeln. »Das wäre ausgesprochen unklug. Ich fürchte, dass es besser ist, wir sehen uns erst wieder, wenn diese ganze Sache vorbei ist.«

»Aber was soll ich jetzt tun? Wer kann mir sonst noch helfen?«

Er wartete, aber ich blieb ihm die Antwort schuldig. Was hätte ich ihm auch sagen sollen? Darauf gab es keine Antwort. Ich konnte nur dasitzen und zuschauen, wie ihm die Tränen über die Wangen liefen, wie sich sein ganzes, mühsam erarbeitetes Selbstbewusstsein in Luft auflöste, wie seine roten Hände, die unablässig mit einem schmuddeligen Bindfaden spielten, auf meinem Schreibtisch hin und her zuckten.

Schließlich stand er auf und schlurfte hinaus. Ich saß da und dachte über den Bindfaden nach. Plötzlich stand mir klar vor Augen, was mit Edgar Taylor Caldwell geschehen würde. Heute Abend würde er die fünfzigtausend bezahlen. In ein paar Wochen würden sie ihn um weitere fünfzigtausend angehen. Und irgendwann später würden sie ihm die letzten fünfzigtausend abknöpfen. Vielleicht würden sie ihn sogar dazu bringen, sein Haus zu verkaufen.

Es würde nicht allzu lange dauern, bis Caldwell durchdrehte. Er würde durchdrehen und schließlich nach einem größeren Stück Bindfaden Ausschau halten. Am Ende würde Caldwell sich erhängen. Das wusste ich so sicher, wie ich hier saß. Er würde dem unterbewussten Muster bis zum bitteren Ende folgen. Wer einmal Bindfäden sammelte, sammelte immer Bindfäden.

Und ich trug die Verantwortung. Oh, ein großer Verlust für die Menschheit wäre es nicht. Er hatte genug abscheuliche Dinge getan, und sein Verhalten gegenüber Eve England war nicht eben nett. Er hatte es verdient, bestraft zu werden.

Aber mir stand es nicht zu, das Urteil zu fällen. Oder ihn hinzurichten. Er sammelte Bindfäden, aber ich hatte den Knoten geknüpft. Ich würde ihm die Schlinge um den Hals legen; ich würde ihm den Stuhl unter den Füßen wegreißen, und er würde an der Decke baumeln, eine bebende Fleischmasse an einem starken Strick, der ihm in den Hals schnitt, bis er immer länger und länger wurde. Es heißt, dass der Hals manchmal nicht mehr dicker ist als das Handgelenk eines Kindes, wenn sie einen Selbstmörder abschneiden ...

Trotzdem, ich musste mich zwischen der Schönen und dem Biest entscheiden. Ellen oder Caldwell. Einer würde auf der Strecke bleiben, der Professor hatte es so entschieden. Ich hatte meinen Teil getan, und jetzt konnte ich meinen Lohn einfordern. Heute Nachmittag würde ich nach Malibu fahren.

Ich durchquerte das Sprechzimmer und ging den Korridor hinunter. Als ich an Rogers' kleinem Büro vorbeikam, fiel mir plötzlich der Vortrag ein, den ich diese Woche noch halten musste. Er wäre bestimmt schon damit fertig, und ich könnte ihn mitnehmen und in Ruhe durchlesen.

Die Tür zu Rogers' Zimmer stand offen. Ich wollte ihn nicht stören und ging rasch hinein. Er saß über den Schreibtisch gebeugt da und blätterte in einem Papierstapel: Fotografien und Ausschnitte aus Zeitungsarchiven.

Mein Blick fiel auf ein Löwenhaupt und eine Bildunterschrift:

LELAND POST IN DEN SENAT GEWÄHLT

Wie vom Blitz getroffen blieb ich stehen.

Rogers blickte auf. »Ach, Sie sind es«, sagte er und schob die Ausschnitte zu einem Haufen zusammen. »Wie ist es mit dem Trottel gelaufen?«

»Er hat alles geschluckt. Die fünfzigtausend wird er ohne Probleme ausspucken, glaube ich.«

»Gut.«

Ich setzte mich auf den Rand des Schreibtisches und riss mich zusammen – er durfte meiner Stimme nichts anmerken. »Ich dachte mir, vielleicht sind Sie schon mit meiner Rede fertig. Aber wie ich sehe, arbeiten Sie an etwas anderem.«

»Ja, richtig. Hat Ihnen der Professor das nicht erzählt? Wir werden diesen Politiker in die Pfanne hauen – Leland Post. Der kennt ein paar Leute mit fetter Knete. Sie werden uns dabei helfen – anscheinend kennen Sie seine Nichte. Und die ist unser Schlüssel.«

»Aha.« Ich stand auf und ballte die Hände hinter dem Rücken, um ihn nicht zu erwürgen. »Und wie soll das laufen?«

»Das bin ich gerade am ausbaldowern. Der Professor will es Ihnen bestimmt selbst erzählen.«

»Vermutlich.«

Irgendwie schaffte ich es, aus eigener Kraft das Zimmer zu verlassen. Langsam und bedächtig ging ich den Flur entlang. Mit jedem Schritt schimpfte ich mich erneut einen Narren.

Ich Idiot hatte dem Professor vertraut! Natürlich würde er sein Versprechen nicht halten, er hatte nie auch nur im Traum daran gedacht. Er war auf Geld und Macht aus, und er würde nie genug bekommen. Nichts würde ihn aufhalten. Noch während er mit mir spielte, hatte er bereits Pläne geschmiedet, wie er aus Ellen und ihrem Onkel Kapital schlagen konnte.

Jetzt wusste ich zwar Bescheid, aber was konnte ich tun? Fürs Erste überhaupt nichts. Ich würde abwarten müssen, wie er die Sache angehen wollte, was er sagen würde, wie sein Plan aussah. Vielleicht würde mir dann etwas einfallen. Aber ich bezweifelte es. Der Professor dachte stets an jede Eventualität. Für diejenigen, die sich mit dem Professor einließen, gab es nur einen Ausweg – wie Mike Drayton am eigenen Leib hatte erfahren müssen. Edgar Caldwell würde es bald ebenso ergehen.

Vielleicht würde mich eines Tages dasselbe Schicksal ereilen. Im Moment hatte ich jedoch nur ein Ziel vor Augen. Malibu.

15

In Malibu schien die Sonne, und Ellen und ich hatten uns in den Schatten ihres Strandhauses geflüchtet. Seit unserer Begegnung in der Bar waren nur zwei Tage vergangen, doch da saßen wir, und ich hatte ihr einen Arm um die Taille gelegt. Was für eine stürmische Romanze! Nun ja, vielleicht nicht ganz so stürmisch und auch nicht besonders romantisch. Wir saßen einfach da und unterhielten uns. Gesprächsstoff gab es genug.

Feuerwerk zum Beispiel. Und wie man das als Kind erlebt. Juwelen vor einem blausamtenen Hintergrund. Sagte sie jedenfalls.

»Nein, mein Schatz, so denken Kinder nicht«, erklärte ich ihr. »Versuch dich doch mal zu erinnern. Du bist sieben. Du stehst im Park oben auf dem Felsen und schaust zum Himmel hoch. Du spürst den Windzug und hörst das *Wusch!*, als die Rakete emporschießt. Du versuchst vorauszusehen, wo die Lichter auseinanderplatzen werden. Dann passiert es. Ein Sternenreigen fächert sich auf. Und in deinem Hals regt sich etwas, du sperrst den Mund auf und schreist ...«

»Aaaaaaah!«, kreischte sie. »Natürlich, jetzt weiß ich es wieder!«

Ich sah sie an. »Wenn es dir nichts ausmacht, würde ich dir gern eine sehr persönliche Frage stellen.«

»Was denn?«

»Hast du jemals den ultimativen Nervenkitzel erlebt – zweimal hintereinander mit dem Karussell fahren zu dürfen?«

»Dreimal.«

»Jetzt schneidest du auf.«

»Ich war mit Paps auf der Kirmes. Und er hat mir auch immer Geld gegeben, damit ich samstags ins Kino gehen konnte. Elf Cent. Zehn für den Eintritt und einen für ...«

»Kaugummi?«

»Ja, oder Lakritze oder Lutscher. Manchmal habe ich mir aber auch ein Pfefferminzkonfekt geholt, denn wenn man eines mit rosa Füllung erwischte, bekam man einen Schokoriegel dazu.« Sie seufzte. »Das ist alles so weit weg, so lange her. Aber manchmal wünschte ich, ich könnte ...«

»Nein, das tust du nicht«, sagte ich. »Du möchtest die Zeit nicht zurückdrehen. Dir gefällt es hier und jetzt sehr gut.«

»Was ist mit dir?«

»Rate mal.« Ich drückte sie, wo es sich am besten anfühlte. »Ich möchte mich nicht von der Stelle bewegen. Vielleicht hast du ja recht, und die Leute haben nicht mehr so viel Spaß, weil sie nicht mehr das Gefühl haben, selbst etwas beizutragen. Heutzutage drücken die Kinder nur noch auf Knöpfe oder drehen an einem Regler oder werfen eine Münze in einen Schlitz. Und der Spaßfaktor orientiert sich am Grad des Lärms. Lärm aus der Glotze. Lärm aus der Musikbox. Lärm aus tragbaren Radiogeräten, die sie zum Picknick in den Wald mitnehmen, die sie mit sich herumschleppen, wenn sie an den Strand gehen oder wenn sie aufs Land rausfahren – sie leben unter beständiger Berieselung durch schrille mechanische Stimmen, die ihnen befehlen, irgendwelche Deos zu kaufen. Das war früher auch mein Job, Gott behüte.«

»Du warst beim Radio?«

»Ja. Zu Hause in Iowa. Ich ...«

»Komm schon. Ich hab dir alles von mir erzählt. Jetzt bist du dran.«

Ich stand auf. »Es wird spät.«

»Wieso, bist du verabredet?«

»Nein, aber ...«

»Dann kannst du dich da jetzt nicht mehr rauswinden. Erzähl.«

Ich seufzte. Arm in Arm schlenderten wir in das Strandhaus. Das große Wohnzimmer war spartanisch eingerichtet, nur vor dem offenen Kamin standen ein Diwan und eine Chaiselongue. Die Wände zierten Rousseau-Reproduktionen. Ich ließ mich in die Polster sinken und betrachtete den *Schlangenbeschwörer*. Ein dunkle Gestalt mit durchdringenden Augen ... wie der Professor.

»Komm schon. Was ist los?«

»Hör zu, Ellen, das wird nicht leicht. Ich versuche, mich zu entscheiden. Ich möchte dir gern alles erzählen. Aber das ist auch ein Risiko, ich habe keine Ahnung, wie du das aufnimmst. Und ich muss dir die Wahrheit sagen.«

»Ja. Das musst du.« Sie kam herüber und setzte sich neben mich. Sie zündete zwei Zigaretten an und schob mir eine davon zwischen die Lippen. Ich weiß nicht, warum, aber diese Geste war unfassbar intim. Wir rauchten und hauchten schweigend Qualm aus.

»Judd.« Sie rückte an mich heran, ganz nahe. »Du hast gesagt, dass du mir helfen willst, nicht wahr?«

»Richtig.«

»Nun ja, dazu gehört, dass ich die Wahrheit über dich erfahre – die ganze Wahrheit.«

Sie sagte »Judd« zu mir, weil sie glaubte, ich sei Judson Roberts, und in dem Fall hätte ich ihr tatsächlich etwas erzählt. Nicht unbedingt die Wahrheit, aber sie hätte mir geglaubt. Dann würde sie die Arme um mich legen – diese weichen, in der Sonne gereiften Arme – und mich ihre Aprikosenlippen kosten lassen. Dann hätte ich, was ich wollte. Nur dass nicht ich es wäre, der das hätte, denn ich war nicht

Judson Roberts, sondern Eddie Haines. Und Eddie Haines zog es vor, ihr die Wahrheit zu sagen und es darauf ankommen zu lassen.

»Also gut«, sagte ich. »Dann wollen wir mal.«

Ich holte tief Luft und atmete aus. Dann redete ich.

Mein erster Satz lautete: »Mein richtiger Name ist Eddie Haines«, mein letzter: »Hier bin ich also.« Dazwischen war eine halbe Stunde verstrichen.

Ich hatte meine Zigarette in den Aschenbecher gelegt, wo sie unbeachtet vor sich hin schwelte. Ich war dankbar, dass die Dämmerung hereingebrochen war.

Ich wollte nicht, dass sie mein Gesicht sah. Ich kam mir auch so schon ausgesprochen nackt vor, denn ich hatte nichts für mich behalten. Nicht mein Scheitern, nicht meinen Selbstmordversuch, nicht mein Treffen mit dem Professor, nicht den ganzen *D-U*-Schwindel, nicht was wir Menschen wie Caldwell antaten, nichts.

Nichts, außer dem Mord an Mike Drayton. Das konnte ich ihr nicht sagen. Was ich erzählte, war schon schlimm genug. Ich hatte erwartet, dass sich ein beklommenes Schweigen zwischen uns ausbreiten würde, bis sie in kaltem, distanziertem Ton sagen würde: »Wir gehen jetzt besser.« Damit wäre zwischen uns endgültig alles vorbei.

Was ich nicht erwartet hatte, war der Duft von Aprikosen, die kräftige Umarmung, der leidenschaftliche Kuss.

»Und ich dachte, *ich* hätte Probleme«, flüsterte sie.

»Dann heißt das, du willst nicht, dass ...?«

Erst antwortete sie mir mit den Lippen, dann mit Worten. »Natürlich nicht. Ach, ich bin so froh, dass du mir das erzählt hast, Eddie! Ich hätte mich nie damit abfinden können, den Rest meines Lebens mit einem Mann namens ›Judd‹ zu verbringen!«

Daraufhin wurde es sehr schnell dunkel.

Als ich schließlich nach Hause kam, war es tiefschwarze Nacht. Genau genommen war es Mitternacht. Im Haus brannte kein einziges Licht, nicht einmal in Rogers' Zimmer im Obergeschoss. Ich schloss auf, ging hinein und machte das Licht im Wohnzimmer an.

Sofort klingelte das Telefon.

Ich nahm ab. Die Stimme des Professors peitschte durch die Leitung. »Wo waren Sie? Ich versuche die ganze Zeit, Sie zu erreichen.«

»Tut mir leid. Ich bin gerade erst nach Hause gekommen.«

»Beantworten Sie meine Frage. Wo waren Sie?«

»Bei Ellen Post.«

»Gut.«

»Freut mich, dass das Ihre Zustimmung findet.«

»Ja doch. Übrigens haben wir heute Abend die ersten fünfzigtausend kassiert. Ohne Probleme.«

»Gratuliere.«

»Was mich zu einer anderen Sache bringt. Ich muss das Geld unverzüglich investieren. Ich werde für ein paar Tage in San Francisco sein, vielleicht für eine Woche. Rogers wird mich begleiten. Sie werden wie gewohnt weitermachen – mit einer Ausnahme.«

»Und die wäre?«

»Treffen Sie sich weiter mit Ellen Post.«

»Aber gerne. Das hatte ich sowieso vor.«

»Vielleicht haben Sie ja Lust, mit ihr auszugehen und ein wenig die Stadt unsicher zu machen. Sie trinkt doch hin und wieder, nicht wahr?«

»Moment mal! Sie klingen, als hätten Sie da was vor. Dabei hatten Sie mir versprochen ...«

»Kein Grund zur Sorge, mein Freund. Ich finde nur, dass Sie etwas Erholung verdient hätten. Die Anspannung der letzten Wochen scheint Ihnen ein wenig zuzusetzen. Warum amüsieren Sie sich nicht ein wenig, wie Sie es immer wollten?«

Klar doch. Der Professor hatte recht. Warum nicht etwas mit Geld um mich werfen? Schließlich war er mein Freund. Mein Freund, der wollte, dass ich Ellen Post in aller Öffentlichkeit betrunken machte, um einen weiteren erpresserischen Plan in Gang zu setzen, von dem ich nichts wissen sollte. Er und Rogers würden wegfahren und alles vorbereiten, und ich würde hier das Fundament legen. Aber was, wenn ich ihn hinterging und nicht mitspielte?

Auf diese Frage antwortete er, ohne dass ich sie hätte aussprechen müssen. »Und machen Sie sich derweil keine Sorgen. Miss Bauer wird sich regelmäßig bei mir melden. Und ich habe Jake angewiesen, ein Auge auf Sie zu haben.«

»Sehr aufmerksam.«

»Das sollten Sie inzwischen wissen – ich denke an alles.«

»Na schön.« Ich ließ mir nichts anmerken. »Dann wünsche ich Ihnen eine angenehme Reise.«

»Vielen Dank«, erwiderte der Professor. »Und Ihnen viel Vergnügen.«

Klick.

Nun, da hätten wir es. Mike Drayton war tot, Edgar Caldwell saß in der Patsche und würde es nicht mehr lange machen, und Ellen Post war die Nächste auf der Liste. Ich brachte jedem Unheil, der sich mit mir einließ. Denn ich war eine Marionette namens Judson Roberts, und der Professor hielt die Fäden in der Hand.

Allerdings würde er eine Weile verreist sein. Mir blieben vier oder fünf Tage. Vier oder fünf Tage, um alles wieder in Ordnung zu bringen und zusammen mit Ellen für immer zu verschwinden. Das war meine einzige Chance. Ich musste mir alles genau überlegen und rasch handeln.

Ich machte das Licht aus. Im Dunkeln konnte ich besser denken. Ich griff nach einem Päckchen Zigaretten, ging zum

Fenster und starrte auf die Straße hinunter. Vor meiner Tür stand ein ramponierter alter Ford. Er war leer. Aber eine einsame Gestalt lauerte in der Finsternis, schaute zu mir hoch und wartete geduldig. Jake.

Damit nahm der Alptraum seinen Lauf.

16

Vielleicht war er irgendwann nach Hause gegangen. Vielleicht hatte er im Wagen geschlafen. Ich weiß nur, dass er am nächsten Morgen im Wohnzimmer stand, als ich nach unten kam.

»Hallo«, sagte er.

»Hallo. Was machen Sie denn hier?«

»Ach, ich werd ein wenig hierbleiben, wenn Sie nichts dagegen haben. Wissen Sie, der Professor verreist, und er hat mir gegenüber angedeutet, dass ich auf Sie aufpassen soll. Falls diese Schwuchtel Caldwell die Cops ruft oder so was. Wenn Sie nichts dagegen haben.« Er grinste.

Ich grinste zurück. »Wieso sollte ich? Aber das ist wirklich nicht nötig.«

»Kein Problem. Ich begleite Sie in die Praxis.«

»Ich werde den ganzen Tag dort sein. Ich rufe Sie an, falls ich irgendwohin gehe.«

»Danke. Aber ich komme mit. Ich hänge gern in Ihrer Praxis herum. Diese May, die ist wirklich ein steiler Zahn.«

»Wie Sie wollen.«

Er fuhr mit mir zur Praxis, und ich ging ins Sprechzimmer. Kaum hatte ich die Tür hinter mir geschlossen, griff ich nach dem Telefon – mein Privatanschluss – und wählte die Nummer von Ellens Strandhaus. Ich musste aufpassen, was ich sagte, für den Fall, dass der Professor aufmerksamerweise die Leitung angezapft hatte und May meine Gespräche aufzeichnete.

»Wann können wir uns sehen, Liebling? Würde dir zwei Uhr passen? ... Nein, ich komme raus zu dir. Ich möchte mit dir reden ... Nein, kein Grund zur Beunruhigung, es ist alles in Ordnung. Bis dann.«

Nein, kein Grund zur Beunruhigung. Ich hatte nur panische Angst. Aber ich musste etwas herausfinden, und zwar schnell.

»Was wollen Sie denn in Malibu?«, knurrte Jake.

»Einer Dame einen Besuch abstatten. Und Sie werden in der Sonne sitzen und schwitzen. Der Professor will es so, denken Sie daran.«

Er bedachte mich mit einem Fluch, und ich schenkte ihm ein honigsüßes Lächeln. Dann fuhren wir los. Jake hatte Mühe, mit seinem ramponierten Ford an mir dranzubleiben, aber er schaffte es.

Die Sonne stand hoch über dem Strand, und Ellens Haar schimmerte hell. Jake blieb oben an der Straße. Aber selbst wenn er uns hätte sehen können, hätte mich das nicht daran gehindert, sie in die Arme zu schließen.

»Du meine Güte! Du freust dich wirklich, mich zu sehen, was?«

»Gehen wir hinein«, schlug ich vor.

»Gute Idee.«

»Nein – ich muss mit dir reden.«

»Sir, Sie enttäuschen mich zutiefst«, sagte sie.

»Hör zu, Ellen, es ist mir ernst.«

»In Ordnung. Was ist los, Eddie?«

Schon seltsam, wie es manchmal nur einer Kleinigkeit bedarf. Bisher war ich mir keineswegs sicher gewesen, ob ich wirklich den Mut haben würde, zu tun, was ich tun wollte. Aber sie hatte »Eddie« zu mir gesagt. Und das genügte. Das brachte den Stein ins Rollen.

Ich erzählte ihr alles. Ich erzählte ihr, dass der Professor sie benutzen wollte, um ihren Onkel zu erpressen. Ich erzählte ihr, dass ich dabei mitspielen sollte. Ich erzählte ihr, was ich vermutete.

Sie schüttelte den Kopf. »Aber das ist doch völlig verrückt! Niemand geht hin und macht so was einfach. Wie kann er nur glauben, dass du dich auf einen solchen Schwindel einlässt?«

»Aber ich habe mich darauf eingelassen. Ich werde dich heute Abend ausführen und betrunken machen.«

»Du wirst *was*?«

»Das ist unsere einzige Chance. Ich glaube, ich habe einen Ausweg aus diesem Schlamassel gefunden. Wir gehen irgendwohin, ins *Gin Mill* zum Beispiel ...«

Ich erklärte ihr bis in die letzte Einzelheit, was ich vorhatte. Sie nickte.

»Uns bleibt nichts anderes übrig, Ellen«, versicherte ich ihr. »Ich habe versucht, auf alles vorbereitet zu sein. Der Professor ist verreist, aber Jake beschattet mich. Ich muss ihn irgendwann in den nächsten Tagen loswerden, ohne dass er sich dessen bewusst ist. Dann besorge ich uns so viel Bargeld, wie ich kriegen kann, und wir verschwinden. Wir gehen nach Mexiko oder noch weiter nach Süden, wenn nötig. Für immer.«

Ellen wich vor mir zurück. »Für immer?«, sagte sie leise.

»Was ist? Willst du nicht mit mir fortgehen?«

»Doch, und das weißt du, Eddie. Aber wir können nicht weglaufen. Du wirst bis ans Ende deiner Tage in Angst leben.«

Sie hatte recht. Sie wusste nichts von Draytons Tod, aber sie hatte recht. Ich konnte es spüren.

»Es gibt noch einen anderen Weg«, sagte sie. »Einen besseren. Du hast mir von diesem Mann erzählt, diesem Caldwell, und von diesen Fotos.«

»Ja.«

»Der Professor und sein Freund Rogers sind verreist. Jake beschattet dich. Wo haben sie wohl diese Bilder versteckt?«

»Im Büro des Professors ... nein, Moment mal. Das wäre zu riskant. Wahrscheinlich bei ihm zu Hause.«

»Und wo wohnt er?«

»Irgendwo außerhalb. Vista Canyon. Da war ich noch nie. Wenn ich so darüber nachdenke, macht er ein ziemliches Geheimnis aus seinem Privatleben.«

»Eddie, ich möchte wetten, dass diese Bilder bei ihm zu Hause sind. Und er ist verreist. Wenn es dir gelingt, Jake abzuhängen, kannst du dort rausfahren und sie holen. Dann hättest du wirklich etwas in der Hand. Gib Caldwell die Fotos. Damit wirst du ihn retten und dich auch. Denn wenn Caldwell die Bilder hat, kann er dem Professor damit drohen, ihn auffliegen zu lassen, wenn er dich nicht in Ruhe lässt. Verstehst du? Du kannst den Spieß umdrehen und den Professor erpressen!«

Sie hätte noch weitergeredet, aber ich verschloss ihren Mund mit einem Kuss.

»Liebling«, sagte ich, »du gehörst in die erste Mannschaft. Jetzt geh und zieh dich um. Du bist mit einem wichtigen Mann verabredet, der dich sturzbetrunken machen wird.«

Das *Gin Mill* war einer dieser Läden, in dem die »Atmosphäre« zum Schneiden dick ist – die Kellner trugen falsche Schnauzbärte und trällerten vor sich hin, das Bier wurde in Krügen serviert, ein paar kalte Platten standen dazu in einer Ecke, die sie Büfett nannten, und der Boden war mit Sägespänen ausgestreut. Am Fuß des Tresens und an den Tischen standen Spucknäpfe.

Immerhin, die kamen uns wie gerufen. Jake schlurfte zur Bar und bewegte sich drei Stunden lang nicht vom Fleck, während Ellen und ich den Kellner auf Trab hielten, der uns unablässig Scotch nachschenkte.

Wir tranken eine Menge. Zumindest ließen wir Jake in dem Glauben. Wenn er mit blutunterlaufenen Augen in den Spiegel blickte, sah er, wie wir in einem fort die Gläser hoben. Aber er bemerkte nie, wie wir sie in den Spucknapf kippten.

Je später der Abend wurde, desto lauter unterhielten wir uns, und wir mussten uns nicht anstrengen, einander die Haare zu zerzausen und die Kleider zu zerknittern – das machte sogar richtig Spaß. Gegen elf schlug ich vor, wir könnten ein Liedchen anstimmen. Ellen hatte eine hübsche Stimme, aber als sie sich an ein paar Schlagern versuchte, wurde es sogar mir zu viel. Es war schlicht mörderisch.

»Hör auf, du übertreibst es«, flüsterte ich. Aber sie sang einfach weiter. Sie sang immer noch, als ich sie aus dem Lokal schleppte. Wir taumelten zum Wagen hinüber. Jake schlurfte uns hinterher, wenn auch in diskretem Abstand.

Ich fuhr Ellen in den Wilshire Boulevard, wo sie für den Fall, dass sie in der Stadt übernachten wollte, ein Apartment hatte. Eigentlich gehörte es ihrem Onkel, aber das Parlament tagte gerade, und deshalb hatte sie es ganz für sich.

»Kommst du mit hoch?«, fragte sie.

»Das würde ich nur zu gern«, erwiderte ich. »Aber ich habe zu tun.« Ich beobachtete Jakes Ford im Rückspiegel, doch Ellen drehte meinen Kopf sanft in ihre Richtung, so dass ich ihr in die Augen sah.

»Mach keinen Unsinn, Schatz. Dieser Gorilla reißt dich in Stücke.«

Ich schüttelte den Kopf. »Ich werde mich nicht mit Jake anlegen. Er wird mir nach Hause folgen und mir zusehen, wie ich nach oben stolpere und ins Bett falle.«

Meine Voraussage erwies sich als richtig. Ich half Ellen durch die Vorhalle zum Aufzug, schlenderte zu meinem Wagen zurück und fuhr in die New Hampshire. Jake hielt direkt hinter mir.

»Wie mach ich mich, hä?«, rief ich. »Ein toller Käfer, was? Ein toller Käfer, was? Ein ...«

»Nicht so laut!« Kaum zu glauben, aber mein Auftritt war Jake peinlich. »Hauen Sie sich jetzt besser aufs Ohr. Sie sind ja voll bis zur Hutschnur.«

»Gute Idee. ’s morgen dann also, selbe Zeit, selbe Frequens ... ’schüsschen!«

Er sah mir zu, wie es mir nach einer Ewigkeit gelang, das Schlüsselloch ausfindig zu machen. Ich ging hinein, stieg die Treppe hinauf und schaltete im Schlafzimmer das Licht an. Dann ging ich in das dunkle Badezimmer und schaute zum Fenster hinaus. Jake wendete gerade und fuhr davon. Sehr gut. Bisher lief alles nach Plan. Ich warf einen Blick auf meine Armbanduhr. Die Leuchtzeiger verrieten mir, dass es 23.35 Uhr war. Spät, aber nicht zu spät für mich.

Bis zum Vista Canyon war es eine ordentliche Strecke. Aber dort wohnte der Professor nun mal. Ich wusste nicht genau, wo, und ich hatte keine Ahnung, wie ich im Dunkeln sein Haus finden sollte. Aber er war verreist, Jake war nach Hause gefahren, eine bessere Gelegenheit würde sich nicht mehr bieten.

Die Zeit war gekommen, sich nach unten zu schleichen und still und heimlich davonzufahren. Die Zeit war gekommen, durch die Stadt zu rasen und sie hinter mir zu lassen. Die Zeit war gekommen, durch die Berge zu kurven und den Canyon zu finden.

Es war schon Mitternacht, der Mond stand am Himmel, und ein pfeifender Wind riss die Wolken in phosphoreszierende Fetzen. Ich folgte totenstillen Nebenstraßen, glitt durch wispernde Wälder, lauschte fernem Heulen. Schließlich stellte ich den Wagen am Straßenrand ab, wo er nicht zu sehen war. Kies knirschte unter meinen Füßen, als ich das schiefe Straßenschild an der Abzweigung eingehender betrachtete.

Namen, nichtssagende Namen – die Namen der Reichen, die Namen derjenigen, die das Licht der Öffentlichkeit scheuten. Kein Otto Hermann. In allen Richtungen war ich von Hügeln umgeben, die sich drohend im Mondschein erhoben: gewaltige weiße, faltige Gesichter mit Baumbärten. Sie beobachteten mich, hatten alle Zeit der Welt, während eine kleine Ameise die Straße entlangkrabbelte. Ich.

Was für ein Narr ich doch war, auf solche Gedanken zu kommen. Was für ein Narr war ich gewesen, überhaupt hierherzukommen. Melodramatischer Unsinn! Aber wenn es Unsinn war, warum wohnte der Professor dann so im Verborgenen? In meiner Erinnerung fügten sich Bruchstücke verschiedener Gespräche allmählich zu einem Gesamtbild zusammen.

»Es ist ganz oben auf einem Hügel. Die Winde und das Drahtseil sind ausgesprochen praktisch – wir lassen daran einen Wagen hinunter, um die Einkäufe nach oben zu schaffen, und man kann sogar selbst hineinsteigen, wenn man will.«

Und: »Es wurde während der Prohibition gebaut. Mit einer Veranda an drei Seiten und einem wunderschönen Ausblick, völlig für sich. Aber das große Geheimnis ist der Fuchspferch direkt unter dem Haus. Die Schmuggler brauchten einen Ort, wo sie den Schnaps lagern konnten, und dreimal dürfen Sie raten, was sie gemacht haben – sie haben so getan, als würden sie Füchse züchten, und ...«

Als ich das gehört hatte, hatte ich dem keine Bedeutung beigemessen. Aber jetzt fiel mir alles wieder ein. Ein Steilhang. An dem ein Drahtseil hinaufführte. Eine Veranda an drei Seiten. Auf der Rückseite ein Fuchspferch, direkt unterhalb des Erdgeschosses.

Ich machte mich an den Aufstieg, manchmal auf allen vieren. Grillen hörten auf zu zirpen und lauschten neugierig. Schließlich stieß ich auf einen Pfad, der sich hangaufwärts schlängelte und vor einer dreitürigen Garage endete. Eine

Eule schrie – spöttisch, wie ich fand. Ich stolperte wieder zur Straße hinunter und folgte einem anderen Pfad. Der Wind lachte mich aus. Halte nach dem Drahtseil Ausschau, du Narr!

Irgendwann entdeckte ich es. Ich folgte ihm durch dichtes Gestrüpp. Wenn ich nur noch mühsam vorankam, hielt ich mich daran fest. Wie ging doch die Legende – der Faden, der zum Versteck des Minotaurus führt? Aber das hier war kein Traum. Ich keuchte und schwitzte, mir wurde schwindlig – und das alles passierte tatsächlich. Dann plötzlich starrte das Haus von der Hügelkuppe auf mich herab, und ich erwiderte seinen Blick.

Auf der Veranda brannte kein Licht, und auch drinnen war es dunkel. Ich näherte mich der Vordertür und hielt mich dabei möglichst von dem Kiesweg fern. Die Tür war natürlich verschlossen. Nachdenklich betrachtete ich die Fliegengitterfenster der Veranda. Hatte ich mein Taschenmesser dabei? *Einmal ein Pfadfinder, immer ein Pfadfinder.*

Aber was, wenn der Professor gar nicht fort war? Oder jemand anders hier übernachtete? Doktor Sylvestro zum Beispiel. Wenn ich hier herumstand, würde ich keine Antworten auf diese Fragen finden. Ich hatte eine Pflicht zu erfüllen. *Schließlich hatte ich mein Pfadfinderehrenwort gegeben ...*

Wenn man der Filmindustrie glaubt, dauert es etwa zwölf Sekunden, um in ein Haus einzubrechen. Ohne Regisseur, Scheinwerfer und Kameras brauchte ich volle zwanzig Minuten, von meinen aufgeschürften, blutenden Fingern ganz zu schweigen. Während ich mich durch den Maschendraht wand, riss ich mir die Hose auf. Schließlich landete ich mit einem dumpfen Aufprall auf dem Boden der Veranda.

Ich stand auf und wartete, ob ich irgendwo ein Echo hören, ob sich in dem dunklen Haus irgendetwas regen würde. Das Zirpen der Grillen ließ die Stille nur noch allumfassender erscheinen.

Die Tür ging fast von selbst auf. Dann war ich in der Diele und tastete nach dem Lichtschalter. Als ich ihn berührte, hielt ich inne. *Ein Pfadfinder kennt keine Angst.*

Das Licht ging an. Ich weiß nicht, was ich erwartet hatte. Einen brodelnden Hexenkessel vielleicht, einen Haufen Schädel, Kinderköpfe, die in Formaldehyd schwammen ...

Es war ein völlig gewöhnliches Zimmer in einem völlig gewöhnlichen Haus: unlackierte Möbel, auf denen Polster lagen; ein runder Esstisch, ein gemauerter Kamin und ein Stapel Brennholz, Bücherregale aus Backsteinen und Brettern. Der einzige Luxus war ein Flügel, der einen Nebenraum des Wohnzimmers einnahm.

Ich ging hinüber zum Bücherregal. Das ist immer mein erster Weg, wenn ich jemanden besuche, den ich noch nicht so gut kenne. Mein Blick glitt über die Titel: *Romola*, *Helenes Kinderchen*, *Der König auf Camelot*, *Der kleine Schäfer*, *Porträt eines Ertrinkenden*, *Fünf Freunde*.

Das sah nicht nach der Bibliothek von Professor Hermann aus. Vielleicht hatte ich einen Fehler gemacht, vielleicht wohnte er gar nicht hier. Ich musste in den Zimmern und der Küche nachsehen.

Ich ging Richtung Flur, und dabei hörte ich, wie das Zirpen tiefer wurde und in ein Quaken überging. Frösche, Frösche hinter dem Haus, unter mir. Unter mir ... war da nicht etwas mit einer Fuchszucht gewesen, einem Gehege für Füchse? Wo sie während der Prohibition den Schnaps lagerten ...

Ich wandte mich unvermittelt um und trat hinaus auf die hintere Veranda. Im Vorbeigehen schaltete ich das Licht aus und suchte mir im Mondschein meinen Weg. Der Ausblick war großartig: silberne Bäume auf platinfarbenen Hügeln. Aber ich war nicht hier, um eine Werbeschrift für den Bergbau zu verfassen. Mein Blick glitt über das ebene Areal hinter dem Haus. Noch mehr Maschendraht, der von Holzverstrebungen gehalten wurde. Der Boden war betoniert. Das war tatsächlich ein Fuchspferch. Nur dass ich keine Füchse entdecken konnte. Und auch den Professor nicht.

Während ich die Treppe hinunterstieg, lauschte ich aufmerksam den Fröschen. Versuchten sie mir etwas mitzuteilen? Falls ja, gaben sie es jetzt auf. Als ich den Riegel ertastete und den Pferch betrat, verstummte das Quaken. Stille.

Silberhelle Stille.

Ich stand in dem Fuchspferch, aber ich wusste nicht so recht, was ich hier sollte. Die Frösche hatten mir keinen Hinweis gegeben, die Stille verriet mir nichts. Ich wusste nicht, wonach ich suchte, aber ich musste es finden.

Die Schmuggler brauchten einen Ort, wo sie den Schnaps lagern konnten, und dreimal dürfen Sie raten, was sie gemacht haben ...

Sie haben alles hier draußen im Fuchsbau gestapelt, vor aller Augen. Nein, so kann das nicht gewesen sein. Wahrscheinlich hielten sie Füchse hier drin, um keinen Argwohn zu erregen. Aber – aus den Augenwinkeln sah ich es in der Dunkelheit. Eine schwarze Scheibe: der Metalldeckel auf einer Zisterne.

Natürlich! Dort versteckten sie damals den Schnaps – unter der Erde, in dem ausgehöhlten Hang! Man musste nur den Deckel anheben und die Treppe in den Lagerraum hinuntersteigen, in die Katakomben. Da hatten sie den Schnaps versteckt, und da würde auch der Professor verstecken, was er zu verbergen hatte.

Die Frösche stimmten einen triumphierenden Refrain an, als ich zu dem eisernen Deckel hinüberschritt, mich niederkniete und nach dem Ring in der Mitte griff. Er war schwer. Ich zerrte daran, ohne Erfolg. Meine Schulter schien sich nicht mehr bewegen zu wollen. Was daran lag, dass sie von jemandem umfasst wurde.

Ich wandte den Kopf und sah, was da auf meiner Schulter lastete. Es war eine Hand ...

17

»Was machen Sie da, Mr. Roberts?«

Ich blickte in das rundliche Gesicht von Miss Bauer.

»Kommen Sie«, flüsterte sie. Ihre Hand zog sich von meiner Schulter zurück und wanderte zu ihren Lippen. »Sonst hört er Sie noch.«

»Er?«

»Otto. Er arbeitet heute Abend unten im Gewölbe.« Sie bedeutete mir, aufzustehen. »Keine Angst. Er wird unten schlafen. Kommen Sie mit ins Haus.«

Ich folgte ihr aus dem Pferch hinaus und die Verandatreppe hinauf. Sie habe geschlafen, flüsterte sie mir zu, und als sie mich herumschleichen hörte, habe sie erst gedacht, das sei der Professor. Schließlich sei sie auf Zehenspitzen hinausgegangen und habe mich vorgefunden.

All das erfuhr ich in der Küche. Es dauerte eine Weile, aber dann konnte ich mir aus ihrem Akzent und ihrer Redeweise zusammenreimen, was sie mir erzählen wollte. Ottilie Bauer hatte Angst.

Anfangs habe sie nicht begriffen, was für eine Verrücktheit Otto im Sinn hatte, als er sie drängte, zu ihm hier heraus in den Canyon zu ziehen. Dieser Doktor Sylvestro, er trug die Hauptschuld – Otto war früher sein Patient gewesen, vor Jahren, als er nach Amerika kam, nach dem Krieg. In Europa war Otto ein brillanter Mann gewesen, aber dann lief etwas schief. Er verfiel auf verrückte Ideen, wie er Geld machen, wie er zu Erfolg und Macht kommen konnte.

Und jetzt ging er zu weit. Diese ganzen Erpressungen, das wilde Gerede – Miss Bauer hatte ihn beschworen. Miss Bauer hatte ihn angefleht. Aber er hörte nicht auf sie.

»Jetzt weiß ich nicht mehr, was passieren wird. Er will noch mehr von diesen entsetzlichen Fotografien machen. Ich wollte Sie warnen. Das kann nicht so weitergehen. Und wenn Sie ihn nicht aufhalten können, ist es besser, wenn Sie fortgehen. Solange er ...«

Wir hörten beide das Geräusch und fuhren herum. Aber es war nur der Wind. Ich lächelte sie an, aber meine Hände waren zu Fäusten geballt. Sie erwiderte mein Lächeln mit bebenden Lippen.

»Ich kann nicht fortgehen«, sagte ich leise. »Verstehen Sie, der Professor weiß, dass ich schuld bin an Mike Draytons Tod. Und Sie wissen es auch.«

Ihre Unterlippe zitterte, beruhigte sich, zitterte dann wieder.

»Nein, Sie haben ihn nicht getötet. Das war eine Lüge.«

»Aber ...«

»Er hat gesagt, Sie sollen weggehen. Sie wissen nicht, was danach geschehen ist. Wie ich ihn im Auto weiter bearbeitet habe. Wie er wieder zu Bewusstsein kam.«

»Er kam wieder zu sich?«

»Er hat im Auto gesessen, und Otto, der ist mit ihm weggefahren. Wegen der frischen Luft, hat er gesagt, und ich soll nach Hause ins Bett gehen. Kein Grund zur Sorge. Also bin ich nach Hause und dachte, was wir für ein Glück hatten, und am nächsten Tag lese ich in der Zeitung ...«

Ich stand auf. »Also hat der Professor ihn ermordet, und ich soll die Sache ausbaden! Sie können das bezeugen, Sie können zu meinen Gunsten aussagen. Sind Sie sicher, dass Drayton am Leben war, nachdem ich gegangen bin?«

Sie nickte so heftig, dass ich den Scheitel sehen konnte, der ihr glattes schwarzes Haar teilte.

»Ja. Ich kann aussagen. Ich will das nicht, aber jemand muss ihn aufhalten, zu seinem eigenen Besten. Sie müssen weggehen.«

»Und ob ich fortgehen werde, und zwar schnell!« Ich umrundete den Tisch und hielt dann inne.

»Aber was ist mit Ihnen? Ist es für Sie nicht gefährlich, hierzubleiben? Wenn der Professor herausbekommt, dass Sie mich gewarnt haben ...«

»Er wird mir nichts tun, Mr. Roberts.« Sie lächelte. Es war ein sehr altes Lächeln, sie hatte es der Sphinx abgeschaut. »Sie müssen wissen, er ist mein Bruder.«

Ich fuhr noch vor Tagesanbruch nach Hause zurück, schlief bis Mittag und rief dann Ellen an.

»Geh nach Hause und fang an zu packen«, sagte ich. »Wir verschwinden von hier.«

»Wann?«

»Morgen oder übermorgen, sobald ich noch ein paar Kleinigkeiten erledigt habe.«

»Du meinst es ernst, nicht wahr?«

»Pfadfinderehrenwort. Wolltest du nicht schon immer mal eine Hochzeitsreise zu den Niagarafällen unternehmen? Oder wäre dir der Sambesi lieber? Der fließt durch Afrika – durch Simbabwe, wenn ich mich nicht täusche.«

»Du klingst, als hättest du einen Rausch.«

»Und ob ich berauscht bin, und du wirst es auch sein. Jetzt hör mir zu. Ich hab dem Haus des Professors einen Besuch abgestattet. Nein, ich bin ihm nicht begegnet, aber dafür habe ich mit Miss Bauer gesprochen. Wie sich herausgestellt hat, ist sie seine Schwester. Du hast richtig verstanden, seine Schwester. Der Professor ist überhaupt nicht verreist. Das war nur vorgeschoben, um mich zu täuschen. In Wirklichkeit bereitet er seinen Feldzug gegen dich und deinen Onkel vor, und Caldwell wird demnächst auch wieder dran glauben müssen. Er ist also noch immer in der Gegend, aber mach dir keine Sorgen. Miss Bauer hat mir genug Informationen geliefert, um den Professor ruhigzustellen – ihn sogar hinter Gitter zu bringen, wenn nötig. Aber er ist ihr Bruder, also will sie, dass das nur geschieht, wenn es absolut notwendig ist. Stattdessen habe ich sie um die Akte und die Fotos von Caldwell gebeten. Sie hat sich darauf eingelassen und glaubt, dass sie irgendwo dort draußen im Haus versteckt sein müssen, und zwar unten im Keller. Irgendwann heute Nachmittag hofft sie die Gelegenheit zu finden, alles zu holen und zu Caldwell zu bringen.«

»Caldwell?« Ellens Stimme wurde eine Oktave höher.

»Natürlich. Dort werde ich mich auch mit ihr treffen – und mit dir. Sagen wir, um vier Uhr. Ich rufe ihn gleich an und sage ihm, dass wir vorbeikommen. Wenn Caldwell erst einmal die Fotos und Negative hat, können wir dem Professor eine Nase drehen und verschwinden, wann wir wollen.«

»Und du bist dir sicher, dass die Sache keinen Haken hat?«

»Wie denn? Niemand wird Miss Bauer verdächtigen, sie könnte ihren Bruder hintergehen. Niemand wird ihr zu Caldwell folgen. Deshalb kann ja auch nichts schiefgehen.«

»Aber Eddie ... du wirst doch beschattet. Von Jake.«

Ich hielt inne. Diese Kleinigkeit hatte ich übersehen.

»Mach dir um Jake keine Gedanken. Ich werde mich heute Nachmittag um ihn kümmern. Fang du jetzt an zu packen. Nimm deine Sachen mit zu Caldwell. Moment, ich gebe dir die Adresse.« Ich las sie ihr vor und bat sie, sie zu wiederholen. »Ruf dir ein Taxi, damit keine Panne passiert. Wir sehen uns um vier. Und falls es dich interessiert, ich liebe dich.«

»Manchmal sagst du wirklich kluge Dinge.«

Ich legte auf, kam mir allerdings nicht besonders klug

vor. Ich hatte Jake vergessen. Nun, mit dem Problem würde ich mich baldmöglichst auseinandersetzen. Jetzt musste ich mich erst einmal um Caldwell kümmern.

Ich rief ihn zu Hause an. Eine müde Frauenstimme meldete sich. Erst dachte ich, es sei Marge, aber wie sich herausstellte, war es das Dienstmädchen. Ja, Mr. Caldwell sei da. Er fühle sich nicht besonders gut, aber wen dürfe sie melden? Ich nannte meinen Namen und wartete.

Mr. Caldwell fühlte sich nicht besonders gut. Das konnte ich mir gut vorstellen. Vermutlich hatte ihn Jake gerade angerufen und ihm erklärt, es gäbe da noch weitere Bilder. Wäre es da nicht nett, wenn er heute Abend oder morgen mit einer kleinen schwarzen Tasche voller Geldscheine einen Spaziergang unternehmen würde?

Vielleicht würde mein Name genügen, um Caldwell aus seiner Benommenheit zu reißen. Ich hoffte es jedenfalls.

Ich hatte Glück.

»Roberts! Meine Güte, bin ich froh, Ihre Stimme zu hören!« Er wartete gar nicht erst auf eine Antwort. »Ich bin wieder in Schwierigkeiten. Dieser Typ hat sich wieder gemeldet, dieser ...«

»Ich weiß. Und deshalb habe ich auch angerufen. Ich glaube, dass Sie Ihre Sorgen bald los sein werden. Jetzt hören Sie mir mal ganz genau zu.«

Er hörte zu, und ich erzählte ihm alles.

»Haben Sie mich verstanden?«, schloss ich. »Ellen Post und Miss Bauer müssten um vier Uhr bei Ihnen zu Hause eintreffen. Ich werde ebenfalls pünktlich dort sein. Und damit wäre die Sache erledigt.«

»Roberts, ich weiß nicht, wie ich Ihnen danken soll. Sie haben mir das Leben gerettet. Sie müssen wissen, ich habe ernsthaft darüber nachgedacht, mir ... mir etwas anzutun.«

»Sie werden noch achtzig werden, das verspreche ich Ihnen. Ach, übrigens – ist Ihre Gattin zu Hause?«

»Marge hat einen Kurztrip runter nach Venice unternommen, um für ein paar Tage ihre Tante zu besuchen. Außer dem Dienstmädchen ist niemand hier.«

»Vielleicht sollten Sie ihr den Nachmittag freigeben.«

»In Ordnung. Dann bis um vier, ja?«

»Ich werde pünktlich sein.«

Und damit war auch das erledigt. Nur dass sich mein Rausch gelegt hatte, denn ich musste wieder an Jake denken. Den guten, getreuen Jake.

Ich warf einen Blick auf meine Armbanduhr. 12.30 Uhr. Mir blieben drei Stunden, um ihn loszuwerden. Und ich wusste nicht, wie. Während ich die Tür abschloss, die Treppe hinunterging und auf die Straße trat, kamen mir auch keine brillanten Ideen. Jake wartete vor dem Haus auf mich.

»Sie müssen ja einen tollen Kater haben, wenn Sie jetzt erst aufstehen«, sagte er zur Begrüßung.

»Sind Sie schon lange hier?«

»Über drei Stunden. Die Sonne bringt einen fast um.«

»Das war nicht nötig.«

»Der Boss will es so. Und er will Sie sehen.«

»Der Professor? Ich dachte, er wäre verreist.«

»Das dachte ich auch. Aber er hat heute Morgen angerufen. Er wartet in Ihrer Praxis auf uns.«

Ich ging zu meinem Wagen und er zu seinem. Unser kleiner Korso machte sich auf den Weg in die Innenstadt.

Also wartete auch der Professor auf mich. Das verkomplizierte alles. Meine halbherzigen Pläne, Jake irgendwann unterwegs abzuschütteln, lösten sich in Rauch auf. Eine Sache war jedenfalls sicher: Wenn der Professor in meiner Praxis war, dann hatte Miss Bauer in seinem Haus freie Hand.

Aber was sollte ich als Nächstes tun? Abwarten und Tee trinken.

Der Professor war nicht einfach nur in meiner Praxis – als ich die Tür öffnete, saß er hinter meinem Schreibtisch.

»Kommen Sie herein«, sagte er.

O ja, herein in die gute Stube, sagte die Spinne zu der Fliege – die schwarze Spinne mit dem bleichen Schädel, die schwarze Spinne, die an dem leisesten Zittern erkennen konnte, wer ihr ins Netz gegangen war.

Ahnte er etwas? Sein ausdrucksloses Gesicht verriet nichts.

»Ich dachte, Sie wären verreist«, sagte ich.

»Ich musste meine Pläne ändern. Aber ich werde mich noch heute auf den Weg machen. Setzen Sie sich.«

Ich setzte mich auf den Rand des Schreibtisches und ließ ein Bein baumeln. Es fühlte sich gut an, auch wenn es wie ein Pendel aussah, das die Minuten zählte, die Sekunden, bevor er mit der Wahrheit herausrücken würde ...

»Jake hat mir erzählt, dass Sie gestern Abend gute Arbeit geleistet haben.«

»Wenn Sie meinen Kater hätten, wüssten Sie, dass er noch untertreibt.«

»Sehr gut. Ich möchte, dass Sie so weitermachen. Heute Abend und morgen Abend. Am Freitag bin ich wieder hier, und dann übernehme ich das.«

»Inwiefern?«

»Ich weiß, was Sie für das Mädchen empfinden, also habe ich mich bemüht, Sie nicht in Verlegenheit zu bringen. Ellen Post wird nie erfahren, dass Sie in die Sache verwickelt sind. Am Freitag werden Sie sie ein letztes Mal ausführen.«

»Und dann?«

»Dann werden Sie ohnmächtig werden. Einer von Miss Posts Freunden wird zugegen sein und sie nach Hause bringen. Das ist alles.«

»Nur dass sie nie zu Hause eintreffen wird. Jetzt verstehe ich.«

»Machen Sie sich keine Sorgen. Ich verspreche Ihnen, dass wir ihr nichts antun werden. Und wenn alles vorbei ist, wird sie nicht Ihnen die Schuld geben für das, was geschehen ist. Aber ihr Onkel wird sich von da an als ausgesprochen kooperativ erweisen, das können Sie mir glauben.«

Ich erwiderte sein Lächeln. »Sie denken wirklich an alles.«

»Das ist richtig.«

»Nun, dann denken Sie doch mal hierüber nach. Ich werde Ellen nicht ausführen, weder heute Abend, noch morgen oder am Freitag. Und Jake wird auch nicht mehr den Privatschnüffler spielen. Denn ich kündige hiermit unsere Zusammenarbeit auf. Mit sofortiger Wirkung.«

»Tatsächlich?«

»Aber ja. Und wenn wir schon dabei sind – sollten Sie irgendwelche Sperenzchen machen und Ellen Post oder ihren Onkel unter Druck setzen, reiße ich Ihnen den Kopf ab.«

»Aber werter Doktor Roberts!« Auf seinem Gesicht zeichnete sich ein Grinsen ab. »Ist das alles, was Sie über Takt, diplomatische Umgangsformen und die Psychologie persönlicher Beziehungen gelernt haben? Ich glaube, Sie sollten sich noch einmal mit *D-U* beschäftigen.«

»Ich mache keine Witze. Ich meine es ernst.«

»Das ist offenkundig. Darf ich Sie jedoch daran erinnern, dass ich hier das Sagen habe? Und das aus gutem Grund.«

Ich beobachtete ihn eingehend. Ich wollte sein Gesicht sehen.

»Der Mord an Mike Drayton? Aber ich habe Mike Drayton nicht umgebracht. Das waren Sie.«

Ich hatte sein Gesicht sehen wollen, und ich sah es. Es war die Mühe nicht wert. Er zeigte nicht die geringste Reaktion.

Dann, und erst dann, wurde mir klar, dass ich mich an seinen Rat hätte halten sollen. Ich hätte taktvoll und diplomatisch sein und einen anderen Weg finden müssen, um mich aus der Situation herauszuwinden. Aber nein, ich konnte einfach nicht anders, ich musste ihn mit meinem Wissen konfrontieren. Und natürlich hatte ich ihm damit alles verraten.

Er würde augenblicklich begreifen, woher ich meine Information hatte. Es gab nur eine mögliche Quelle, aus der sie stammen konnte. Und jetzt ...

Auf dem Tisch lag ein Briefbeschwerer. Ich rutschte ganz langsam vom Rand des Schreibtisches herunter, während ich seinem leeren Blick weiter mit einem Lächeln begegnete. Dann griff ich in einer ruckartigen Bewegung danach, riss ihn hoch und schlug zu.

Er kippte langsam vornüber, wie eine große, kahlköpfige Puppe. Die Puppe blutete aus einem Schnitt hinter dem Ohr. So schnell würde sie nicht mehr aufwachen. Wenn überhaupt.

Ich ging zur Tür und warf einen Blick hinaus. May saß hinter der Glasscheibe an ihrem Schreibtisch. Auf der anderen Seite sah ich Jake, der sich auf das Sofa gefläzt hatte und in einer Zeitschrift blätterte.

»Jake!«, rief ich. »Kommen Sie doch für einen Moment herein. Der Professor möchte mit Ihnen reden.«

Er kam herüber und watschelte durch die Tür, watschelte direkt in den Briefbeschwerer hinein. Er ging nicht wie eine Puppe zu Boden, sondern wie ein Sack Zement.

Ich ließ die beiden im Büro zurück, wo sie einen recht hübschen Anblick boten, und schloss die Tür hinter mir ab.

»Die Herren haben einiges zu besprechen«, erklärte ich May. »Sie wollen nicht gestört werden. Ich habe außer Haus zu tun. Wir sehen uns später.« Hoffentlich nicht.

»Bis dann«, sagte May.

Ich warf einen Blick auf meine Armbanduhr – es war 15.30 Uhr. Bis vier konnte ich es gerade noch zu Caldwell schaffen. Ich stieg ins Auto und fuhr den Wilshire hinauf nach Beverly Hills.

Um fünf vor vier bog ich in die Einfahrt, sprang aus dem Wagen und rannte die Stufen hinauf.

Caldwell öffnete augenblicklich die Tür.

»Da sind Sie ja!«, rief er. »Endlich!« Wir folgten dem Korridor und betraten die Bibliothek. Ellen Post stand auf, kam auf mich zugeeilt und löste mit den Lippen ein, was ihr freudiger Blick versprochen hatte.

»Ist Ihnen auch niemand gefolgt?«, fragte Caldwell.

»Wohl kaum«, sagte ich und berichtete, was in der Praxis vorgefallen war.

Ellen nickte. »Oh, Eddie, da bist du aber ein furchtbares Risiko eingegangen. Was ist, wenn sie wieder zu sich kommen und Miss Bauer abfangen?«

»Dafür ist es zu spät. Sie muss ungefähr zu der Zeit aufgebrochen sein, als ich die Praxis verlassen habe. Wir müssen uns nur etwas beeilen. Sobald sie eintrifft, werde ich sie bitten, eine Erklärung zu unterschreiben – nur für den Fall, dass später etwas passiert. Dann nehmen wir die Fotos und Negative an uns, und damit sollten wir ein für alle Mal vorgesorgt haben. Wenn das alles erledigt ist, verschwinden wir von hier. Ich denke, wir haben diesen ganzen Schlamassel endlich überstanden.«

»Das hoffe ich doch sehr.« Caldwell schritt unruhig auf und ab und blickte immer wieder zu der Uhr, die auf dem Kaminsims stand. »Müsste Miss Bauer nicht längst da sein? Es ist zehn nach.«

Tick-tack. Tick-tack. Tick-tack.

Wir hörten zu, wie sich die Rädchen in dem Uhrwerk weiterbewegten, und schwiegen. Plötzlich klang die Uhr ausgesprochen laut.

»Wo steht das Telefon?«, fragte ich.

Caldwell wies mit einer Handbewegung auf das angrenzende Zimmer. Ich ging hinüber, nahm den Hörer ab und wählte die Nummer der Auskunft. Es dauerte etwa zwei Minuten, bis ich die Telefonnummer vom Haus des Professors hatte, und das Ticken wurde immer lauter und lauter.

Das Telefon klingelte. Wenn niemand abnahm, konnte ich davon ausgehen, dass Miss Bauer unterwegs war. Wenn niemand abnahm ...

»Hallo.«

Es war eine Männerstimme. Irgendwie kam sie mir bekannt vor. Ich zögerte einen Moment, doch dann wusste ich, wer das war. *Doktor Sylvestro.*

»Hallo?«, wiederholte er in fragendem Tonfall.

Ich legte wortlos auf. Sylvestro war dort draußen. Falls der Professor das Bewusstsein wiedererlangt und Sylvestro angerufen hatte, bevor Miss Bauer losgefahren war ...

»Hast du sie erreicht?«, fragte Ellen.

»Nein, aber das werde ich.«

»Was meinst du damit?«

Ich sah auf die Uhr. Zwanzig nach. »Ich muss sofort zum Haus des Professors fahren. Vielleicht hatte sie ja einen Platten oder wurde anderweitig aufgehalten. Aber das können wir nicht riskieren. Sylvestro hat den Hörer abgenommen, und das kann alles Mögliche bedeuten. Ich muss los.«

»Ich dachte, du wolltest kein Risiko eingehen? Wenn sie dich erwischen, sehe ich dich nie wieder.«

»Ich habe keine andere Wahl. Miss Bauer ist mein Alibi – unser Alibi. Außerdem kann ich sie nicht einfach ihrem Schicksal überlassen.«

Ellen legte mir die Arme um den Hals. Sie schienen sich nicht mehr voneinander trennen zu wollen.

»Also gut, Eddie. Aber ich komme mit dir.«

»Ich auch.« Caldwell ballte seine großen Hände zu Fäusten.

»Nein, auf keinen Fall. Das geht nicht. Miss Bauer könnte immer noch hier auftauchen. Sie müssen hier sein, wenn sie kommt, sie die Erklärung unterschreiben lassen und die Fotos und Negative entgegennehmen. Warten Sie auf meinen Anruf. Ich werde mich melden, sobald ich kann.«

»Falls du das noch kannst«, warf Ellen ein.

Ich küsste sie. »Ja, Liebling. Falls ich das noch kann.«

Daran war nichts Heroisches, und ich kam mir auch nicht vor wie ein Held, als ich sie küsste. Wollte nicht gehen und Kopf und Kragen riskieren. Wer will das schon?

Aber mir blieb keine andere Wahl, also machte ich mich auf den Weg.

Ich fuhr schnell. Die Steilwände des Vista Canyon rasten vorbei, die Straßenschilder verschwammen mir vor den Augen. *FUSS VOM GAS* bedeutete mir rein gar nichts. *VORSICHT – STEINSCHLAG* war Kinderkram. Ich hatte keine Angst vor Steinschlag. Ich hatte Angst davor, im Rückspiegel den Wagen des Professors zu entdecken. Oder den von Jake. Ich hatte Angst davor, dass Doktor Sylvestro mir mit einer abgesägten Schrotflinte auflauerte.

Als ich mich der Talsohle näherte, fuhr ich etwas langsamer. Kurz vor der Kurve, hinter der die Kreuzung unterhalb des Hangs lag, fuhr ich an den Straßenrand und würgte den Motor ab. Ich stieg aus und ging vorsichtig bis zur Kurve. Unter einem Baum war ein Wagen geparkt – ein mir unbekannter Wagen. Ich sah ihn mir genauer an und entdeckte den vertrauten AMA-Aufkleber. Tatsächlich, Doktor Sylvestros Auto. Also war er immer noch dort oben.

Ich kehrte zu meinem Wagen zurück und startete den Motor. Es war gefährlich, hier zu wenden, aber noch gefährlicher wäre es gewesen, das Auto hier stehen zu lassen, wo es jeder sehen konnte. Sollte Doktor Sylvestro es erkennen oder sollten der Professor oder Jake erscheinen, dann wäre, wie es so schön heißt, die Kacke am Dampfen.

Ich fuhr den Weg, den ich gekommen war, langsam zurück und stieß schließlich wieder auf eine Abzweigung, die den Hang hinaufführte. Dieser unbefestigten Straße folgte ich, bis ich unter ein paar Bäumen ein Plätzchen entdeckte, das von der Hauptstraße nicht einzusehen war. Dort parkte ich und ging zu Fuß zurück. Dabei schaute ich mich immer wieder ängstlich um. Aber auch vor mir drohte Gefahr – von Doktor Sylvestro.

Bevor ich mich's versah, hatte ich einen steifen Hals. Es war heiß, aber bald würde die Sonne untergehen. Als ich auf der Höhe der Kreuzung angelangt war, blickte ich zu dem Haus hoch oben am Hang empor und suchte mir dann ein Gestrüpp, hinter dem ich mich verstecken konnte. Dort kauerte ich mich hin, zündete mir eine Zigarette an und spendierte den Sandflöhen ein Abendessen. Ich achtete darauf, dass der Rauch nicht zu sehen war, und ließ mich ebenfalls nicht blicken. Schließlich streckte ich mich auf dem Boden aus und schaute mir den Sonnenuntergang an.

Bald brach die Dämmerung herein, die Cowboys versammelten sich ums Lagerfeuer und erzählten einander wilde Geschichten. Arm wie Reich ließen sich an den festlich gedeckten Tischen nieder, nur ich hockte im stacheligen Unterholz und wandte mein mit Flohbissen übersätes Gesicht der Hügelkuppe zu. Ich lehnte mich zurück, schloss die Augen ... und döste langsam ein.

Gedämpfte Geräusche aus großer Ferne: Eine Tür fiel ins Schloss, Schritte knirschten über Kies. Doktor Sylvestro kam die endlose Treppe herunter. Durch die Bäume erhaschte ich hin und wieder einen Blick auf ihn. Er trippelte bergab, die obligate schwarze Tasche in der Hand. Unten angekommen, blieb er stehen, fuhr sich über die Stirn und kramte eine Zigarette heraus. Er zündete sie an, und ein kleines rotes Auge tänzelte durch die Finsternis auf seinen Wagen zu.

Der Wagen sprang an, rollte die Straße hinunter und verschwand. Ich wartete, bis das Brummen des Motors verhallt war, und stand dann auf. Ich verabschiedete mich von den Flöhen und ging zu der Holztreppe hinüber.

Und stieg den Hang hinauf. Es gab kein Geländer, und direkt neben mir ging es steil bergab. Ein Haufen Fledermäuse, die wahrscheinlich aus den Universal Studios entwischt waren, flogen aus einem Plakat für einen alten Vampirfilm heraus und zwitscherten mich an. Der Himmel verdüsterte sich. Ich schwitzte. Bergan und immer weiter bergan. Ich blickte zu dem grauen Band der Straße hinunter. Nirgendwo ein Auto. Ich schritt weiter. Schließlich stand ich auf einer ebenen, gepflasterten Terrasse, direkt vor der Veranda. Die Winde der kleinen Seilbahn nahm den größten Teil der Terrasse ein, meine Wenigkeit den Rest. Das Haus vor mir war dunkel. Dieses Mal wusste ich, was ich zu tun hatte. Ich ging zur hinteren Veranda und suchte nach der Stelle, wo ich das Fliegengitter aufgeschlitzt hatte. Es ließ mich, ohne zu murren, ein. Ich durchquerte den Windfang und betrat die Diele.

Das Haus war nicht nur dunkel – es war leer. Nichts deutete auf einen Kampf hin oder auf das, was Doktor Sylvestro hier getrieben haben mochte. Vielleicht hatte ich mich geirrt. Vielleicht war Miss Bauer längst unterwegs. Sie konnte jetzt bereits bei Caldwell sein. Am besten, ich rief umgehend dort an.

Ich sah mich nach einem Telefon um, konnte aber keines entdecken. Ich ging den Korridor entlang und warf einen Blick ins Schlafzimmer. Nichts. Das Bett war gemacht, nirgendwo Anzeichen dafür, dass jemand in aller Eile gepackt hätte. Erleichtert schlenderte ich in die Küche.

Noch bevor ich sie betrat, konnte ich es riechen: diesen sonderbar vertrauten Gestank, den man instinktiv erkennt. Jemand hatte halbherzig versucht aufzuwischen. Aber auf dem Tisch und auf dem Boden war alles voller Flecken. Ich musste an einen Operationssaal denken – Doktor Sylvestro und seine schwarze Tasche! Aber wo war dann ...?

Ein Summen. In einer Ecke summte etwas. Etwas Großes, Weißes und Glänzendes stand direkt neben dem Kühlschrank und summte. Ich ging zu der Tiefkühltruhe hinüber, packte den Griff und zog den Deckel auf.

Sechs Pakete lagen darin, alle dick in Alufolie eingewickelt. Ich hob das oberste heraus. Es war fast kugelrund. Dann wickelte ich Miss Bauers Kopf aus.

18

Was hätte ich tun sollen? Ich schloss die Tiefkühltruhe wieder und verließ die Küche – das Summen, den Gestank und die Flecken ließ ich zurück. Das Telefon stand im Wohnzimmer zu meiner Rechten.

Ich riss den Hörer von der Gabel und sagte: »Die Polizei, bitte.«

»Was suchen Sie denn hier?«, antwortete mir eine Stimme.

Rogers.

Hier?

Ich ließ den Hörer fallen. Rogers war nicht *hier*. Wieso also hörte ich seine Stimme? Dann ging mir ein Kronleuchter auf: Das Telefon war mit dem Gewölbe unter dem Fuchspferch verbunden!

Mit einem Schlag wurde mir alles klar. Ich begriff, dass mir nicht die Zeit für einen weiteren Anruf bleiben würde, denn in diesem Moment stieg Rogers aus der Zisterne. Während ich auf die Tür zustürzte, die auf die Veranda hinausging, hörte ich ein Klappern. Auf der Terrasse oberhalb der Treppe blieb ich stehen und starrte in die Finsternis hinaus. Ich würde die endlosen Stufen im Dunkeln hinablaufen müssen, und zwar schnell.

Hinter mir hörte ich dumpfe Schritte. Die Verandatür knallte. Dann sah ich einen Lichtblitz, hörte das Krachen eines Schusses. *Peng!* Er verfehlte mich nur knapp, viel zu knapp! Ich rannte los. Vor mir ragte die Winde auf. Ich konnte die Seilbahn nehmen …

Ein weiterer Schuss, ein weiterer Lichtblitz – *peng!* Ich sprang in den Wagen und streckte den Arm aus, um die Winde zu betätigen. Ein Messer schlitzte mir das Handgelenk auf. Für Rogers war es zu gefährlich, in dieser Dunkelheit und aus dieser Nähe den Revolver zu benutzen. Also verwendete er ein Messer, und jetzt versuchte er, das Drahtseil zu durchtrennen.

Ich fummelte noch immer an der Winde herum, und er trat nach meinem Gesicht. Ich bekam sein Bein zu fassen und hielt es fest. Er verlor das Gleichgewicht, aber eine Sekunde zu spät. Etwas riss, und plötzlich vollführte der Wagen der Seilbahn einen Spießrutenlauf durch Äste und Zweige, die mir das Gesicht aufkratzten. Rogers wand sich in meinen Armen. Wir saßen zusammen in einem zerbrechlichen Holzgefährt fest, das wie eine Seifenkiste krachend und klappernd den Hang hinunterraste.

Aber er hatte noch immer sein Messer, und die Klinge schrammte mir über die Kehle. Ich verdrehte ihm den Arm. Er ächzte und biss mir in die Schulter. Ich versetzte ihm in dem schaukelnden Wagen einen Stoß. Es war stockfinster, kein Mond schien, und die Bäume streckten ihre Krallen nach mir aus, während wir bergab rumpelten. Rogers rappelte sich auf, wollte nach mir treten. Der Wagen kippte nach vorn.

Ich warf mich auf ihn. Er stieß einen Schrei aus und verlor das Gleichgewicht. Fiel über den Rand des Wagens, der über ihn hinwegdonnerte. Und endgültig umkippte.

Ich wurde durch die Luft geschleudert und segelte an Ästen und Baumstämmen vorbei, während mir sein Schrei in den Ohren hallte. Dann landete ich auf der Erde, überschlug mich und rollte weiter. Der Wagen holperte an mir vorbei, und ich erreichte die Talsohle und blieb dort liegen. Um mich nichts als Dunkelheit.

Es dauerte eine ganze Weile, bis ich meine Augen wieder aufbekam. Es tat weh. Was nicht weiter von Bedeutung war, denn mir tat alles weh. Mein Kopf schien sich von meinem Nacken lösen zu wollen. Ich versuchte, mich möglichst nicht zu bewegen, während ich die unterschiedlichen Schmerzen sortierte und einordnete. Dann grub ich die Finger in die Erde und stemmte mich hoch. Nadeln stachen mir in die Hände. Kiefernnadeln. Ob ich wohl in der Lage war, aufzustehen? Ich konnte es versuchen. In weiter Ferne ragte ein Baum auf; er war Lichtjahre entfernt. Ich beugte mich vor, meine Finger krallten sich in die Rinde, stützten sich ab. Ich schaffte es auf die Knie, umarmte den Stamm. Es sah bestimmt ausgesprochen albern aus, und es tat teuflisch weh.

Ganz behutsam, Stück für Stück erhob ich mich. Ich hörte, wie etwas zerbrach. Ein Zweig vielleicht oder mein Rückgrat. Aber ich musste einfach aufstehen, diese auf mir lastenden Schmerzen nach oben hieven. Sei mein Gast, schwere Last. Auf dass ich dich die einsame Straße entlangschleppe. Aber wo war die bloß? Ach, da vorn! Ich ging ganz langsam, ganz vorsichtig. Ich taumelte in Büsche hinein, und es tat weh. Ich stieß gegen Bäume, und es tat weh. Aber ich lief unablässig weiter, durch dichtestes Gestrüpp.

Um mich herum war es stockfinster, und die Grillen zirpten. Ich folgte dem trockenen Bett einer schmalen Wasserrinne, die mit Staub bedeckt war. Der Staub kroch mir in die Nase, als ich stolperte und stürzte. Ich hustete, stand auf und lief weiter. Ich wischte mir den Staub vom Gesicht, und etwas Klebriges blieb an meiner Hand haften. Ich lief weiter. Ich musste den Wagen finden, den ich am Straßenrand hatte stehen lassen. Dann musste ich mich ans Steuer setzen und fahren. Was erst der Anfang dessen wäre, was mir heute Nacht noch bevorstand.

Der Wagen stand noch immer dort, wo ich ihn abgestellt hatte. Es gelang mir, die Tür zu öffnen und einzusteigen. Ich blieb einen Moment sitzen, um Kraft zu sammeln. Nach einer Weile wurde mir klar, dass das geraume Zeit dauern würde. Also startete ich den Wagen und fuhr los.

Anfangs fuhr ich äußerst langsam, und dann fuhr ich zu schnell. Die Straße schlängelte sich den Steilhang hinauf und ich mich mit ihr. Schließlich ließ ich den Canyon hinter mir und erreichte den Highway. Ich sah auf die Uhr. Erst kurz nach neun. *Erst?*

Aber das bedeutete, dass ich vor vier Stunden von Caldwells Haus aufgebrochen war. Und während dieser Zeit konnte alles Mögliche passiert sein. Miss Bauer war tot. Wo steckten Doktor Sylvestro und der Professor und Jake?

Ich hatte eine Vermutung, aber ich musste Gewissheit haben. Es gab nur eine Möglichkeit, das herauszufinden. An der nächsten Tankstelle fuhr ich raus. Erst ging ich auf die Toilette und wusch mich, so gut es eben ging, wobei ich mich bemühte, nicht in den Spiegel zu schauen. Das kalte Wasser auf meinem Gesicht und meinen Händen war eine Wohltat.

Dann zündete ich mir eine Zigarette an, ging hinaus und griff zum Hörer des öffentlichen Telefons. Es klingelte eine halbe Ewigkeit, bevor jemand am anderen Ende abnahm. Ich sagte nichts, atmete nicht einmal, bis ich seine Stimme hörte.

Es war Caldwell, wirklich und tatsächlich.

»Hallo«, sagte er.

»Alles in Ordnung mit Ihnen?«, fragte ich. »Mit Ihnen und Ellen?«

»Ja.«

»Gott sei Dank! Ich hatte schon befürchtet, der Professor könnte uns auf die Schliche gekommen sein und Ihnen einen Besuch abgestattet haben.«

»Was ist passiert?«

»Das ist eine lange Geschichte. Ich werde Ihnen alles erzählen, sobald wir uns sehen. Miss Bauer ist ... fort. Mehr müssen Sie im Moment nicht wissen. Hören Sie mir ganz genau zu. Es ist wichtig.«

»Okay«, sagte er.

»Ich möchte, dass Sie und Ellen bleiben, wo Sie sind. Rufen Sie sofort die Polizei an. Sagen Sie, jemand hätte bei Ihnen angerufen und Sie bedroht – was Ihnen eben so einfällt. Nur damit die sofort einen Streifenwagen zu Ihnen schicken. Der Professor könnte immer noch bei Ihnen auftauchen. Werden Sie das tun?«

»Ja.«

»Ich werde nach Long Beach fahren, zur Strandpromenade. Wenn ich mich nicht täusche, ist das der Ort, an dem der Professor die Fotos und Negative versteckt hält. Er bewahrt sie bestimmt nicht mehr in seinem Haus auf, seit er ahnt, dass ich dort oben war. Ich mache mich jetzt also auf den Weg. Sagen Sie Ellen, sie soll sich keine Sorgen machen. Wenn ich den Professor oder Jake sehe, verschwinde ich wieder. Aber ich muss mich auf die Suche machen, und zwar schnell. Sobald ich damit fertig bin, rufe ich Sie wieder an.«

»In Ordnung.«

Ich legte auf, ging zum Wagen und fuhr in aller Eile los. Von jetzt an war es von größter Wichtigkeit, dass ich den richtigen Augenblick abpasste. Und ich würde Glück brauchen. Ich nahm die Umgehungsstraße um Venice herum und raste weiter. Allmählich fühlte ich mich besser. Wenigstens hatte ich mir keine Knochen gebrochen, und Caldwell und Ellen befanden sich unter Polizeischutz. Ich musste nur noch die Bilder finden. Daumen drücken!

Vor mir tauchte Long Beach auf. Ich parkte den Wagen und folgte dem Tunnel zur Strandpromenade. Dabei hielt ich die Augen offen. Nirgendwo eine Spur von Jake oder dem Professor, und auch nicht von Doktor Sylvestro – nur das gewohnte abendliche Gedränge. Ich musste daran denken, wie ich das erste Mal hierhergekommen war. Damals war mir der Menschenauflauf zuwider gewesen. Jetzt hätte ich am liebsten die Arme ausgestreckt und jeden berührt, der an mir vorbeilief – ich wollte sie bitten, stehen zu bleiben und mir zu helfen. Aber sie konnten mir nicht helfen. Ich hatte keine Hilfe verdient. Ich war auf mich allein gestellt. Und ich musste es einfach schaffen, damit ich wieder meinen Platz unter normalen Menschen einnehmen konnte.

Vor der Bude des Mystikers blieb ich stehen. Die Frau mit dem Pferdegesicht nickte mir zu – inzwischen hatten wir uns schon so oft gesehen, dass sie mich freundlich begrüßte.

»Irgendjemand da?«, fragte ich sie. »Jake oder der Professor?«

Sie schüttelte den Kopf. »Die habe ich den ganzen Abend noch nicht gesehen. Ich werde es bis Feierabend gemütlich angehen lassen. Jake hat gesagt, dass er heute wahrscheinlich nicht kommen wird, aber ich soll dableiben, falls er mich braucht.« Sie blätterte in einem Comic-Heft.

Ich ging an ihr vorbei.

»Wollen Sie rein?«

»Nur für einen kurzen Moment«, erklärte ich ihr. »Rogers hat mir gesagt, dass er hier gestern den Text für einen Vortrag hinterlegt hat. Ich war gerade in der Gegend, also dachte ich mir, ich nehme ihn gleich mit.«

Es war ein einfacher, schlüssiger Vorwand. »Soll ich Ihnen helfen?«, fragte sie.

»Nein, schon in Ordnung. Ich glaube, ich weiß, wo er ist.«

Ich schlenderte zum Eingang und folgte dem kurzen, dunklen Gang. Mir kribbelte erwartungsvoll die Haut – ich mochte keine dunklen Gänge, ganz gleich, wie kurz sie waren. Aber es lauerte mir niemand auf.

Das Zimmer am Ende des Gangs war ebenfalls leer. Die

Banner hingen schlaff an der Rückwand, und als ich das gedämpfte Oberlicht einschaltete, sah ich nichts außer dem Tisch mit der Tischdecke und der Kristallkugel. Mehr hatte ich auch nicht erwartet. Hinten gab es noch ein zweites Zimmer. Dorthin zog sich Jake zurück, wenn nicht allzu viel los war, um sich auf einer Herdplatte eine Tasse Kaffee zu kochen.

Ich spähte vorsichtig um die Ecke. Niemand versuchte, mir den Schädel einzuschlagen, also ging ich hinein. Ein Stuhl, eine Liege, eine Kommode, die Herdplatte, ein Küchenbord – meine Augen nahmen alles auf. Wo hätte er wohl die Fotos versteckt?

Ich machte mich an die Arbeit. Ich schaute mir die Unterseite des Stuhls genauer an. Ich kippte die Liege um und tastete das Polster ab. Ich zog alle Schubladen auf. Ich wischte die Teller und Tassen vom Bord. Ich steckte sogar meine Nase in die Kaffeekanne und drehte die Herdplatte um. Überall Fehlanzeige. Dann ging ich zurück in das andere Zimmer. Ich warf beide Sessel um und schlitzte die Polster auf. Ich riss die Tischdecke vom Tisch, während ich die Kristallkugel vorsichtig in der Hand hielt. Keine Abzüge, keine Negative.

Ich hatte mich geirrt. Sie befanden sich doch nicht hier. Mit einem Seufzer stellte ich die Kristallkugel zurück auf die Tischplatte. Die beschlagene Kristallkugel. Wirklich schade, dass sie nicht echt war – sonst hätte ich hineinschauen und herausfinden können, wo die Bilder waren.

Hineinschauen und herausfinden, wo ...

Mein Finger packten sie und drehten am Sockel. Er löste sich. Und im Innern, in dem runden Hohlraum, fand ich, wonach ich gesucht hatte: fünf Abzüge. Negative, zwei Sätze davon. Volltreffer! Mir zitterten die Hände, als ich die Bilder auf den Tisch legte und in meinen Taschen nach einem Streichholz kramte. Es fiel mir schwer, eines anzubekommen, aber ich war überzeugt, dass es mir gelingen würde. Das Streichholz flammte auf. Dann fing die Flamme plötzlich an zu flackern. Die Flamme flackerte, weil plötzlich jemand hinter mir aufgetaucht war und sich auf mich stürzte. Ich versuchte mich umzudrehen, aber das Streichholz ging aus.

Etwas krachte gegen meinen Hinterkopf, und mir wurde schwarz vor Augen.

19

»Eddie, alles in Ordnung?«

Ellens Stimme. Ich öffnete die Augen und starrte in ihr Gesicht. Mein Kopf lag auf ihrem Schoß. Sie massierte mir behutsam den Hals. Mein Hinterkopf schmerzte. Aber solange Ellen bei mir war, war das nicht weiter wild.

Ellen war bei mir. Aber das bedeutete – ich versuchte mich aufzurichten, und fast hätte ich es geschafft.

»Immer mit der Ruhe«, sagte sie. »Warte noch einen Moment.«

Aber ich konnte es mir nicht leisten, noch einen Moment zu warten. Ich musste mich aufsetzen, obwohl sich die Wände um mich im Kreis drehten. Ich musste mich aufsetzen, mich konzentrieren und meine Umgebung in Augenschein nehmen. Ich musste herausfinden, wo ich war, wo wir waren.

Schließlich schaffte ich es. Ellen und ich saßen auf einem Sofa in einem kleinen Zimmer. Die Wände bestanden aus rohen Brettern, die lose auf das Mauerwerk genagelt waren. Ich konnte den Verputz darunter sehen, denn ein paar der Bretter waren von der Feuchtigkeit stark verzogen. Die Luft roch feucht und muffig. Eine schwache Glühbirne hing von der Decke herab; das Kabel führte in ein anderes Zimmer hinter einer niedrigen Tür.

Es gab nur ein einziges weiteres Möbelstück – einen Stuhl –, und darauf saß Caldwell, die Ellbogen auf den Knien.

Er sah mich an und nickte, lächelte jedoch nicht. Ellen lächelte ebenso wenig. Wenn ich es mir recht überlegte, lächelte ich auch nicht.

Was für ein Wiedersehen! Was für eine Überraschung! Bei solchen Anlässen wurde ich sonst ja schnell sentimental, aber dafür war jetzt weder die Zeit noch der Ort. Das sah ich auf den ersten Blick.

»Sie haben sie also erwischt, was?«, sagte ich.

»Das haben sie.« Caldwell seufzte schwer. »Wenn ich mich nicht täusche, hat Jake oder der Professor wieder das Bewusstsein erlangt und Doc Sylvestro angerufen, draußen im Canyon. Der hat sich um Miss Bauer gekümmert. Keiner von denen hat damit gerechnet, dass Sie noch mal da rausfahren, also haben Sie Rogers überrumpelt. Die dachten, Sie würden zu mir kommen. Und dort haben sie auch nach Ihnen gesucht. Wir hatten die Türen abgeschlossen, aber Jake ist durch den Keller eingestiegen. Bevor wir irgendetwas argwöhnten, hielt er uns bereits einen Revolver unter die Nase, und damit hatten wir ihm und dem Professor nichts mehr entgegenzusetzen.«

Ich schüttelte den Kopf, um meiner Schmerzen Herr zu werden, aber so richtig wollte das nicht klappen. Ganz offensichtlich war heute nicht mein Tag.

»Wenn ich nicht so dämlich gewesen wäre, hätte ich mir das alles denken können«, murmelte ich. »Das heißt also, dass sie bereits da waren, als ich Sie angerufen habe?«

»Ja«, sagte Caldwell. »Das waren sie. Jake drückte mir während des Gesprächs den Revolver ins Kreuz. Ich wollte Sie irgendwie warnen, aber ... aber der Revolver ...«

Er verstummte und seufzte erneut.

»Das ist nicht Ihre Schuld«, sagte ich. »Was blieb Ihnen anderes übrig? Also wussten sie, dass ich zur Strandpromenade unterwegs war, und sind mir gefolgt.«

»Sylvestro ist dir gefolgt«, sagte Ellen. »Der Professor und

Jake haben uns in ihrem Wagen hierher gebracht. Sylvestro hat dich geholt.«

»Wo genau sind wir überhaupt?«, fragte ich. »Nein, sag nichts, ich weiß es auch so. Nun denn, ich wollte schon immer wissen, wie es im Versteck des Professors aussieht. Ich wollte unbedingt in die Zisterne einsteigen. Jetzt ist mir mein Wunsch erfüllt worden.«

»Nimm's nicht so schwer, Eddie.«

Ich stand auf. Das Zimmer drehte sich um mich, und ich wartete, bis mein Kreislauf wieder auf Touren war. »Wo sind sie? Vielleicht können wir ...«

»Vergessen Sie's!«

Ich erkannte den Schatten, bevor der Kugelkopf zur Tür hereinschaute. Der gute alte Jake. Der gute alte Jake und seine fette .45er.

»Die Lady hat recht«, sagte er. »Nehmen Sie's nicht so schwer. Der Doc und der Professor halten gerade eine kleine Konferenz ab. Sie werden bestimmt gleich Zeit für Sie haben.«

Ich grinste ihn an. Er grinste zurück. Dann schlurfte er ins Zimmer. Ich ließ ihn nicht aus den Augen. Und den Revolver ebenso wenig. Jake kam langsam näher. Der Revolver ebenfalls.

»Wissen Sie was?«, brummte Jake. Sein Atem roch nach Alkohol, und sein Revolver verströmte den beißenden Gestank von Öl und Stahl. Beides missfiel mir, und beides rückte mir immer mehr auf die Pelle.

»Was denn?« Ich beobachtete ihn und den Revolver, wagte es jedoch nicht, mich zu rühren.

»Das war eine ziemlich miese Nummer, die Sie da mit Rogers abgezogen haben. Wir haben ihn im Gestrüpp gefunden. Ein wirklich fieser Trick. Ich mag keine fiesen Tricks.«

Er holte mit dem Revolver aus. Ich versuchte auszuweichen, aber er erwischte mich mit dem Griff an der Schulter.

Ellen schnappte hörbar nach Luft und stand auf. Er richtete den Revolver auf sie. »Schön sitzen bleiben, Schwester«, sagte er. »Das dauert nur einen Augenblick.« Und er schlug erneut zu.

»Sid war ein netter Kerl«, murmelte er. »Das war eine verdammt miese Nummer.« Sein Arm sauste herab, und ich konnte nur zusehen. Ich konnte nicht nach dem Revolver greifen, konnte nicht zurückweichen. Ich konnte nur dastehen und versuchen, die Schmerzen zu verdrängen, während dieser betrunkene Affe mich vor Ellens Augen verprügelte. Schließlich versuchte ich, seinen Arm zu packen, aber er riss den Revolver zurück. Ich machte mich auf den nächsten Schlag gefasst, biss die Zähne zusammen, und dann ...

Jake stieß ein Ächzen aus. Etwas splitterte, und dann krachte es laut. Für einen Moment hing Jakes Gesicht über meiner Schulter, völlig benommen vor Überraschung. Dann ging er zu Boden.

Caldwell stand keuchend hinter ihm, die abgebrochene Stuhllehne in der Hand. Für einen Mann in seinem Zustand hatte er erstaunlich schnell und lautlos gehandelt. Aber meine Aufmerksamkeit galt nicht ihm. Mein Blick ruhte auf dem Revolver. Er lag auf dem Boden, neben Jakes schlaffer Hand, direkt vor meinen Füßen.

Ich bückte mich, um ihn aufzuheben.

»Keine Bewegung!«

Sie standen plötzlich in der Tür – der Professor und Doktor Sylvestro. Der Mann in Schwarz und der Mann in Weiß. Beide hielten ein äußerst überzeugendes Argument auf mich gerichtet.

Ich erhob mich langsam wieder. Doktor Sylvestro trat vor und schnappte sich Jakes Revolver. Dann kniete er sich hin und untersuchte Jake. »Er blutet ziemlich stark«, sagte er. »Darum sollte ich mich umgehend kümmern, Otto.«

»Lass gut sein.« Der Professor redete mit Sylvestro, aber

sein Blick ruhte auf mir. »Er hat es nicht besser verdient. Ich habe ihm gesagt, er soll Wache halten. Er hat meine Anweisung missachtet. Für Ungehorsam ist in meinen Plänen kein Platz.«

Der Professor machte mit dem Revolver eine höfliche Geste. »Sind Sie bitte so nett und gehen hier entlang?«, sagte er. »Ich möchte Ihnen etwas erzählen.«

Wir marschierten einer hinter dem anderen aus dem Zimmer hinaus und einen kurzen Korridor entlang. Der Professor führte uns an, wobei er rückwärtsging, damit er uns mit seinen drei Augen beobachten konnte – mit den beiden in seinem Kopf und dem dritten, tödlichen, in seiner Hand. Sylvestro bildete das Schlusslicht, und zum zweiten Mal an diesem Tag drückte er Caldwell den Revolver ins Kreuz.

Wir kamen an einem Zimmer am Ende des Korridors vorbei. Mir gelang es, einen Blick hineinzuwerfen. Eine gelbe Glühbirne enthüllte eine voll ausgerüstete Dunkelkammer mit fließend Wasser und einem Stapel unbelichtetem Film, mit Chemikalien und Spulen entwickelter Negative.

Ich musste an die erpresserischen Bilder denken und fragte mich, wie viele davon sonst noch in diesem nüchternen kleinen Etablissement ruhen mochten. Aber mir blieb keine Zeit für weitere Mutmaßungen. Wir bogen um die Ecke und betraten den Hauptraum.

Dabei handelte es sich um ein einfaches Kellergewölbe, das aus dem Fels geschlagen worden war. In einer Ecke führte eine Treppe nach oben. Auch hier wurde alles von einer einzigen Glühbirne beleuchtet. Ihr Licht wurde von den dunklen Vorhängen, welche die Wände von der Decke bis zum Boden verhüllten, fast vollständig verschluckt. Erst begriff ich ihren Zweck nicht, doch dann wurde mir klar, dass sie zur Schalldämpfung dienten, damit keine Geräusche in den Fuchsbau oder nach oben ins Haus drangen. Ein Teil der Kellerräume – die beiden kleinen Zimmer und der Korridor – mochten sogar direkt unter dem Haus liegen. Sie hatten keine Steindecke, sondern befanden sich unter dem Dielenboden des Kellers.

Aber jetzt war nicht der richtige Zeitpunkt für architektonisches Rätselraten. Wir marschierten um den großen runden Tisch in der Mitte des Raumes herum und nahmen Platz. Sylvestro und der Professor setzten sich auf die eine Seite; wir drei ließen uns ihnen gegenüber nieder.

Der Professor starrte uns an. Ich weiß nicht, was er sah – Angst, Hoffnungslosigkeit, Resignation.

Ich starrte den Professor an. Ich sah einen kleinen, kahlköpfigen Psychopathen. Einen brillanten Psychoanalytiker, der auf die schiefe Bahn geraten war. Einen reglosen Basilisken, der aus massivem Eis gemeißelt war. Ich sah den Teufel. Und dann sah ich einen kleinen, fetten Auswanderer mittleren Alters, der unter all dem Leid irgendwann zerbrochen war; der vor Jahren auf die schiefe Bahn geraten war und nicht mehr zurückkonnte. Er hetzte andere, weil ihm selbst die Angst im Nacken saß; er kommandierte andere herum, weil er selbst nicht frei entscheiden konnte; er bestrafte seine Untergebenen, weil er selbst bestraft worden war. Für den Professor waren alle Menschen Trottel, weil er früher selbst ein Trottel gewesen war. Und er war es immer noch. Selbst wenn er mich tötete, selbst wenn er uns alle umbrachte, war er noch immer ein Trottel. Fast tat er mir leid.

In seinem Gesicht, in seiner Stimme lag jedoch kein Mitleid, als er das Wort ergriff. »Wir haben nicht viel Zeit«, sagte der Professor. »Ich werde mich kurzfassen.«

Der Revolver hob sich. »Die Umstände, die uns zusammengeführt haben, müssen wir wohl nicht weiter diskutieren. Ich bedauere sie ebenso wie Sie. Mr. Caldwell hätte seine Nase nicht in diese Sache stecken dürfen. Miss Post, ich hatte gehofft, dass Sie ungeschoren davonkommen. Aber jetzt habe ich keine andere Wahl.«

Sein Blick ruhte wieder auf mir. Ich zuckte mit keiner Wimper. »Und was Sie betrifft – was soll ich sagen? Ich habe Ihnen alles geboten, und Sie haben mich verraten. Mit sofortiger Wirkung ist *D-U* erledigt, und Sie sind für mich nicht mehr von Nutzen. Doktor Sylvestro und ich werden uns anderen Arbeitsfeldern zuwenden müssen.«

»Komm schon«, sagte Doktor Sylvestro. »Soll das eine Leichenrede werden? Ich dachte, du wolltest dich kurzfassen.«

»Bitte, ich möchte alles erklären«, erwiderte der Professor. »Diese Leute müssen erfahren, was wir vorhaben, damit sie ... kooperieren.«

»Die werden schon kooperieren«, sagte Sylvestro. »Das garantiere ich dir.« Um seine Worte zu unterstreichen, fuchtelte er mit dem Revolver herum, was völlig unnötig war.

»Der Doktor und ich haben einige Zeit darüber diskutiert, was für Möglichkeiten uns bleiben und wie wir die Fehler, die heute Nacht begangen wurden, wiedergutmachen können. Ich denke, dass wir eine Lösung gefunden haben.« Der Professor grinste.

»Dabei sind wir allerdings auf Ihre Unterstützung angewiesen, Mr. Caldwell. Sie werden die Rolle des Zeugen übernehmen.«

Caldwells Finger krallten sich in die Tischplatte. »Zeuge von was?«, murmelte er.

»Eines Mordes.«

»Hören Sie mal ...«

»Darf ich Sie daran erinnern, dass ich noch immer gewisse Fotos und Negative besitze? Außerdem haben Sie keine andere Wahl. Sie sind hier, also werden Sie zuschauen. Mit großer Wahrscheinlichkeit werden Sie nie bezeugen müssen, was Sie gesehen haben.«

Der Professor wandte sich Ellen zu. »Was Sie betrifft, meine Liebe, so haben wir Ihnen eine ebenso harmlose Rolle zugedacht. Sie werden die Mörderin spielen. Ach, schauen

Sie nicht so schockiert – Sie werden nicht wirklich jemanden töten. Sie werden nur den Revolver kurz in die Hand nehmen müssen, nachdem er seine Dienste getan hat und nicht mehr geladen ist. Wir brauchen Ihre Fingerabdrücke.«

Ellen blickte mich flehentlich an. Ich erhob mich halb, doch Doktor Sylvestros Revolver ließ mich nicht aus den Augen.

»Die Chancen stehen gut, dass auch Sie wegen dieses Verbrechens nie vor Gericht stehen werden. Denn ich habe guten Grund zu der Annahme, dass ich für die Mordwaffe recht bald einen Käufer finden werde – Ihren Onkel.«

Allmählich nahm das Bild Gestalt an. Er wusste genau, wie er vorgehen musste, um Geoffrey Post zu erpressen. Trotz allem, was passiert war, trotz all der Hindernisse, die sich ihm in den Weg gestellt hatten, zögerte der Professor nie. Er war sich seiner Sache völlig sicher. Er würde Caldwell als Zeugen benutzen, Ellen den Mord in die Schuhe schieben und dann zu ihrem Onkel gehen und ihn nach allen Regeln der Kunst ausnehmen. Und wenn er damit fertig war, würde er sich wieder davonstehlen.

Jetzt brauchte er nur noch ein Opfer. Und auch dieses Problem hatte er bereits gelöst. Der Professor sah mich an.

»Ich muss Ihnen wohl nicht erst erklären, was für eine Rolle Sie bei alldem spielen«, murmelte er. »Ursprünglich lag das nicht in meiner Absicht – aber Sie haben sich die Rolle selbst ausgesucht. Nach dem, was Sie getan haben, ist das zwingend notwendig und unausweichlich.«

Ellen fing an zu schluchzen. »Eddie, tu doch was. Lass nicht zu, dass er dich umbringt. Tu was!«

Caldwell tätschelte ihr die Schulter. Der Professor folgte mit seinem Revolver jeder seiner Bewegungen. Sylvestro hielt mich in Schach.

»Bringen wir es hinter uns«, sagte er.

Der Professor nickte bedächtig.

»Sobald du bereit bist«, murmelte er.

Sylvestros Revolver hob sich. Die Hand, die ihn über dem Tisch hielt, war völlig ruhig. Ich beobachtete sein linkes Auge. Er zog die Lider leicht zusammen. Ich beobachtete seinen Zeigefinger. Er krümmte sich langsam. Ich starrte in die Mündung seines Revolvers, wartete auf die Explosion.

Dann spreizte ich die Beine und riss mit aller Kraft die Knie hoch, meine Arme schossen nach unten, und der Tisch kippte auf der einen Seite nach oben.

Als der Revolver losging, stieß erst Ellen und dann Sylvestro einen Schrei aus. Das Mündungsfeuer blendete mich für einen Moment, aber ich erhaschte einen kurzen Blick auf den verschwommenen roten Fleck, wo gerade noch Sylvestros Gesicht gewesen war. Der Professor lag auf dem Boden, vom Tisch eingekeilt. Caldwell beugte sich über ihn, und der Professor bekam einen Arm frei und feuerte. Der Schuss ging daneben und fand ein anderes Ziel – die Glühbirne.

Plötzlich war es stockfinster. Ich packte Ellen am Arm. »Schnell!«, keuchte ich. »Hier rüber.« Wir konnten Caldwell ächzen hören, während er mit dem Professor rang. Dann folgte ein dumpfer Schlag und dann Stille.

»Caldwell!«, schrie ich. »Alles in Ordnung?«

Wie zur Antwort schossen Flammen aus der Mündung des Revolvers. Der Schuss hallte den schmalen Korridor entlang. Ich rannte los und zerrte Ellen hinter mir her. Wir kauerten uns in eine Ecke der Dunkelkammer. Ich zerschlug die gelbe Glühbirne.

Ich hörte Ellen keuchen. Ich hörte, wie Schritte langsam über den Boden schlurften. Sie kamen den Flur entlang, immer näher und näher.

Ellen und ich wichen bis an den Tisch zurück. Ich tastete im Dunkeln zwischen den Chemikalien herum, auf der Suche nach etwas, das ich als Waffe verwenden konnte. Die aufgehängten Negative streiften meinen Hinterkopf.

Ich umklammerte ein Glasgefäß und hielt es hoch. Die Schritte hatten uns fast erreicht. Sie hielten in der Tür inne.

»Ich sage das nur einmal: Machen Sie keine Dummheiten und kommen Sie heraus«, keuchte der Professor. »Sonst muss ich schießen. Und auf diese Entfernung werde ich Sie nicht verfehlen.«

Er sagte die Wahrheit. Ich dachte an Ellen, die neben mir stand. Ich dachte daran, wie die Kugel aus einer .45er sie zurichten würde. Besser, wir kamen widerstandslos hinaus und schluckten unsere Medizin. Ich hatte mein Bestes getan und versagt. Der Professor versagte nie.

»Ich zähle jetzt bis drei«, sagte der Professor. »*Eins ... zwei ...*«

Ich wartete nicht bis *drei*. Ich schleuderte das Glasgefäß mit aller Kraft in seine Richtung. Im selben Moment riss ich Ellen mit mir zu Boden. Eine Lichtfontäne aus dem Revolver des Professors zerfetzte die Finsternis. Er stieß einen Schrei aus.

Entweder hatte das Glas ihn getroffen, oder es war an der Wand hinter ihm zerschellt. Das spielte keine Rolle. Die Säure oder was sonst darin gewesen war, war ihm ins Gesicht gespritzt, über den Hals und auf seine Brust. Und sie fraß sich in seine Haut. Er wand sich auf dem Boden, und wir konnten ihn sehen.

Wir konnten ihn sehen. Ich fuhr herum. Die Kugel hatte die Negative getroffen, die an einer Leine hingen. Flammen leckten an ihnen empor. Eines fiel auf den Tisch, und eine Feuerspur raste auf das Fotopapier zu.

»Nichts wie raus hier!«, schrie ich. »Hier ist alles voller Chemikalien!«

Wir rannten zurück in den anderen Raum. Caldwell stand neben der Treppe, die aus der Zisterne hinausführte, und fuchtelte in der Finsternis mit den Armen herum.

»Schaffen Sie es allein?«, rief ich außer Atem.

Er murmelte etwas Zustimmendes. »Dann beeilen Sie sich.« Ich schob Ellen die Stufen hinauf. Hinter uns ertönte eine gedämpfte Explosion, und plötzlich war die Dunkelheit von beißendem Rauch erfüllt.

Caldwell hatte den oberen Treppenabsatz erreicht. Der Deckel ging auf. Frische Luft strömte herein und rauschte durch das Gewölbe unter uns. Flammen loderten empor. Caldwell griff nach Ellens Armen, und ich hob sie von unten hoch. Sie hatte es geschafft. Ich stieg ihr schnell hinterher, von den wogenden Rauchschwaden halb erstickt. Unter uns ertönte ein lautes Krachen.

Dann hatte ich es geschafft. Ich konnte frische Luft einatmen, ich konnte zu den Sternen aufblicken, die sich still und kalt über mir drehten, still und kalt.

Ich drehte mich still und kalt im Kreis und wurde ohnmächtig.

20

Ellen fuhr mich zum Strandhaus und brachte mich ins Bett. Dort blieb ich die nächsten beiden Tage. Ich hatte Fieber, Alpträume und das stete Bedürfnis, ihre Hand auf meiner Stirn zu spüren und sie sagen zu hören: »Alles ist gut, Eddie. Schlaf jetzt, ruh dich aus.«

Ganz langsam kam ich wieder zu Verstand. Am dritten Tag zeigte sie mir die Zeitungsmeldungen über das Feuer im Vista Canyon.

Das Haus war vollständig abgebrannt; das Feuer hatte sich durch die Kellerdielen über dem Fotolabor gefressen, und als schließlich die Feuerwehr anrückte, war es bereits zu spät. Jake, Sylvestro und der Professor, so hieß es, seien in den Flammen umgekommen. Und was Miss Bauer betraf – anscheinend haben sie ihre Überreste beseitigt, unmittelbar nachdem ich sie in der Tiefkühltruhe gefunden hatte, denn von ihr wurde nirgendwo etwas erwähnt. Rogers war mit gebrochenem Genick am Fuß des Hügels gefunden worden. Es wurde gemutmaßt, dass er in der Seilbahn vor dem Feuer fliehen wollte, als das Drahtseil riss.

Natürlich wurde eine Untersuchung durchgeführt. Die Polizei brachte »Otto Hermann, den bekannten Facharzt für Psychologie«, in Zusammenhang mit »einem Kult, der von seinem Versteck unter dem Haus im Canyon aus Betrügereien organisierte«.

Anscheinend hatten sie nicht allzu viel gefunden. Dafür hatte das Feuer gesorgt. Mein Name wurde nicht genannt. Judson Roberts hatte mit dieser Sache nichts zu tun, und Eddie Haines ohnehin nicht. Und dabei sollte es bleiben.

Ich habe in der Praxis vorbeigeschaut und sie dichtgemacht. May, die Sekretärin, war bereits so vernünftig gewesen, sich aus dem Staub zu machen. Die Akte über Judson Roberts hatte sie jedoch zurückgelassen, und ich habe sie vollständig vernichtet. Da offiziell keinerlei Verbindung zwischen Judson Roberts und Eddie Haines bestand, war ich damit aus dem Schneider.

Jetzt kann ich mit Ellen aus der Stadt verschwinden, und niemand wird jemals erfahren, was geschehen ist. Ich kann sogar für Caldwell arbeiten, wenn ich möchte – er ist uns dankbar, und er hat allen Grund, den Mund zu halten. Andererseits könnte ich auch alles ausplaudern. Ich könnte zu den Behörden gehen und den ganzen Schlamassel offenlegen.

Allerdings gibt keinen Grund, irgendetwas zu »gestehen«. Dazu verspüre ich nicht das geringste Bedürfnis. Mein Anteil an der ganzen Gaunerei war nicht besser oder schlimmer als die Rolle, die Tausende spielen, wenn sie jeden Tag ihre scheinheiligen Selbsthilfe-Betrügereien durchziehen.

Aber das ist eben auch der springende Punkt. Ich habe in letzter Zeit viel nachgedacht. Vielleicht könnte es jemandem helfen, wenn ich die Wahrheit erzähle. Vielleicht würde ich den Trotteln das Leben etwas erleichtern und denjenigen die Arbeit erschweren, die Jagd auf sie machen. Ich bilde mir nicht ein, dass ich das ganze System zum Einsturz bringen könnte, aber ein wenig helfen würde es vielleicht.

Ellen und ich können heute fortgehen. Oder ich kann hierbleiben und die Suppe auslöffeln, die ich mir eingebrockt habe, auf das Risiko hin, dass ich für das, was ich getan habe, ins Kittchen wandere. In den vergangenen Wochen habe ich alles niedergeschrieben, um mir darüber klarzuwerden. Ich könnte es morgen den Behörden übergeben. Oder ich könnte es verbrennen, so wie der Professor verbrannt ist, so wie die Vergangenheit ein Opfer der Flammen wurde.

Was soll ich tun? Werde ich ein Suchender oder ein Trottel sein? Und was ist da was? Ich glaube, ich werde es Ellen überlassen, diese Frage zu beantworten. Sie wird wissen, was für mich das Beste ist, für uns beide.

Ja, ich werde sie fragen. Und was auch immer sie mir raten wird, ich werde es tun. Solange sie daran denkt, »Eddie« zu mir zu sagen ...

THE END